던전에서 만남을 추구하면 안 되는 걸까 영웅담

아스트레아 레코드

-◆◆◆-◆◆◆- 사악태동 -◆◆◆-◆◆◆-

Author by Fujino Omori Illustration Kakage
Character draft Suzuhito Yasuda

1

이스카 브라

네제 란케트

셸티 스로아

알리제 로벨

라일라

아스트레아

고죠노 카구야

류 리온

© KAKAGE

Contents

ASTREA RECORD
evil fetal movement

Is It Wrong to Try to Pick Up Girls in a Dungeon
heroic tale

© KAKAGE

던전에서 만남을 추구하면 안 되는 걸까 영웅담

아스트레아 레코드

-◇-사악태동-◇-

Author by Fujino Omori Illustration Kakage
Character draft Suzuhito Yasuda

1

오모리 후지노 지음 | **카카게** 일러스트 | **김민재** 옮김

류 리온

【아스트레아 파밀리아】 소속
엘프. Lv.3.
별명은 【질풍】.

알리제 로벨

【아스트레아 파밀리아】 단장.
류에게 입단을 권유했다.
Lv.3.
별명은 【스칼렛 하넬】.

고죠노 카구야

극동 출신의 【아스트레아 파밀
리아】 부단장. Lv.3.
별명은 【야마토 용담화】.

라일라

【아스트레아 파밀리아】 소속
파룸. Lv.2.
별명은 【슬라일】.

아스트레아

파밀리아의 주신이며 정의를
관장한다.
다정하고 자비로운 여신.

아디 바르마

【가네샤 파밀리아】 소속.
Lv.3.
별명은 【브야사】.

Characters

네제 란케트

【아스트레아 파밀리아】 소속.
웨어울프.

아스타 녹스

【아스트레아 파밀리아】 소속.
드워프.

랴나 리츠

【아스트레아 파밀리아】 소속.
휴먼.

이스카 브라

【아스트레아 파밀리아】 소속.
아마조네스.

노잉 유니크

【아스트레아 파밀리아】 소속.
휴먼.

셀티 스로아

【아스트레아 파밀리아】 소속.
엘프.

말리 레아주

【아스트레아 파밀리아】 소속.
휴먼.

핀 디무나

【로키 파밀리아】 단장. 파룸.

로키

【로키 파밀리아】의 주신.

리베리아 리요스 알브

【로키 파밀리아】 부단장.
하이엘프.

라울

【로키 파밀리아】 소속 모험자.
휴먼.

가레스 랜드록

【로키 파밀리아】 간부. 드워프.

오탈

【프레이야 파밀리아】 단장.
보어즈.

헤딘 셀랜드

【프레이야 파밀리아】 간부.
엘프.

아렌 프로멜

【프레이야 파밀리아】 부단장.
캣 피플.

회그니 라그날

【프레이야 파밀리아】 간부.
다크엘프.

프레이야

【프레이야 파밀리아】의 주신.

걸리버 4형제

【프레이야 파밀리아】 간부.
파룸 네쌍둥이.

가네샤

【가네샤 파밀리아】의 주신.

샥티 바르마

【가네샤 파밀리아】 단장. 휴먼.

헤르메스

【헤르메스 파밀리아】의 주신.

아스피 알 안드로메다

【헤르메스 파밀리아】 부단장.
휴먼.

바레타 그레데

이블스의 간부. 휴먼. 별명은
【아라크니아】.

올리버스 액트

이블스의 간부. 휴먼. 별명은
【벤데타】.

비토

이블스의 간부. 휴먼. 『페이
스리스』라 불리는 파탄자.

에렌

류 일행이 오라리오에서 만난
여리여리한 신.
정의에 대해 끊임없이 의문을
제기한다.

커버 그림, 본문 일러스트 | **카카게**

프롤로그

지금도 잊을 수 없는 정의의 선율

ASTREA RECORDS
evil fetal movement

Author by Fujino Omori Illustration Kakage
Character draft Suzuhito Yasuda

고민하렴.

지금은 그거면 된단다.

후회도 슬픔도, 하나도 놓지 말고, 여행을 계속하렴.

그리고 언젠가 너의 답을 들려주렴.

천상에서 빛나는 저 별빛과도 같은── 정의의 광채를.

"고맙다, 벨. 짐 싣는 거 도와줘서."

"뭘요. 어려울 때는 서로 도와야죠."

감사 인사를 하는 행상 휴먼에게, 일을 도와주었던 벨은 웃음으로 대답했다.

하늘이 맑게 갠, 서쪽 메인 스트리트.

오라리오는 여전히 넓고, 투명할 정도의 창공은 그저 아름다웠다.

지금이라면 밤을 기다리지 않아도 별의 광채를 발견할 수 있지 않을까, 그런 생각이 들 정도로 푸르고 맑았다. 그리고 어디까지고 조용했다.

올려다본 하늘에서 시선을 되돌린 벨은 친한 남성의 작업을 거들었다. 그와는 신출내기 모험자 시절에 ──지금도 기간으로 따지면 충분히 신출내기지만── 알게 되었으며, 찢어지게 가난하던 시절에는 헤스티아와 함께 감자돌이를 얻어먹기도 했다. 일을 거저 도와주는 데 이유는 필요가 없었다.

"······?"

"응? 왜 그러냐, 벨?"

"어, 아뇨. 별건 아니지만요······."

짐을 싣던 벨은 어떤 사실을 알아차리고 주위를 둘러보았다.

"어쩐지 도시의 분위기가 평소랑 다른 것 같아서······."

경치 자체가 달라진 것은 아니다.

인적이야 평소보다 적지만, 마차는 말 울음소리와 함께 달린다. 늘어선 가게 외에도 노점이 열려 있었으며, 과일 가게에는 싱싱한 과일이 늘어서 있다. 심심해 보이는 신이 어슬렁거리며 구경을 하는 것도 여느 때와 같은 광경이다.

다만, 늘 북적거리던 미궁도시의 소란이 어딘가 멀게 느껴졌다.

아니, 머리 위에 펼쳐진 창공과 마찬가지로, 매우 적막했다.

"……아아, 벨은 오라리오에 온 지 얼마 안 됐으니까."

"네, 그렇긴 한데요……. 뭔가 아세요, 보우건 씨?"

"전부터 살았던 사람 중에 오늘이 무슨 날인지 모르는 사람은 별로 없어. ……그 정도로, 많은 일이 있었지."

남성의 옆얼굴에서 어딘가 애수가 풍겼다.

벨이 거듭 물으려 하자, 멍하니 하늘을 올려다보던 남자는 돌아보며 말했다.

"미안하구나, 벨. 나도 이제 그만 가봐야겠다. ……도와줘서 정말 고맙다."

"어, 네…… 안녕히 가세요."

남성은 웃음을 지으며 가버렸다.

혼자 남은 벨은 다시 주위를 둘러보았다.

무슨 일이 있었던 것은 아닐 것이다. 물론 사건이 일어났던 것도 아니다.

연회도, 싸움도, 사고도, 희생도, 장례식도 없이, 그저

기도를 하는 엄숙한 교회처럼, 사람들의 목소리가 자취를 감추었다.

"……뭘까? 너무 조용하달까, 역시 평소의 오라리오와 분위기가 다른 것 같은데……."

지금 벨은 혼자다.

던전 공략을 쉬는 날이라 릴리나 다른 동료들은 없었다. 벨의 의문에 대답해줄 이도.

대신 침통한 표정을 지은 사람들이 있었다.

묵묵히 『바벨』이나 센트럴 파크를 바라보는 베테랑 모험 자들도 많았다.

그제야 벨은 말로 표현할 수 없었던 그 감각을 입에 담을 수 있었다.

"꼭, 도시 전체가 누군가를 추도하는 것 같은——."

피부로 느껴지는 공기를 어떻게든 언어로 바꾸었던 그때.

대로의 옆길에서 한 남신이 불쑥 나타났다.

"어라, 벨 군? 별 우연도 다 있구나. 이런 데서 만나다니."

"헤르메스 님……? 근데, 우와, 그 꽃다발은 뭔가요? 엄청나게 많이 들고 계시네요……."

이제는 완전히 낯을 익힌 여리여리한 남신에게 인사도 잊은 채 시선이 어떤 곳에 못박혀버렸다.

헤르메스의 품에는 아름다운 백합 꽃다발이 수없이 들려 있었다.

"아, 오늘은 말이지. 돌아야 할 곳이 엄청 많거든. 『지금』

을 남겨준 자들에게 감사와 성의를 표하기 위해서."

"『지금』을 남겨준……?"

익숙하지 않은 말에 자기도 모르게 고개를 갸웃거리자, 헤르메스는 잠시 입을 다물었다.

"……그렇구나. 넌 아직 7년 전의 일을 하나도 모르지."

7년 전?

벨이 그렇게 되묻기도 전에.

헤르메스는 먼 날의 사건을 떠올리듯 눈을 가늘게 떴다.

"오라리오 사상 찾아볼 수 없을 정도의 혼돈이 소용돌이 치던 최악의 시대──『암흑기』를."

남신의 목소리가 바람을 탔다.

적막하고도 덧없는 그 말이 하늘에서 춤을 추며 도시로 퍼져나갔다.

"많은 이가 희생됐지──."

그것은 어떤 저택의 안뜰.

광대 여신.

파룸 용사.

하이엘프 마도사.

드워프 대전사.

네 사람이 테이블 위에 많은 잔을 올려놓은 채 술을 따르고 있다.

"많은 이가 싸웠지──."

보어즈 무인.

캣 피플 전사.

들고 있던 무기로 잔상을 일으키며, 과거의 맹세에 등을 돌리지 않기 위해, 말없이 검극을 나누고 있다.

그들만이 아니라 파룸 4형제도, 흑과 백의 요정들도.

그런 권속들을 홈의 최상층에서 지켜보는 것은 은발의 미신(美神).

"많은 이가 울었지──."

그리고 그것은 어떤 묘의 앞.

코끼리 가면을 쓴 남신.

그의 권속인 미녀.

무수히 존재하는 묘비 중, 한 자루의 검이 꽂힌 묘 앞에, 미녀는 말라버린 눈물 대신 조용한 기도를 바쳤다.

"──그런 『암흑기』의 전성기였던 7년 전 오늘. 『대항쟁』이 있었던 거야."

지금도 도시에 펼쳐진 광경을 떠올리며 하늘을 올려다보던 헤르메스는 시선을 소년에게 되돌렸다.

벨은 루벨라이트색 눈을 크게 뜨고 숨을 삼켰다.

"『암흑기』…… 에이나 누나나 릴리한테 조금 듣긴 했는데…… 이블스라는 조직이 있었다면서요?"

미궁도시의 질서가 사라져버렸던 최악의 시대. 그것이 『암흑기』.

그 시대가 찾아온 원인은 바로 어둠의 세력이 대두했기 때문이었다.

지식은 얼마 안 되지만 그렇게 묻는 벨에게, 헤르메스는 고개를 끄덕여 대답했다.

"맞아. 수많은『악』을 내포한 수많은 세력의 집합체라고 하면 될까? 아무튼 지독했어. 그리고 악랄했고."

평소와는 다르게 무거운 신의 음성에, 벨은 저도 모르게 숨을 멈추었다.

그리고 헤르메스는 갑자기 웃음을 지었다.

"하지만 그런 거악에게 긍지와 고결함으로 싸웠던『정의』의 사도도 있었단다. 그녀들은 이제 어디에도 없지만."

"네……? 어디에도 없어요? 옛날에 싸웠던 건【로키 파밀리아】랑【프레이야 파밀리아】아니었나요……?"

벨은 솔직하게 의문을 느꼈다.

15년 전부터 이 미궁도시를 이끌었던 것은 양대 파벌인 로키 파와 프레이야 파.

다른 이도 아닌 헤르메스가 벨에게 그렇게 가르쳐주었다.

『암흑기』의 종식에는 로키와 프레이야의 양대 파벌이 크게 관여했던 것 아니었나—— 그렇게 생각하고 있으려니, 헤르메스는 학생에게 힌트를 주는 선생님처럼 웃었다.

"벨 군, 나는 아까 류하고 만났단다. 그녀는 그 후 던전으로 갔지. 뭘 하러 갔을까?"

"던전? 아—— 그건, 혹시."

벨은 흠칫했다.

생각이 났던 것이다.

어떤 미궁의 낙원에서 한 엘프가 들려주었던, 『정의』의 이름을 가진 파벌을.

"맞아. 그녀는 동료들에게 갔을 거야. ——그리고 그녀들이 바로 고결한『정의』의 사도였지."

깊은 지하지만 빛이 있었다.

그것은 헤아릴 수도 없을 정도의 크리스탈에서 나오는 것이다.

흰색과 푸른색의 수정이 국화꽃과도 같이 온 천장에 돋아나, 아름다운『하늘』을 만들어내는 곳.

통칭『언더 리조트』. 미궁의 낙원.

숲과 호수, 거목 등 대자연으로 가득한 지하세계.

그녀는 던전 제18계층에 있었다.

"……지난번에 온 후로 너무 오래 걸려 미안합니다, 여러분."

하얀 꽃다발을 들고 류가 중얼거렸다.

그녀의 사죄가 향한 곳에는 하나의 묘가 있었다.

그곳에 꽂힌 것은 검이며 지팡이를 비롯한 온갖 무기. 대부분의 무기가 열화되고 녹슬어, 아름다운 숲속에서『모험자의 묘비』라 부르기에 어울리는 광경을 자아내고 있었다.

그 묘의 아래에, 있어야 할 주검은 존재하지 않는다.

이를 잘 알면서 류는 남은『그녀들』의 무기에 말을 건다.

"이 시기는 늘 발이 멀어지곤 하지요.『정의』를 짊어질 자격이 없어진 제가, 이곳에 찾아와도 될지…… 여러분을 만나러 와도 될지…… 늘 그 생각을 하고 맙니다."

제18계층 동쪽에 펼쳐진 대삼림. 그 한구석에서, 아무도 듣는 이 없는 독백을 자아낸다.

눈을 내리깐 류의 독백은 바로 참회였다.

무엇보다도 힘들었으며, 어떤 것보다도 괴롭고, 또한 찬란하던『과거』.

여기에 등을 돌리고 방황하기만 하는 현재.

5년 전에 연녹색으로 물들였던 머리카락도 그때는 금색으로 빛났다.

그 과거의 색을 되찾지 못하는 것이야말로 지금 자신의 전부인 것 같았다.

『정의』를 버리고 복수로 살아갔던 류에게 남은 것은 불타버린 날개──『정의의 재』뿐이었다.

"저는 아직까지도 답을 찾지 못했습니다. 아직도 방황하고 있죠. 7년 전의 그날로부터 계속……. 아스트레아 님을 뵈러 가지도 못한 채……."

내리깔았던 하늘색 눈이 정면을 향한다.

과거의 전우들에게 조용한, 그러면서도 덧없는 웃음을

보낸다.

"지금의 저를 보면…… 여러분은 화를 낼까요? 탄식할까요? 아니면…… 웃어줄까요."

대답은 돌아오지 않는다.

당연하다.

그러므로 류는 결코 잊을 수 없는 그녀들의 이름을 불렀다.

"카구야, 라일라……."

비뚤어진 성격의 호적수, 독설가 파룸.

"노잉, 네제, 아스타……."

늘 낙관적이던 휴먼, 언니 기질의 수인, 사랑스러운 드워프 소녀.

"랴나, 셀티, 이스카, 마류……."

선배 후배 마도사, 멋 부리기를 좋아하던 아마조네스, 모두의 언니 노릇을 하던 연장자.

"……그리고, 알리제."

마지막으로, 누구보다도 동경했으며 존경하던 『벗』의 이름.

기억이 되살아난다.

추억이 되살아난다.

지금도 마음 깊은 곳에서 시큰거리는 『정의』가, 되살아난다.

류의 의식은 『7년 전』—— 결코 잊을 수 없는 『정과 사의 싸움』 속으로 떠나갔다.

아스트레아

사   악

레 코 드

태　　동

어둠이 불타고 있다.

아니. 별들을 숨긴 먹구름 아래, 격렬히 솟아나는 연기와 함께 도시가 불타고 있다.

활활 타오르는 비홍색 광채는 그야말로 지옥의 업화를 방불케 했다. 비명을 지르며 이리저리 도망다니는 민중의 시선 너머에서 거대한 공장이 절규와 함께 타고 있다.

그것은 혼돈의 웃음소리다.

안녕의 멸망을 바라는『악』의 홍소다.

모든 것을 재로 돌려보내고자 날뛰는 불꽃의 감옥── 그러나 그 속에서 울려 퍼지는 하나의 음색이 있었다.

그것은 무기가 부딪치는 소리다.

그것은 질서의 포효다.

결코 굴하지 않는『정의의 선율』이다.

"끄아아악?!"

한 자루의 부메랑이 번뜩였다.

여러 개의 날이 달린 흉악한 투척무기가『악』에 속한 권속의 몸을 깊이 갈랐다.

남자가 선혈을 뿌리며 쓰러지는 가운데, 손으로 돌아온 부메랑을 손쉽게 받아낸 파룸 소녀가 외쳤다.

"알리제! 3번 창고 제압했어!"

"그대로 4번까지 제압! 이스카와 마류에게 지시! 라일라는 건너편 구역을 확보해!!"

돌아온 것은 지령의 목소리.

끊임없이 불이 옮겨붙는 공장 내부. 흉악한 연기와 불똥이 넘쳐나는데도 격렬하고도 재빠른, 그리고 무엇보다도 용감한 발소리가 수없이 울려 퍼졌다.

"얍 얍 얍! 주문하세요!"

"적과 함께 불길을 얼음에 절여서! 화재도 습격도 막는다! 진군 진격 진공!!"

성가와도 같은 정의의 발소리는 멈추지 않는다.

어둠의 존재들을 베어버리는 검광, 열파마저 얼려버리는 눈보라.

은색과 푸른색의 광채를 뿌리며 공장 안쪽으로 안쪽으로 나아간다.

파룸 소녀에게 소리를 질러 대답한 붉은 머리 소녀는 고개를 들고 웃음과 함께 지시를 내렸다.

"카구야, 리온! 적의 본대를 맡아줘!"

바닥을 척 울리는 두 개의 발소리.

하나는 대륙에서는 보기 드문 섬나라의 의상, 진한 붉은색 기모노를 두른 흑발의 휴먼.

그 옆에 선 것은 외투와 복면을 착용한 금발의 엘프.

"정말 사람을 막 부려먹는 단장님이네요……. 뒤처지지 않게 잘 따라오세요, 엘프 님."

"헛소리는 집어치워라, 카구야. ──갑니다."

바람이 달렸다.

가느다란 다리에 어울리지 않는 가속력으로, 한순간 후,

두 소녀는 눈을 크게 뜬 사내들에게 뛰어들고 있었다.

참격이 난무한다.

칼집에서 풀려난 카타나와 『마력』이 담긴 목검의 궤적은 이미 예술의 영역에 이르렀다. 희뿌연 색의 똑같은 로브로 몸을 숨긴 사내들이 버티려 해도 저항조차 용납하지 않는다. 검과 창 사이를 누빈다. 도끼가 날아들려 하지만 따라잡지도 못한다. 방패마저 갈라버린다. 사내들의 팔다리를 카타나가 베고 목검이 구타한다.

숫자가 아무리 많아도 소용이 없었다.

소녀들은 그야말로 회오리바람과도 같이 눈 깜짝할 사이에 사내들을 도륙했다.

지금도 요란하게 타오르는 불꽃이, 복잡하게 얽힌 춤사위의 그림자를 비추었다.

"끄아아아악?!"

검광을 번뜩인 목검이 마지막 한 사람을 쓰러뜨렸다.

무기를 휘두른 엘프의 옆에서 기모노 차림의 소녀는 오른손에 카타나를 든 채 께느른하게 왼손을 뺨에 가져다 댔다.

"어머나. 참으로 싸우는 보람도 없지. 어떻게 이런 추한 짐승들이 남의 눈물과 고통을 불러오는지……. 정말 이해할 수가 없어요."

가늘게 뜬 눈꺼풀 속에 보이는 것은 분노를 머금은 눈동자.

그녀의 차디찬 노기에 호응하듯 불꽃이 일렁이더니——

어둠 속에 몸을 숨기고 있던 사내가 힘차게 뛰쳐나왔다.

"이, 이것들아아아아아아아아아아아아아아!!"

그의 손에 들린 것은 타오르는 장검.

바로 이 공장에 불을 질렀던 『마검』을 휘둘러, 최후의 발악과도 같이 특대의 불꽃을 피웠다.

"폭격?! 복병인가!"

"지금 저 방향은…… 야단났네! 알리제!"

아군의 대열 중앙에 가차 없이 작렬한 폭염의 포격을 보고 엘프와 파룸 소녀가 낯빛을 바꾸었다.

기습을 성공시킨 대장 사내는 거칠게 숨을 몰아쉬면서도 한 방 먹여줬다고 웃음소리를 내려다—— 시간이 얼어붙은 것처럼 멈추었다.

거칠게 날뛰는 불꽃의 바다를 가르고 유유히, 사람의 모습이 걸어 나오고 있었다.

"머……멀쩡해? 그럴 수가……?!"

전율에 떠는 사내의 시선 너머에서, 소녀는 한데 묶은 붉은머리를 힘차게 쓸어올렸다.

"【스칼렛 하넬】이란 별명을 가진 나에게 폭격이라니 실소가 다 나오는군! 맑고 아름다운 나한테 악당의 불꽃 따위 통하지 않거든! 흐흥~!"

"알리제, 너 옷 타고 있어!! 실소가 아니라 소실되겠다고?!"

한껏 으스대며 가슴을 펴는 소녀에게 즉시 날아드는 파룸 소녀의 딴죽.

등짝이 파이어하던 붉은 머리 소녀는 깜짝 놀라 진심이 담긴 반복 질주를 개시했다.

불이 꺼져버릴 정도의 기세로 어지럽게, 뛰고 뛰고 또 뛰었다.

"……후우. 뭐, 이럴 때도 있는 거지! 실패는 언제나 내일의 양식! 이로써 나는 또 이상에 다가선 거야!!"

"완전 어거지로 얼버무리고 있는데, 우리 단장님……."

"긍정적이면서 자기한테 불리한 얘기는 전부 무마해버리는 행동거지, 우리도 본받아야겠어요."

"카구야, 알리제를 모욕하지 마십시오! 알리제는 그저, 뭐랄까…… 조금 거시기한 것뿐입니다!"

"너도 좀 감싸줘라."

공장 내에 이상한 분위기가 흐르는 가운데, 아무 일도 없었다는 듯한 소녀의 자신만만한 목소리가 부활하고, 덤으로 가차 없는 코멘트가 날아들었다. 엘프 소녀가 항의했지만 옹호하는 것 같으면서도 옹호해주지 않는 멘트에 파룸 소녀가 어이없다는 듯 쳐다보았다.

"너, 너희는, 설마……."

한순간 펼쳐진 만담 때문에 얼어붙었던 사내가 떨면서 손가락질을 했다.

그런 사내에게 붉은 머리 소녀는 한 점의 흐림도 없는 웃음을 지었다.

"어머, 자기소개가 필요한가? 그렇다면 정정당당히 얼마든지 해주지!"

기회를 잡았다는 양 목소리를 높이며, 선언대로 이름을 댔다.

두려워하지 않고, 움츠러들지도 않고, 『악』에게 맞서는 강한 의지를 담아.

"약자를 구하고 강자를 벌한다! 가끔은 둘 다 혼내준다! 차별도 구별도 하지 않는 자유 평등, 모든 것은 정의로운 천칭이 가리키는 대로!"

그녀의 뒤에 서 있는 것은 총 10명의 단원들.

엘프가, 휴먼이, 파룸이, 나이 어린 소녀들이 단장의 그 말에—— 알리제 로벨의 말에, 저마다 정의의 등불을 마음에 밝혔다.

"바라는 것은 질서, 그리는 것은 웃음! 등에 깃든 것은 정의의 검과 정의의 날개!"

그녀들이 몸에 착용한 『긍지』가 빛난다.

날개, 그리고 천칭을 본뜬 검의 엠블럼이.

여신의 이름을 나타내는 『정의』의 상징이.

"우리가【아스트레아 파밀리아】다!!"

제우스와 헤라의 『흑룡』 토벌 실패.

그것이 모든 사태의 방아쇠가 되어, 미궁도시 오라리오

에는 『암흑기』가 찾아왔다.

　악의 대두를 용납하고, 혼돈이 질서 위에 덧입혀졌으며, 피가 피에 씻겨나갔다.

　많은 아이가 울고, 많은 이가 상처 입고, 많은 악이 웃었던 최악의 시대.

　이것은 그런 암흑의 시대를 달려나갔던 어떤 권속의 궤적——.

1장

아스트레아 파밀리아

ASTREA RECORDS
evil fetal movement

Author by Fujino Omori Illustration,Kakage
Character draft Suzuhito Yasuda

이글이글 타오르던 불꽃은 겨우 모습을 감추었다.

전소까지는 가지 않았지만 원형을 유지하지 못한 공장은 시커멓게 탄 내부를 드러낸 무참한 모습으로 바뀌었다.

그러나 이웃에게는 전혀 피해를 주지 않은 것 또한 사실이었다.

시내의 주민들이 소동을 진압한 모험자들에게 기쁨과 환호성으로 감사를 보내는 가운데—— 당사자인 소녀들은 뒤처리를 위해 아직 공장 안에 남아 있었다.

"이블스도 잡고 화재도 막았어! 이것으로 사건 일단락! 흐흥, 역시 난 대단해!"

얄팍한 가슴을 크게 젖힌 것은 반짝이는 붉은 장발을 가진 휴먼 소녀.

이름은 알리제 로벨.

오라리오 내에서도 『정의』의 깃발을 내건 【아스트레아 파밀리아】의 단장이다.

"깨끗하고 아름다운 사람은 펑펑 폭발하는 공장도 금방 진압해버리는 거지!"

"뭐라는 거야. 하지만 뭐, 용케 매번 그렇게 으스댈 수 있구나."

가련한 몸짓——이라고 본인은 생각하는 행동——으로 머리를 쓸어넘기는 알리제에게 잔소리를 한 것은 파룸 소녀 라일라였다.

파룸다운 앳된 용모에 어울리지 않을 정도로 달관한 분

위기를 풍기는 그녀는 비꼬듯 어깨를 으쓱했다.

"난 이 끝없는 싸움에 슬슬 진저리가 나는데."

그 말에.

그렇게나 자신만만했던 알리제도 조용한, 그러면서도 서글픈 표정을 지었다.

"……응. 또 이블스의 만행을 용납하고 말았어. 하다못해 좀 더 일찍 움직였더라면 피해도 막을 수 있었을 텐데."

태양과도 같이 밝던 목소리가 자취를 감춰버리는 바람에 라일라는 입을 다물었다.

하지만 그렇게 찾아온 정적은 한순간뿐.

어딘가 늘어지는 목소리가 두 사람의 침묵을 깨뜨렸다.

"단장님 때문이 아니랍니다. 이것도 저것도 전부 어느 엘프 님이 발목을 붙들었던 탓이지요."

알리제와 라일라에게 다가온 것은 휴먼 단원, 고죠노 카구야.

비단결처럼 매끄러운 긴 흑발에 섬나라 의상인 기모노.

늘 생글생글 웃음을 지으며, 목소리도 음유시인처럼 가볍고 유려하다.

동작 하나를 보더라도 기품이 있어, 극동에서 말하는 『야마토 나데시코(전통적인 조신한 미인상)』를 그대로 그려낸 듯한 소녀였다.

"……카구야, 내게 잘못이 있었다는 겁니까?"

그런 카구야의 말에 한쪽 눈썹을 꿈틀 들어 올린 것은,

그녀와 함께 나타난 류였다.

복면을 해도 숨길 수 없는 금발은 아름다웠으며 허리까지 닿는다.

종족은 달라도 둘이 나란히 선 뒷모습은 자매로도 보일 정도지만—— 두 사람의 사이는 험악하기 그지없었다.

정확하게는 류가 일방적으로 짜증을 드러냈다.

"어머나, 아직까지 모르고 계셨나요?"

"적진에 먼저 돌진했던 것은 나였습니다! 창고도 가장 먼저 제압했고! 대체 어디에 잘못이 있었다는 말이죠!"

카구야가 행간에 담은 시비에 반발한 류는 다음 말에 진짜로 짜증을 낸 『원인』에 대해 언급했다.

"무엇보다 **내숭**은 집어치우십시오! 당신의 그딴 말투는 듣기만 해도 짜증이 납니다!"

"어머나, 기세도 좋지. 그러면 사양 않고 말하겠는데——."

류의 격렬한 불만에도 아랑곳않고.

여전히 생글거리는 웃음을 지우지 않는 카구야는 뺨에 가져다 댔던 오른손을 내렸다.

그리고.

"부와아아아아아아아아아아아아아아아아아보자식아!!"

돌변했다.

류가 한순간 겁을 먹을 정도로, 대담한 웃음을 머금고.

"어디에 잘못이 있었냐고? 잘못한 것밖에 없다, 천치야!"

"뭣……?!"

"의분에 사로잡혀 단독행동을 저지른 네 뒷감당을 했던 게 누군데! 바로 나야! 기어오르지 마, 이 머저리야! 피라미 요정아!!"

"피, 피라미?!"

크게 뜨인 두 눈. 거칠기 짝이 없는 욕설.

류가 말하는 **내숭**을 집어치운 카구야가 『본성』을 드러냈다.

『야마토 나데시코』의 환상을 산산이 박살 내고 『욕쟁이 검객』이 되어, 침을 튀길 기세로 정면에서 엘프에게 대들었다.

"시야가 좁아! 판단이 어수룩해! 상황판단은 미지근해! 일을 하긴 뭘 해! 미숙자가 어디서 큰소리야! 가소로운 애송이!"

"그, 그쪽이야말로 너무 날뛴 나머지 피해를 늘리지 않았습니까! 본말전도인 당신에게 그런 말을 들을 이유가 없습니다!"

"건방진 소리 하지 마, 피라미 요정아~~~~~~!!"

"피라미라고 부르지 마라아아아아앗!!"

그리고 순식간에, 주먹과 발길질이 동원된 충돌이 발생했다.

격앙한 엘프와 조소를 머금은 휴먼, Lv.3인 제2급 모험자끼리 무시무시한 공격의 응수를 펼쳤다.

"또~ 시작이네. 융통성 없는 엘프와 극동 공주님의 욕설 대결. 하다못해 감점식이 아니라 가산식으로 말다툼을 좀 해봐라, 이것들아. 발전이 없어요, 발전이."

"리온과 카구야니까 어쩔 수 없지! 이거야말로 호적수라는 느낌이라 난 좋아!"

"넌 좋아하기 전에 말려라, 바보 단장."

격렬한 드잡이질에 라일라가 한숨을 쉬었다.

그리고 허리에 두 손을 척 얹고 어째서인지 자랑스럽게 떠들어대는 알리제 때문에 한숨은 더더욱 무거워졌다.

"미안하다. 늦었다, 알리제."

"아, 샥티! 와줬구나!"

그때 제삼자의 목소리가 들려왔다.

공장 내에 모습을 나타낸 것은 많은 상급 모험자를 대동한 한 미인이었다.

목덜미에서 가지런히 자른 남색 머리카락, 깊은 슬릿이 들어간 같은 색의 배틀클로스.

신장은 그녀들보다도 크며, 단정하고 영민한 이목구비는 조직의 위에 선 사람임을 쉽게 알 수 있었다.

【가네샤 파밀리아】단장, 샥티 바르마.

맹우라고 해도 과언이 아닌 모험자의 등장에 알리제는 웃음을 지었다.

"정말 자기들 편할 때 왔구만. 귀찮은 일은 우리한테 다

떠넘기고 사장님 출근이라니, 『도시의 헌병』이란 이름이 울겠다."

라일라가 말한 『헌병』이란 이름대로, 【가네샤 파밀리아】는 그녀들 【아스트레아 파밀리아】와 마찬가지로 도시의 안녕에 힘을 쏟는 질서 측의 파벌이다.

『군중의 주인』을 표방하는 주신 가네샤의 신의에 따라 샥티를 비롯한 권속들은 도시의 검문과 법의 단속 등 치안 유지에 솔선해 공헌한다. 『암흑기』라 불리던 이 시대에 그들이 없었다면 오라리오는 폭력과 무질서가 지배하는 무법도시로 전락했을 것이다.

"라일라, 그렇게 말하면 못써! 도시 곳곳에서 눈을 빛내는 【가네샤 파밀리아】는 언제나 바쁘단 말야!"

"너희가 다들 착해빠져서 우리만 나쁜 놈이 되는 거잖아. 할 말은 해야 한다고."

샥티 일행의 역할이 얼마나 중요한지 잘 아는 알리제가 나무라도 라일라는 비아냥거리는 웃음을 머금은 채였지만—— 당사자인 샥티는 고개를 끄덕여 파룸 소녀의 말을 긍정했다.

"알리제, 괜찮다. 라일라의 말이 옳으니. 대신이라고 하긴 뭣하지만 지금부터는 우리가 맡겠다. ——기절한 이블스 구성원들의 체포를 서둘러라! 부근을 조사하고 경계를 게을리하지 마라!"

""""알겠습니다!""""

샤티의 호령에 【가네샤 파밀리아】의 단원들이 일사불란하게 응했다.

숫자는 물론 작업 솜씨에서도 떨어지는 【아스트레아 파밀리아】는 반대하지 못하고 고분고분 받아들일 수밖에 없었다.

"마석제품 공장의 무차별 습격…… 벌써 4번째군요."

"습격이 4번이나 되면 이미 무차별일 수가 없어요. 확실하게 『의도』가 존재하겠죠. 없애도 없애도 솟아 나오는 그놈의 버러지들에게는."

【가네샤 파밀리아】가 조사와 경계를 맡은 지 1시간 정도가 지났다.

공장 구석에서 휴식하던 알리제 일행 사이에서 류가 불쑥 중얼거리자 카구야가 그야말로 구역질이 난다는 듯 내뱉었다.

"사로잡은 말단 피라미들에게는 정보 하나 알려주지 않은 철저함. 이제까지는 아무 단서도 찾지 못했지만…… 이번에는 어떨지."

뒤통수에 깍지를 낀 라일라가 중얼거린 직후.

단원에게 보고를 받은 샤티가 알리제 일행에게 다가왔다.

"샤티, 어땠어?"

"이제까지의 습격과 같다. 오라리오의 주요 산업인 마석제품 교역에 타격을 주기 위한 습격——**인 척하고 있지.**"

알리제의 확인에 샤티는 날카로운 눈빛으로 대답했다.

"너희 【아스트레아 파밀리아】의 공격이 신속했던 덕에 공장 내부는 전소되지 않고 그쳤다. 그래서 겨우 『어떤 물건』이 사라졌음을 알 수 있었어."

"그것이 무엇입니까?"

"마석제품의 『격철장치』다."

"격철……?"

류가 묻고, 알리제가 고개를 갸웃했다.

샤티는 단어를 고르며 설명했다.

"장치를 작동시키는 『스위치』라고 하면 될까. 아무튼 마석등을 비롯한 거의 모든 제품의 심장부다."

그녀의 말을 듣고 류도 어떤 것인지 알 수 있었다.

실제로 『마석등』 같은 제품에는 누구나 다룰 수 있도록 간단한 장치가 달려있다. 돌기와 레버 등 종류는 다양하지만 내부에서 부싯돌과도 같이 『마석』을 기동시키는 기능을 가진 듯했다. '듯했다'라고 말하는 이유는 류도 전문가가 아니라 들은 것 이상의 지식은 없었기 때문이다.

중요한 것은 그 마석제품에 공통된 『격철장치』가 전부 사라졌다는 점이다.

"그런 걸 훔쳐 간 적의 목적은 뭘까요?"

"모른다."

"놈들이 뭔가를 만들려고 하는 걸까?"

"그것도 모른다."

카구야와 라일라의 물음에 샥티는 눈을 감은 채, 사태가 이해의 범주 밖에 있음을 밝혔다.

"쓸모없구만, 도시의 헌병님도 우리도. ……늘 한 수 뒤처지는 건 싫은데, 난."

모멸처럼 내뱉은 라일라의 감상은 『경고』이자 『주의환기』였다.

이야기를 듣던 류나 다른 단원들의 얼굴에도 자연스럽게 긴장이 어렸다.

"……길드에는 주요 시설의 경비를 강화하도록 보고해두지. 핀에게도 정보를 공유하고."

"시내 순찰도 늘리는 게 좋겠어. 적의 목적을 밝힐 수 없다면 하다못해 막기라도 해야지."

샥티는 무겁게 고개를 끄덕이고, 알리제도 대안을 제시했다.

앞으로의 방침과 태세를 확인하는 작업이 이루어지고 있을 때── 누군가의 목소리가 들려왔다.

"언니, 이블스 체포 끝났어."

아름답다기보다는 가련하다는 표현이 먼저 떠오르는 소녀였다.

짧게 정리한 연청색 머리카락 때문에 중성적인 인상이 들지만, 류나 알리제보다도 큰 가슴이나 잘록한 허리를 옷 너머로도 확실히 알 수 있었다. 푸른색을 기조로 한 배틀 클로스는 샥티의 것과 흡사했다.

그런 그녀에게 지금 막 『언니』라 불린 샥티는 나무라듯 눈살을 찌푸렸다.

"아디, 다른 사람이 있을 때 그렇게 부르지 말라고 했을 텐데."

"아, 미안~ 언니."

휴먼 소녀는 반성하는 기색을 보이면서 혀를 내밀었다.

나이 차이가 많이 나는 『여동생』의 태도에 샥티는 더 이상 아무 말도 하지 않고 한숨만을 쉬었다.

"……알리제, 사후처리는 우리가 맡겠다. 길드에도 보고해두지. 너희는 홈으로 돌아가 푹 쉬도록 해."

"그래? 그럼 사양하지 않을게. ──네제! 랴나랑 다른 애들한테 그만 가자고 전해줘!"

"알았어."

샥티의 호의를 순순히 받아들인 알리제가 철수 지시를 내렸다.

수인 소녀 네제가 다른 단원들을 척척 통솔하는 한편, 류 일행도 자리를 떠나려고 하자 조금 전의 소녀가 말을 걸었다.

"리온, 또 만나."

"네, 아디."

손을 흔들어주는 그녀에게, 류는 친구를 대하는 웃음을 지었다.

짧은 작별인사와 함께 등을 돌린다.

금세 정렬한 단원들을 확인하고, 알리제가 말했다.

"자, 정의의 개선이다! 아스트레아 님께 돌아가자!"

　　　　　　　　　　　·☐·

거의 타버린 공장을 떠나자 하늘은 완전히 암흑에 싸여 있었다.

심야라는 말이 어울릴 정도로 어두웠으며, 머리 위를 두꺼운 구름이 덮은 가운데, 그 사이로 엿보이는 별이 뿌옇게 빛을 냈다. 류 일행은 별빛을 받으며 귀갓길에 올랐다.

길을 나아가는 합계 11명, 화재를 막은 정의의 파벌에게 민중이 목소리를 높여 칭송과 감사의 말을 보냈다. 감정표현이 서툴고 무뚝뚝한 엘프인 류는 이럴 때 늘 어떻게 해야 좋을지 몰라 동료들 사이로 숨어버리지만, 그런 그녀를 대신해 네제 같은 이들이 손을 흔들어주었다.

대로를 빠져나와 길을 몇 번 꺾어 한적한 주택가로.

그리고 도달한 곳은 오라리오 북쪽 구역의 한구석.

류 일행의 홈, 『별의 정원』이었다.

"어서 오렴, 얘들아."

결코 크지는 않은, 그러나 세련된 하얀 저택의 현관을 열자 류 일행을 맞이해주는 아름다운 한 여신이 있었다.

누구라도 한 번 보면 알 수 있을 것이다.

그녀가 선한 신이며 자비, 혹은 자애로 가득한 신물임을.

그 정도로 그녀가 두른 분위기는 부드럽고, 정의로우며, 맑았다.

호두색 장발은 등으로 흘러내렸으며 두 눈은 별의 바다와도 같이 깊은 남색을 띠었다.

류의 하늘색 눈보다도 맑아 그야말로 별이 가득한 하늘처럼 보는 이를 끌어당긴다.

여성스러운, 매끄러운 선을 그리면서도 나긋나긋한 팔다리를 감싼 옷은 티 한 점 없는 순백색. 자태까지도 포함해 정숙한 귀부인을 방불케 하지만, 깊은 계곡을 이루는 두 언덕은 매혹적이기까지 했다.

『여신』이라는 말은 바로 그녀를 위해 존재하는 것.

그렇게 선언해도 될 정도로, 그녀는 청렴하고 결백하며 아름다웠다.

여신 아스트레아.

류 일행의 주신이자,『정의』를 관장하는 데우스데아다.

"아스트레아 님!"

그녀들을 맞이한 아스트레아의 모습을 보자마자 알리제는 기쁨의 감정을 숨기지 않았다.

그 모습은 마치 어머니를 흠모하는 아이 그 자체여서, 충성이나 존경과도 다른『신애』가 담겨 있었다.

"다녀왔습니다, 아스트레아 님."

"애들처럼 줄줄이 귀환했죠."

"주신님께서 직접 맞이해주시다니, 우리도 참 많이 출세

했네요."

알리제에 이어 류와 라일라, 카구야, 그리고 다른 단원들이 한마디씩 했다.

말의 차이는 있지만 그녀들이 주신에게 보이는 것은 역시 기쁨과 즐거움의 감정이었다.

"그렇지 않아, 카구야. 돌아와 준 사람들이 무사함을 기뻐하는 건 신도 아이들도 상관없는걸."

아스트레아는 역시 부드러운 웃음을 지우지 않았다.

신의 시대를 맞이하기 전, 누구나 머릿속으로 그리던 『여신상』에 누구보다도 잘 어울리는 존재.

류는 마음속으로 그렇게 생각했다.

"하물며 이런 시대잖니. 너희가 하나도 빠짐없이 돌아오면 나도 새색시 같은 행동을 하게 된단다."

"새, 새색시……! 아스트레아 님이……?! 어떡해, 왠지 모를 배덕감이……!"

"왜 흥분하는 겁니까, 네제."

고운 얼굴에 살짝 장난기를 드러내며 수인 소녀가 과도하게 반응하자 류는 진지한 엘프답게 어이없어했다.

그 모습을 흐뭇하게 바라보며 아스트레아는 권속들의 얼굴을 차례차례 확인했다.

"피곤하지? 목욕할래? 아니면 식사할래?"

"아니면…… 아스트레아 님인가요?"

"뭣?! 카, 카구야! 당신은 정말——!!"

느물느물 웃음을 지은 것은 포용력을 겸비한 여신의 흉부——힐러 마류를 제외한 권속들은 당해낼 수 없는 가슴둘레——를 흘끔 본 카구야였다.

그리고 류는 역시 엘프답게 과도하게 반응했다.

천박하다며 격앙을 감추지 못하고 다가서려 했지만,

"어머어머~? 지금 무슨 상상을 한 거야? 결벽하고 고결해서 음담패설 따위와는 무관하다고 새침하게 굴던 엘프 님씩이나 되시는 분이?"

"네, 네놈……!"

카구야는 물을 만난 고기처럼 더욱 상스러운 웃음을 머금었다.

『어이 무슨 망상을 했는지 한번 말해보시지 피라미 내숭쟁이 요정』이라고 말하는 눈빛에 류는 이를 뿌드득 악물었다. 살짝 눈물을 머금은 채.

"그럼 난 목욕부터 할까!"

"그리고 분위기 파악 안 하는 우리 단장님은 역시 대단해."

그 바로 옆에서 알리제가 목소리를 높여 선언하고, 라일라는 이제 지쳤다는 양 2층으로 올라가려 했다. 평소와 전혀 다를 바 없는 【아스트레아 파밀리아】의 일상 풍경이었다.

"맞아, 아스트레아 님도 같이 하자! 목욕도 아스트레아 님도 내가 다 차지할 거야!"

""""?!""""

"어머어머…… 역시 알리제한테는 아무도 못 이기는구나."

류, 카구야, 라일라, 그리고 다른 단원들 모두가 놀라 돌아보는 가운데 아스트레아는 쿡쿡 웃었다.

그런 주신에게 알리제는 활기차게 웃으며 다가섰다.

"자, 아스트레아 님! 나랑 같이——."

""""그, 그만둬! 불경해!!""""

노성이 쩌렁쩌렁 울려 퍼지고 한바탕 소란이 벌어지는 것 또한 그녀들의 일상이었다.

✦

"자아, 목욕도 밥도 다 끝났으니 오늘의 반성회를 열겠어! 정보도 정리해보고!"

완전히 밤이 깊은 시간대.

홈에서도 가장 넓고 많은 소파가 놓인 단락실에 주신과 권속이 모여 있었다.

몸을 제대로 씻고 온 알리제가 뽀송뽀송한 피부로, 그리고 으스대는 얼굴로 선창하는 모습에, 최후의 최후까지 제대로 지쳐버린 단원들의 원망스러운 시선이 집중되었다.

"아무 일도 없었다는 듯이 진행해버리고 앉았어……."

"패고 싶어라, 저 미소."

라일라가 팔걸이에 몸을 기댄 채 투덜거리고, 카구야가 방글방글 웃으며 불만을 제기하자,

"내가 외면도 내면도 완벽 미소녀라고 해도 질투하면

못써, 카구야! 괜찮아, 너도 충분히 예쁘니까! 찡긋―☆"

"울컥☆"

"웃으면서 이마에 핏대 세우지 마십시오, 카구야…….."

귀여움보다도 짜증이 극에 달한 윙크에 극동소녀의 살의가 드높아졌다. 류의 침통한 목소리도 들리지 않는다.

"후후, 너희의 재미난 대화는 보고 있으면 질리질 않지만…… 그만 시작할까? 이번에는 어땠니, 알리제?"

"네, 아스트레아 님! 이번 습격에 관해서는, 공장은 불타버렸지만 일반인의 피해는 0! 물론 우리 모험자들도요!"

류 일행이 준비한 신좌에 앉은 아스트레아의 채근에 드디어 대화가 시작되었다.

모두의 앞에 선 알리제가 회의 진행을 맡으면서 단원들이 각자 보고하고 의견을 나누었다.

"여전히 적은 어중이떠중이뿐. 그러나 결코 오합지졸은 아니었지요."

"맞아, 통제가 되던걸. 이 신시대에 『질보다 양』을 들고 나오는 건 시대착오도 이만저만이 아니지만."

"……산발적인 습격은 아무리 지나도 끊이질 않습니다. 근절하지 못한 채 『악』은 아직도 비웃음을 짓고 있습니다."

내숭을 떨면서, 그러나 매서운 표정을 숨기지 않은 채 카구야가 말하고, 라일라가 그녀의 말을 받아 보충했다. 안타깝다는 듯 정의감을 드러낸 것은 류였다.

"네 말은 이해해. 하지만 조바심을 내면 안 돼, 류. 이블스는 과거의 『양대세력』이 존재하던 때부터 도시에 잠복하고 있었으니까."

"【제우스 파밀리아】와 【헤라 파밀리아】……."

아스트레아가 말하는 『양대파벌』의 이름을, 류는 떼어놓을 수 없는 외경심과 함께 말했다.

"『신시대의 상징』, 그리고 『권속의 도달점』…… 양대 파벌은 천 년 동안이나 오라리오에 군림하면서 안전신화를 무너뜨리지 않았지."

"이블스 놈들이 쫄아서 활동을 자숙했을 정도라니…… 얼마나 강했던 거야, 그 인간들."

알리제도 진지한 표정으로 언급하고, 소파에 버릇없는 자세로 앉은 라일라 또한 질렸다고밖에 못하겠다는 듯한 표정을 지었다.

"『고대』로부터 이어지는 인류사를 통틀어 **최강**이라 해도 과언이 아니었단다. 그만큼 제우스와 헤라는 압도적이었어."

주신의 단언에 【파밀리아】 내에서 가장 어린 엘프인 셀티가 흠칫한 것도 찰나. 류가 강경한 목소리로 말했다.

"하지만 그 제우스도 헤라도 『흑룡』에게 패배했습니다……."

——『3대 퀘스트』.

고대의 몬스터 세 마리를 토벌 목표로 삼은 미궁도시의 사명이자, 세계가 오라리오에게 바라는 『비원』이다.

제우스와 헤라의 양대 파벌은 그중 두 마리, 육지의 왕 『베히모스』와 바다의 패왕 『리바이어선』을 타도했으며── 그리고 『살아있는 종말』이라고도 불리는 최후의 용에게, 패배했다.

권속들 사이에서 잠시 소리가 끊어졌다.

『권속의 도달점』이라고도 불리는 최강의 양대 파벌을 전멸로 몰아넣은 가공할 악몽.

잠시 후, 그녀들의 속내를 대변한 것은 수인 네제였다.

"얼마나 무시무시했던 거야, 『용의 왕』은……. 그런 걸 누가 잡아……."

이번에야말로 방에 완벽한 침묵이 자리잡았다.

그 비관적인 심정은 【아스트레아 파밀리아】만이 아니라 오라리오, 아니, 온 하계를 뒤덮은 공통된 마음이었다.

그만큼 『흑룡』은 틀림없는 절망의 상징이었다.

대륙의 까마득한 북쪽, 세계의 한끝에서 잠자고 있는 종언의 존재에게 그녀들은 구제할 길 없는 『미지』에 대한 공포와 불안을 느끼지 않을 수 없었다.

"……얘기가 옆길로 샜네. 의제로 돌아가자. 우리가 가진 정의의 혼을 불태우는 거야! 버닝! 버닝!!"

그런 소녀들의 무거운 침묵을 깨뜨린 것은 역시 알리제였다.

"오늘도 사상자는 없었어! 이블스의 전력도 줄어들었고! 적은 결코 무한하지 않아. 우린 조금씩이긴 하지만 전진하고 있어!"

밝고 발랄한 목소리는 자기도 모르게 아래를 향할 뻔했던 단원들의 얼굴을 억지로 들게 만들었다.

붉은 머리 소녀는 활짝 피어나는 듯한 웃음으로 말을 이었다.

"그리고 우리가 정의의 날개를 펼친 만큼, 제우스와 헤라가 있었던 시절의 오라리오로 돌아가는 거야!"

"알리제……."

"믿어야 해! 꾸준함이 지름길이란 걸! 우리의 불굴은 반드시 이블스를 타도하는 초석이 될 거라고!"

눈을 크게 뜬 류의 시선 너머에서, 알리제는 가슴에 오른손을 얹으며 말했다.

"그다음에는 겸사겸사 『흑룡』도 잡아버리자! 응응, 할 수 있어 할 수 있어!"

황당무계하면서도 단숨에 비약해버린 그 발언에 단원들은 넋이 나가버렸다.

아스트레아마저도 연신 눈을 깜빡였다.

조금 전과는 또 다른 의미에서 방이 정적에 휩싸인 가운데, 라일라가 입을 열었다.

"……『흑룡』이 겸사겸사 잡히겠냐고, 나 원. 너무 낙관적이라 할 말이 없다~."

그녀는 어이없어하면서도 입가에는 웃음을 머금고 있었다.

다음으로 말을 이은 것은 카구야.

"……단장님, 저는 당신의 그 감언을 받아들이기 힘든걸요. 미래를 생각하는 건 좋아요. 하지만『현실』은 직시해야지요."

라일라와는 대조적으로 그녀는 냉엄한 태도를 무너뜨리지 않았다.

그 목소리는 딱딱했으며, 내숭을 떨기를 그만둔 시선은 날카롭다. 류를 놀릴 때와는 다른 진지한 표정으로, 낙관을 용납하지 않는 현실주의자와도 같이 대들었다.

"어머, 무슨 소릴 하는 거야, 카구야? 난 제대로 눈앞을 보고 있어."

하지만 알리제는 어리둥절한 표정으로.

극동 소녀와 시선을 얽으며 의아하다는 듯 말했다.

"왜냐면 할 수밖에 없는걸. 그럼 해야지."

그리고, 웃었다.

한 점의 티도 없이, 당연한 말을 한다는 듯, 활짝 웃으며.

오히려 카구야가 굳어버렸다.

아연실색한 표정을 드러낸 채, 한동안 몸을 움직이는 것도 잊고.

이윽고 항복을 인정한다는 듯 그녀 또한 웃었다.

"……정말, 나는 당신과 상성이 안 좋아요. 당신에게는 절대 못 이길 거예요."

아아, 나 원.

정말로 못 말리겠어, 이 사람은.

어디 속아줘 볼까.

카구야가 그렇게 생각한다는 것을, 사람의 감정변화를 잘 읽지 못하는 류조차도 그녀의 옆얼굴을 통해 알 수 있었다.

"뭐, 알리제의 『어떻게든 된다』는 어제오늘 나온 이야기가 아니니까."

"그러게. 우린 그런 알리제를 따라가고 있고."

"좋았어, 『흑룡』도 잡아버리자─! 언제가 될진 모르겠지만─!"

금세 솟아나는 웃음소리.

휴먼 노잉과 마류가 눈을 가늘게 뜨고, 아마조네스 이스카가 천장을 향해 주먹을 치켜든다. 다른 단원들도 이에 감화된 듯 웃음을 머금었다.

조금 전까지의 미래에 대한 우려 따위 잊어버린 채.

"……."

그 광경에 류는 조용히 미소를 지었다.

──알리제는 대단하다.

냉소주의자인 라일라도, 성격이 비뚤어진 카구야도.

알리제에게만은 백기를 들고, 그녀의 올곧은 눈을 인정한다.

노잉도, 네제도, 아스타도.

랴나도, 셀티도, 이스카도, 마류도.

그리고 자신 또한 그녀를 믿는다.

아스트레아와 알리제가 있는 한, 분명 자신들은『정의』를 잃지 않으리라고.

'내가 동경하는 사람. 내 손을 잡아준, 존경하는 휴먼──.'

소녀와 처음 만났던 날을 떠올리면서, 류는 자신의 일도 아니면서 매우 자랑스럽게 생각했다.

"오늘도 다들 내 정의에 무릎을 꿇었구나! 흐흥, 역시 난 대단해!!"

""""""""""""울컥☆""""""""""""

그러나 그런 류의 마음도 알 바 아니라는 양, 알리제는 얄팍한 가슴을 펴며 오늘 최고의 으스대는 표정을 선보였다.

류와 아스트레아를 제외한 모든 이들이 절묘한 짜증에 사로잡혀 이마에 핏대를 세웠다.

'꼭 쓸데없는 소리를 해버리는 것이 유일한 단점이지만 요…….'

너무나도 너무한 낙차에 류가 자기도 모르게 한 손으로 얼굴을 가려버린 것은 어쩔 수 없다. 어쩔 수 없는 일이다. 어쩌란 말인가.

"아무튼! 우리가 취해야 할 행동은 하나! 슬픔의 눈물을 닦고, 모두의 미소를 지킨다! 그러기 위해 싸우고 또 싸우자!"

알리제가 말하자 지켜보던 아스트레아도 미소와 함께 고개를 끄덕였다.

"그래…… 별의 수만큼 많을지언정『정의』중 하나는 여기에 있지. 그건 틀림없단다."

"아스트레아 님도 보증하셨으니 문제없지! 그럼 늘 하던 그거 하고 내일도 열심히 하자, 다들!"

그리고 알리제의 미소는 한층 더 빛났다.

모든 호소를 날려버리는 그녀의 기염에 일부 단원이 진저리난다는 표정을 지었다.

"이거 맨날 해야 해……? 나 이렇게 창피한 건 질색인데……."

"안심해. 나도야."

"라일라, 카구야, 진지하게 하십시오! ……저, 저는, 창피하지 않습니다!"

말로는 그렇게 하면서도 꼬박꼬박 얼굴을 붉히는 류를 내버려 둔 채 알리제는 모든 단원을 일으켜 세웠다.

11명의 소녀가 원을 만들자, 반짝이는 붉은 머리카락을 찰랑이며 알리제는 손을 뻗었다.

"사명을 다하라! 저울을 바로잡아라! 언젠가 별이 될 그날까지!"

그것은 정의의 노래.

그녀들이 아스트레아의 권속이라는 선언과 증명.

"천공을 달려나가는 것과도 같이, 이 대지에 별의 발자국을 이어나가리!"

그것은 소녀들이 자신의 마음에 새긴 『맹세의 말』이었다.

"정의의 검과 날개에 맹세코!"

『정의의 검과 날개에 맹세코!!』

알리제의 목소리에 이어 모두가 제창했다.

눈을 가늘게 뜬 아스트레아의 시선 너머에서, 소녀들은 오늘도 정의의 맹세를 새로이 다지는 것이었다.

『대항쟁』까지, 앞으로 열흘──.

2장

EREN

ASTREA RECORDS
evil fetal movement

Author by Fujino Omori Illustration Kakage
Character draft Suzuhito Yasuda

푸른 하늘이 모습을 감추었다.

시간대는 아침. 오라리오의 머리 위는 오늘도 회색 구름에 덮여 있었다.

며칠째 이어진 흐린 날씨에 길을 가는 사람들의 표정도 어두웠으며, 암울한 공기가 감돌았다.

"자, 말했으면 실천해야지! 순찰이야! 나쁜 짓을 하는 사람들을 단속하는 거야!"

하지만 그런 건 알 바 아니야! 라고 말하듯 알리제는 그날도 시끄러웠다. 가 아니고 생명력이 넘쳐났다.

그녀의 곁에는 복면으로 얼굴을 가린 류가 있었다.

"바로 다음 날 같은 장소를 습격하는 일은 없을 거라고 생각합니다만…… 우리는 공업지구부터 순서대로 돌아보죠."

"응!"

그렇게 대답하며 웃는 알리제와 함께 순찰을 시작했다.

도시의 순찰은 【아스트레아 파밀리아】가 솔선하는 일 중 하나였다. 치안 악화가 눈에 뜨이는 『암흑기』라는 이 시대에, 직접적인 피해를 내는 이블스는 물론이고 악행에 손을 대는 일반인도 끊이질 않았다. 도리를 유지하려면 힘 있는 자, 특히 모험자의 순찰이 반드시 필요했다.

감시와 순찰은 『도시의 헌병』으로 알려진 【가네샤 파밀리아】의 역할이지만, 류를 비롯한 【아스트레아 파밀리아】도 적극적으로 참가했다. 『정의』의 이름을 내건 그녀들이 바라는 것은 역시 『혼돈』이 아니라 『질서』였으므로.

"이블스의 습격에서 규칙성을 찾을 수는 없다지만, 제1구역과 제2구역의 피해가 커."

"이 일대…… 마석제품을 생산하는 공업지구는 오라리오의 심장부입니다. 아직 치명적인 피해에는 이르지 않았다고 들었지만, 이 이상은 도시의 기능에 지장을 가져올 수도 있습니다."

류와 알리제의 담당은 도시 북동부.

얼마 전의 공장 습격 사건도 있고 해서 습격 자체를 예방하기 위해 그녀들 이외에도 카구야와 라일라 일행이 도시의 각 방면에 흩어져 있다.

류와 알리제는 주민들에게 탐문을 벌이며 순찰에 힘썼다.

커뮤니케이션의 괴물인 알리제가 관계있을 법한 이야기도 쓸데없는 이야기도 섞어가며 자세한 정보를 모아왔다. 남들과의 교류가 서툰 류는 수상한 물건이나 인물이 없는지 계속해서 눈을 빛냈다.

여러 구역을 넘나들며 순찰을 계속하는 동안 시간은 흐르고, 두터운 구름은 조금씩 엷어져── 오라리오에 저녁놀이 찾아왔다.

"……시내에 활기가 없다. 이곳이 『세계의 중심』이라 칭송받던 오라리오라고 대체 누가 믿겠나."

도시 내의 흔해빠진 가로 중 하나를 걷고 있을 때였다.

순찰을 하던 류는 아침부터 계속 느꼈던 생각을 말했다.

"길을 가는 사람들은 모두 어두운 표정에, 열려 있는 가게도 도난방지용 방책을 쳐놓았어…… 치안악화가 사람들의 마음을 황폐하게 만들고 생활에까지 영향을 미치는 거야."

알리제의 말대로, 거리를 오가는 사람들의 표정은 어두웠다.

시선을 발밑으로 떨구거나, 혹은 갑자기 주위를 둘러보며 신경질적인 행동을 보였다.

사람들을 향해 호객행위를 하는 가게 따위 전무했다.

"예. 이블스가 무슨 일을 저지르지는 않을지, 모두가 늘 겁을 내고 있지요. 몸이 가루가 되도록 일해도 사람들의 웃음을 지킬 수 없다는 것이 갑갑합니다……."

"이것도 많이 나아진 편이라는 게 참 그렇지. 리온이랑 처음 만났을 무렵에는 진짜 심했어."

오라리오의 현실을 보며 류의 표정은 서글프게 일그러졌으며 목소리에서는 분한 감정이 묻어났다.

답답해하는 그녀의 곁에서 알리제 또한 눈썹에 우수를 머금었다.

'그것도 벌써 3년 전이구나……. 난 그때 알리제 덕에 살아나, 아스트레아 님의 권속이 되었지…….'

그것은 류가 오라리오에 막 발을 들였을 때의 이야기.

아무것도 모르는 엘프에게 오라리오라는 대도시는 너무나도 넓었으나, 그 광활함이 무색할 정도로 조용하고 어딘가 암담했다. 당시부터 이블스가 날뛰어 치안이 흐트러지고 있었기 때문이다.

실제로 당시 아직 『팔나』를 받지 못했던 류도 인신매매 범들에게 포위당한 적이 있었다. 그들의 독니에 걸려들었다면 그대로 납치당해 미목수려한 엘프로 환락가에 팔려 나갔을 것이다.

그리고 그런 류의 궁지를 선드러지게 구해주었던 것이 알리제였다.

"리온은 리온대로 진짜 고집쟁이였고 말이지! 따돌림당한 들고양이 같은 눈을 해선, 진짜 귀찮았어!"

"아, 알리제! 그때의 저는 고향을 막 떠나온 후라 정서가 불안정해서…… 고, 고집을 부렸던 것은 아니고!"

류가 추억에 잠긴 것을 아는지 모르는지 알리제는 느닷없이 밝은 목소리로 웃음과 함께 당시의 일을 떠들어댔다.

류는 필사적으로 변명 같은 말을 주워섬겼지만,

"나 그때 일은 지금도 기억하는걸! 그때 리온은, 쥬라 일당한테서 구해준 나한테 『자기만족을 위해 날 구한 거라면 대가 따위 필요 없을 테지. 번뜩』 같은 소릴 했잖아!"

"알리제에에……!"

하나도 비슷하지 않은 흉내까지 내는 바람에 류는 처량한 목소리를 낼 수밖에 없었다.

자신의 흑역사를 들먹이니 복면 너머로도 알 수 있을 만큼 얼굴이 붉어졌다.

가느다란 엘프 귀까지 수치의 색으로 물들어, 구멍이 있으면 들어가고 싶은 충동에 사로잡혔다.

"흐흥~! 난 리온의 약점을 잔뜩 알고 있다고! ……하지만 리온. 넌 약간 착각하고 있어."

"네?"

가슴을 편 알리제는 갑자기 목소리를 바꾸었다.

온몸을 꼬며 부끄러워하던 류가 고개를 들자, 마침 같은 타이밍에 스쳐 지나가던 한 소녀가 목소리를 높였다.

"앗! 【아스트레아 파밀리아】다아!"

"맞아, 정의의 사도 【아스트레아 파밀리아】란다! 그런 너는 요전 사건 때 피난이 늦어졌던 여자애, 리아 맞지!"

"응! 언니가 구해준 리아야!"

이쪽을 향해 활짝 웃는 소녀에게 알리제는 재빨리 몸을 돌려 멋들어진 포즈를 취했다.

두 팔로 곰인형을 꼭 안은 소녀는 꺄악꺄악 기뻐했다.

류도 기억한다.

이블스의 습격으로 대로가 혼란에 빠진 가운데, 이리저리 도망치던 사람들의 발에 차이고 하마터면 짓밟힐 뻔했던 그녀—— 리아를 알리제가 구해주었던 것이다.

"아아, 모험자님! 그때는 정말 고마웠습니다……! 뭐라 감사의 말씀을 드려야 좋을지……!"

"우린 『정의』에 따랐을 뿐이니까 신경 쓰지 마세요! 언제든 우린 여러분을 구할 거니까요!"

고개를 숙이는 리아의 어머니.

감사를 표하는 그녀에게 알리제는 자신의 마음을 있는 그대로 전했다.

"응! 늘 도와줘서 고마워! 또 봐, 언니들!"

곰인형과 함께 손을 흔들며, 소녀는 어머니를 따라 떠나갔다.

그 일련의 광경을, 류는 놀란 표정과 함께 바라보고 있었다.

"……지금 그건."

"리온. 네가 지키고 있는 웃음은, 있어. 설령 전체에서 보면 미미하더라도, 분명히 존재해."

류의 곁에서, 멀어져가는 모녀의 뒷모습을 바라보며, 알리제는 눈을 가늘게 떴다.

"모두가 웃지 못한다고 해서, 우리가 지킨 사람들을 잊어선 안 돼. 자신을 비하하면 못써."

"……."

"『정의』의 성과는 존재해. 남은 건 앞으로 늘려가는 것뿐이야. 그렇지?"

"……예, 알리제. 당신의 말이 옳습니다. 답답하다고 생각할 틈이 없었지요."

웃음을 지으며, 다정하게 타이르듯 말을 거는 벗의 모습에 류의 얼굴에도 자연스러운 웃음이 떠올랐다.

조금 전까지 가슴에 응어리졌던 비탄을 잊고 고개를 들었다.

"오라리오에 평화를 가져오기 위해, 지금은 조금이라
도——."

"어~~~~~~~라~~~~~~~~~~!!"

그때였다.

경악한 류와 알리제의 시야 저편에서, 처량한 남자의 목
소리가 들려왔던 것은.

"하하! 이리 내놔!"

"내 전재산 444발리스가아아아아아아아! 누가 좀 찾아줘
어어어어어어어엉!!"

걸걸하고 거친 목소리는 지갑을 빼앗은 폭한의 것.

그리고 지금도 이어지는 처량한 비명은 지갑을 빼앗긴
『신』의 것이었다.

"저거 남신님이야? 신한테서 지갑을 빼앗다니 말세네!
근데 소지금 미묘하게 처량하다! 신인데!!"

"그런 소릴 하고 있을 때가 아닙니다! 어서 가죠, 알리제!"

뒤로 갈수록 솔직한 감상을 쏟아내는 알리제에게 딴죽
을 걸며 류는 바람이 되었다.

활기는 없어도 사람들은 오가는 대로. 익숙한 몸놀림으
로 인파를 피하며 폭한 사내는 모습을 감추려 했으나——
류와 알리제가 더 빨랐다. 인파를 막힘없이, 그러면서도
재빠르게, 때로는 벽을 박차고 하늘을 춤추며 달려나갔다.

처음에 존재했던 거리 따위 가차 없이 줄어들어 사내의 등 뒤로 바짝 따라붙었다.

"놓치지 않는다! 포기하고 오라를 받으시지!"

"저 붉은 머리는…… 【스칼렛 하넬】?! 제, 젠장! 하필이면 【아스트레아 파밀리아】냐고……! 빌어먹을!"

이렇게 되면 사내 쪽이 손해였다.

빈틈투성이 호구(神)에게서 지갑을 빼앗았다고 생각했더니 병아리 눈물만한 푼돈밖에 없었던 데다. 쫓아오는 것은 정의의 파벌로 유명한 소녀들. 상급 모험자와의 신체능력을 잘 아는 사내는 어떻게든 뿌리치고자 대로의 옆길로 뛰어들려 했다.

"——꾸엑?!"

그러나.

진로 앞에 갑자기 나타난 사람에게 멋지게 발이 걸려, 나동그라졌다.

"못써, 나쁜 짓을 하면. 돈은 일해서 스스로 벌어야지."

역시, 그 소녀는 『가련』했다.

알리제가 발랄한 태양처럼 밝다면, 그녀의 분위기는 봄바람처럼 조용했다. 방울처럼 영롱한 목소리 하나에서도 타고난 자상함이 배어났다.

"아디!"

어젯밤에 습격을 당했던 공장에서 만난 지인 중 하나를 보고 류는 눈을 크게 떴다.

"맞아! 품행방정하고 친근하고 샥티 언니의 동생이고 리온네와 같은 Lv.3인 아디 바르마야! 짜잔〜!"

"대체 누구에게 설명하는 건가요, 당신은⋯⋯."

두 팔을 벌리며 활짝 웃은 소녀 아디에게 류는 어이없다는 시선을 보냈다.

【가네샤 파밀리아】의 단원인 그녀는 도시의 헌병이라고는 생각할 수 없는 명랑한 태도로 류에게 다가왔다.

"여, 리온. 오늘도 예쁘고 귀엽네. 언제 만나도 좋은 냄새가 나고⋯⋯ 안아도 돼〜?"

"사람 말을 들으십시오."

"흐흥〜! 나는 어제 리온을 바디필로우 삼아서 잤지! 리온은 막 부끄러워해서 귀여웠어!"

"내 주변에는 남의 말을 듣지 않는 사람밖에 없는 겁니까!!"

극동에서 말하는『복고양이』처럼 한 손을 까닥거리는 아디를 위협해보지만, 여기에 알리제까지 가담해버리니 이제는 말릴 방법도 없다. 허리에 두 손을 짚고 으스대는 소녀와, 결국 정면에서 끌어안아 버리는 푸른 소녀 사이에 끼어버렸다.

어젯밤의 부끄러운 기억도 한몫해서, 류는 자기도 모르게 눈을 감은 채 고함을 지르고 말았다.

소매치기를 추적하는 과정에서 따라잡았는지, "언니들 사이좋다!"라는 소녀 리아의 환성도 은근히 정신적으로 대미지를 주었다.

© KAKAGE

"아하하. 농담은 나중에 하고…… 자, 아저씨. 훔쳐 간 거 돌려줘."

"끄으윽……."

류와의 합체를 해제한 아디는 뒤를 돌아보았다.

요란하게 나동그라졌던 폭한은 신음소리를 내며 마침 상체를 일으키려 하던 중이었다.

"……아~ 젠장! 이젠 끝났어, 내 인생은 끝났어! 냉큼 감옥에 처넣으시지, 젠장!"

"대단해! 화끈하게 배 쨌어!"

땅바닥에 팔다리를 늘어뜨린 자세로 고함을 질러대는 사내에게 알리제가 경탄했다.

"얘기가 꼬이니 당신은 가만히 좀 있으십시오."

류가 두통을 느끼며 그녀를 말리는 동안, 사내는 더욱 목소리를 높여댔다.

"너희처럼 강한 놈들은 모르겠지! 이렇게 비참한 짓을 하면서 입에 풀칠을 하는 우리 부랑자들 같은 건! 일자리도 빼앗기고 가게도 문을 안 여는데! 언제나 언제나 사건 사건! 어딜 가도 여유가 없단 말이야!!"

그 말대로, 사내는 후줄근한 옷을 입고 있었다.

모험자도 아닌데 어깨와 배에 갑옷을 입었지만, 그것은 바로 이런 시대를 살아남기 위한 지혜가 아닐까. 덥수룩하게 수염을 기른 중년 휴먼은 자신의 주장을 주워섬겨댔다.

"일자리를 잃은 녀석이 수두룩해! 이게 다 너희 모험자들이 악당 놈들을 냉큼 쫓아내지 않아서라고!"

그의 말을 듣던 류는 아주 조금 눈을 내리깔았다.

'이 남자의 불평은 생트집이지만…… 이것도 지금 오라리오의 현실. 치안 악화가 희던 자들까지 검게 물들이고 있다.'

부정도 긍정도 할 수 없는 진실의 측면.

되받아칠 말이 없어서가 아니라, 그저 무력감을 곱씹고 있으려니, 사내는 손을 짚고 비틀비틀 일어났다.

"맞아! 나 같은 녀석이 있는 건 전부 너희 때문이야! 난 피해자야!!"

그런 사내의 결론에.

류의 옆에서 잠자코 듣고 있던 소녀가 한 걸음 앞으로 나섰다.

"그게 당신 변명?"

"뭐……."

"하지만 나쁜 짓은 나쁜 짓이잖아? 당신이 빼앗은 만큼 무언가를 잃은 누군가는 당신하고 똑같은 생각을 하게 되는걸?"

그런 아디의 목소리에는 나무라는 감정이 전혀 없었다.

책망하는 기색도 없었다.

그저 평범하게 되물었을 뿐이다.

"지금의 당신이 당신 같은 사람을 만들어내고 있는 건지도 몰라. 우리가 애쓰기 전에."

"그, 그건……."

힐문하는 것도 아니었지만, 폭한 사내는 말문이 막혀버렸다.

그때 아디는 생긋 웃음을 지었다.

"그러니까 말야. 맹세해."

"뭐?"

"이제 두 번 다시 나쁜 짓을 하지 않겠다고. 약속한다면 이번에는 봐줄게."

어이없다는 표정을 짓는 사내와 마찬가지로 류는 얼굴을 경악으로 물들였다.

"무슨……! 아디, 그건 안 됩니다!"

"왜?"

"마땅한 벌을 받지 않는다면 본보기가 서질 않습니다! 그때그때 상황에 따라 처벌을 바꾼다면 질서가 흐트러집니다!"

"으음~ 난 정상참작의 여지가 있다고 생각하는데. 거짓말을 한 것 같진 않고. 물론 소매치기는 나쁜 짓이지만……."

몸을 내밀며 호소하는 류를 보고도 아디는 전혀 분위기를 바꾸지 않았다.

오히려 천연덕스럽게 웃기까지 했다.

"봐, 우리가 잡았으니까 피해는 안 생겼잖아. 아저씨 말고 아무도 불행해지지 않았어."

"그래도 죄를 저질렀다는 점에는 변함이 없습니다! 아

디, 당신은 도시의 헌병【가네샤 파밀리아】가 아닙니까!"

비명에 가까운 류의 외침이 터졌다.

그 물음에 아디는 웃음을 거두었다.

그리고 잠시 눈을 감았다.

"분명······『당근과 채찍』이었던가? 그런 말, 있었지?"

"······? 그게 어쨌다는 겁니까?"

"다른 헌병 언니들이『채찍』이라면, 나 정도는『당근』이 되어주고 싶어. ······채찍만 있으면, 다들 지치잖아."

"!"

눈꺼풀이 뜨이고, 머리카락 색과 같은 눈동자가 류의 하늘색 눈을 바라본다.

그 말은 생각지도 못한 방향에서 류를 호되게 후려쳤다.

"그, 그건······."

한 번도 생각해본 적이 없다고 해도 과언이 아니었다.

류는 질서에서 벗어난 자들을 단속할 뿐, 단속당하는 쪽에 대해 깊이 생각해본 적은 없었다.

이『암흑기』라는 시대가 그런 여유를 빼앗아갔다고 말하기는 쉽다.

그러나, 설령 그렇다 해도『일방적인 정의』라는 비방을 면할 수는 없을 것이다.

류는 동요해 말문이 막혀버렸다.

"······응, 결정. 나도 아디한테 찬성할래!"

"알리제?! 당신까지!"

그때까지 두 사람의 대화를 지켜보던 알리제도 아디의 말을 긍정했다.

류가 반사적으로 목소리를 높였지만 아랑곳하지 않고, 폭한 사내에게 다가가 검지를 척 세웠다.

"하지만 두 번은 없을 줄 알아. 그것만 명심해둬."

"그, 그래도 괜찮아……?"

"응. 내가 나중에 많이 혼날 테니까 괜찮아. ……그리고 아저씨, 이거."

당황하는 사내에게, 아디가 계속 한쪽 손에 들고 있던 것을 내밀었다.

그것은 간소한 포장에 싸인, 갓 튀긴 감자였다.

"돈은 못 주겠지만 내 감자돌이 줄게. 아, 그거 아직 한 입도 안 먹었으니까 안심해."

그리고 덧붙여주는 것은 한 점의 티도 없는, 맑은 웃음.

"따뜻하고 보슬보슬해."

사내는 멍하니 서 있었다.

멍하니 선 채, 뿌드득 이를 갈았다.

"……자선가 행세라도 하겠다는 거냐……."

그리고 힘차게, 아디의 손에서 그것을 빼앗았다.

"웃기지 마, 멍청아!"

그리고 등을 돌린 채 뛰어가 버렸다.

1초도 이런 곳에 있고 싶지 않다는 듯.

혹은 비참한 자신을 부끄러워하듯.

갈등을 등으로 내비치며, 세 소녀에게서 멀어져간다.

"의역하자면『하나도 안 고맙거든! 착각하지 마!』――라고 하면서 감자돌이는 제대로 챙겨간 거지! 이제 저 사람은 오장육부에 소금과 기름이 스며들어서 틀림없이 개심할 거야!"

"무슨 논리인지 전혀 모르겠습니다……. 그리고 저 남자는 그런 징그러운 말투를 쓰진 않을 겁니다. ……하지만, 역시, 이래서는 질서가……."

흐흥 코를 울리는 알리제의 번역기능에 꼬박꼬박 딴죽을 걸면서도, 류는 도저히 수긍하지 못하겠다는 표정을 짓고 말았다.

모양 좋은 눈썹을 일그러뜨리고 있으려니, 아디가 발소리를 내며 이쪽으로 몸을 돌렸다.

"……리온. 난 말야, 네가 하는 말은『강한 사람』이니까 할 수 있는 말이라고 생각해."

"예?"

"아저씨가 아까 했던 말도 틀리지 않았어. 우리가『정론』을 말할 수 있는 건, 우리가 힘을 가졌기 때문이야."

"――!!"

류의 얼굴에 충격이 지나갔다.

"그래서는 아니지만…… 리온, 용서하는 건『정의』가 되지 않을까?"

저녁놀을 등지고, 아디는 눈썹을 구부리며 웃음을 지었다.

그 말은 주위에서 바라보던 사람들의 놀라움을 모았으며, 그중에는 소동에 겁을 먹었던 리아의 어머니도 있었다. 단 한 사람, 천진난만한 리아만이 고개를 갸웃했다.

"……저, 저는……."

류는 아디에게 대답할 말이 없었다.

동요는 목소리를 가로막아, 입만 벌린 채 다물지 못하고 있으려니——.

"야아~ 멋져 멋져!"

메마른 박수 소리가 울려 퍼졌다.

"당신은……."

"아까의 남신님……?"

류와 알리제가 돌아본 곳에서는.

지갑을 빼앗겨 한심한 목소리로 외치던 한 남신이 서 있었다.

"대단한데, 정의의 모험자는."

"야아, 갑자기 뒤에서 태클을 당해서 말이지~. 깜짝 놀랐지 뭐야."

저녁 햇살을 받아 그림자가 보도블럭 위로 늘어져 있었다.

이런 말은 뭣하지만, 나약해보이는 신이었다.

눈은 가늘고, 입에 떠오른 것은 심약해보이는 웃음. 남자치고는 숱이 많은 흑발은 전혀 정리가 되지 않아 여기저기 삐져나와 있었다.

그리고 앞머리의 일부가 탈색한 것처럼 회색을 띠었다.

척 보기에도 패기가 없는 남신이었다.

"괜찮으세요, 남신님? 다친 데는?"

"긁힌 데 하나 없어, 귀여운 아가씨. 지갑 찾아줘서 고마워."

아디에게서 지갑──정확하게는 금화가 든 작은 자루를 받아들고 그 신물은 자기소개를 했다.

"내 이름은 에렌. 너희는? 거기 아이는 아까 【가네샤 파밀리아】라고 들었는데…….."

"난 알리제 로벨! 【아스트레아 파밀리아】의 단장이야!"

"……리온이라고 합니다. 알리제와 같은 【아스트레아 파밀리아】입니다."

자신을 에렌이라고 소개한 신에게, 아디의 옆에 나란히 선 알리제와 류가 이름을 댔다.

밖에서 돌아다닐 때 복면을 벗지 않는다는 점에서도 알수 있듯, 류는 자신의 정체를 숨기고 있다. 이유는 많지만한 마디로 나타내면 『엘프의 습관』이었다. 스스로 기피하는 종족의 관습에 따라 류는 친구나 동료 등 인정한 사람에게만 진명을 밝힌다.

물론 모험자 등록을 마친 『길드 본부』에는 류 리온이라는 이름으로 인물 정보가 올라가 있지만, 이 『암흑기』의 정세에서 길드는 정보누설에는 ──그야말로 이름 하나의 유출에도── 지나치리만치 신경질적으로 주의를 기울이고 있다. 무엇이 혼돈 측의 세력에게 유리하게 작용할지 알 수 없는 현재, 모험자의 안전을 확보하는 것은 관리기구인 길드에게는 당연한 일이었다.

그건 그렇고.

아무튼 류는 초면인 상대에게 자신을 소개할 때 일족의 이름인 리온이라고 말하고 있다. 【아스트레아 파밀리아】 내에서도 어쩌다 보니 리온이라는 호칭이 정착되어, 류의 진명을 아는 이는 거의 없다 해도 과언이 아니었다.

"【아스트레아 파밀리아】…… 정의의 여신의 권속……."

알리제와 류의 소개를 듣고 에렌은 동작을 멈추었다.

무언가를 생각하듯 두 사람의 얼굴을 바라보는가 싶더니, 천천히 입가를 틀어올렸다.

"……그렇구나. 그~렇구나. 그야말로 『정의의 사자』였던 거네. 좋은걸, 아주 좋아. 우리의 이 만남은."

"……? 무슨 말씀을 하시는 겁니까?"

감개무량한 듯 중얼거리는 말에 류가 눈썹을 의아함의 형태로 틀어올리자, 에렌은 너스레를 떨듯 두 팔을 들었다.

"아니, 너희에게 도움을 받아서 다행이란 소리였어. 다시 말하지만, 응, 멋져. 정말로 멋져."

아무 일도 아니라는 듯, 신의 말이 이어졌다.

"뭐가 멋지냐면, 모두가 『정의』를 찾고 있다는 게. 단순

© KAKAGE

한 권선징악이 아닌 타협점, 감동했어. ⋯⋯특히 엘프 너,
정말 재미있더라."

"제가⋯⋯?"

"그래. 결벽하고 고결. 하지만 아직까지 확실한 답은 없
지. 마치 병아리 같아. 올바르게 살아가고 싶다고 바라는
마음은 누구보다도 순수한데도."

에렌의 목소리는 신인데도 어딘가 신답지 않다는 모순
을 내포했다. 하지만 하계 주민들의 이목을 집중시키는 무
언가가 있었다.

꼭두서니색으로 물든 거리에 조용한 목소리가 울려 퍼졌다.

"이런 시대이기에 네가 어떻게 생각하고 어떻게 **물들지**.
그리고 어떤 『답』을 낼지⋯⋯ 아아, 흥미가 막 넘쳐나."

그리고 류는 이쪽을 빤히 바라보는 신의 눈에 『반발』을
품고 말았다.

'⋯⋯악의는 없다. 적의도 없다. 깔보는 것조차 아니다.
하지만 어째서인지 **아니꼽군**. 이 신은 대체──.'

스스로도 뭐라 표현할 수 없는 마음을 가슴속에 품고 있
으려니── 알리제가 홱 앞으로 나섰다.

"어쩐지 말투가 음흉해! 리온, 물러나! 이 신도 분명 『흐
히히』웃는 변태일 거야!"

"아, 하지 마. 진짜로 상처 입으니까 하지 마! 난 그런 엑
스트라 신이 아니란 말양!"

"신들은 다들 그렇게 말하거든요!"

"커흑! 멋진 미소로 배를 뚫어버리는 코크 스크루 블로!! 씩씩하고 보이쉬한 아가씨인 줄 알았건만 이제 보니 너 천연산 얼빵이구나!"

알리제가 두 팔을 벌려 류를 감싸고, 만면의 미소를 지은 아디가 흔들림 없는 객관적 사실을 제시했다. 미소녀들의 가차 없는 지적을 받은 에렌은 충격에 몸부림친 끝에 몸을 꺾으며 치명상을 입었다.

조금 전까지의 분위기를 무산시키며 처량한 목소리를 내는 모습에는 류도 허탈해지는 기분이 들 정도였다.

"……어이쿠, 벌써 시간이 이렇게 됐네. 너희하고 더 소란 떨고 싶었는데 슬슬 가볼게. 볼일도 있으니까."

"……혼자서 괜찮으시겠습니까? 수행원 권속도 없는 것 같은데, 하다못해 바래다드리기라도…….".

"그렇게까지 해주면 내가 미안해서."

류의 제안에 에렌은 웃으며 대꾸했다.

"그럼── 또 보자."

가볍게 손을 흔들며, 남신은 세 소녀의 앞에서 떠나갔다.

보도블록에 늘어진 그림자가 저녁놀이 지는 거리에서 사라졌다.

"신들은 혼자 행동하지 말라고 길드에서 그랬는데. 뭐, 신들은 다들 제멋대로라 혼자 나돌아다니긴 하지만."

"신들 따위 하나같이 그런 존재들이란 것을 알고 있었습니다만…… 종잡을 수 없는 자였습니다."

알리제가 어이없어하고, 류는 솔직한 심정을 입에 담았다.

연청색 머리카락을 찰랑거리며 아디도 고개를 끄덕였다.

"그러게~. 어쩐지 헤르메스 님하고 비슷한 거 같기도 해. ……아, 맞다. 리온."

그때 무언가를 떠올린 듯 소녀가 이쪽을 돌아보았다.

"너희 마을에서 나온 『대성수의 가지』는 역시 오라리오에 나돌고 있는 것 같아. 물건은 압수하지 못했지만 체포한 상인들이 불었어."

"……!! 그게 정말입니까……?"

"응. 너희 향리만이 아니고, 이블스가 도시 밖에서 들여와 팔고 있나 봐. ……엘프 향리를 어지럽혀서."

그것은 예전부터 오라리오에서 확인되고 있었던 정보였다.

엘프 향리에 각각 존재하는 『대성수』의 가지는 귀중한 물건이다.

대부분이 마도사용 지팡이나 무기의 소재로 사용되는데, 이를 가진 자는 엘프——여행을 떠날 때 작별 선물로 향리의 가지를 받은 요정——가 대부분이다. 절대 대량으로 유출될 물건이 아니다. 대성수를 숭배하는 엘프들이 그런 짓을 용납할 리가 없다.

"블랙마켓(암시장)이 아닌 『다크마켓(악인들의 불법시장)』…… 오라리오에서 불법 물품을 모아 거래하다니."

"오라리오는 『세계의 중심』…… 그렇기에 물류도 돌아간다는 거겠지. 사연 있는 물건도 잘 모여들고. 많은 상인이 관여하는 탓에 시장 그 자체를 완전히 박멸하는 게 어려워졌어. 거래 물품을 일시적으로 보관하는 『창고』가 틀림없이 있을 텐데…….”

알리제가 분개인지 탄식인지 모를 어조로 말하고, 아디가 그야말로 헌병의 표정이 되어 고개를 끄덕였다.

이것도 이블스의 소행이며 『암흑기』의 폐해. 『대성수의 가지』 이외에도 많은 수상한 물건이 나돌았으며, 미궁도시는 이제 불법의 온상으로 변했다.

“미안해, 리온. 너희 마을의 가지를 되찾지 못해서.”

“……아닙니다. 저는 이미 고향의 숲과는 인연을 끊었으니까요. 동포와 마을이 어떻게 되더라도, 전혀 관여할 바가 아닙니다…….”

“그런 표정으로 말은 잘하네. 완전히 감상적으로 변했으면서.”

아디가 사과하자 류는 애써 평탄한 목소리로 무관심을 가장했다.

하지만 알리제의 말대로, 복면으로도 숨길 수 없는 복잡한 감정이 스며 나오고 있었다.

그런 류의 옆얼굴을 빤히 응시하던 아디는…….

“좋아!”

가슴 위치에서 두 주먹을 쥐었다.

“기다려, 리온! 이블스를 제압하고, 놈들이 취급하는 물건도 되찾고 말 거야!”

놀라는 류에게 아디는 밝은 웃음을 지었다.

"모르는 사람을 구하는 것도 중요하지만! 역시 가까운 사람이 웃어주었으면 하니까! 그럼 또 봐, 둘 다!"

"아디! 저는 정말로 신경 쓰지 않——…… 가버렸어."

손을 흔들며 아디는 떠나가 버렸다.

씩씩하게 멀어져가는 뒷모습에는 비장함이라고는 조금도 없었다.

내밀려던 팔을 내리는 류에게, 알리제가 옆에서 웃음을 지었다.

"아디의 호의를 순순히 받아들이자. 누군가가 웃어주기를 바라는 마음은 전혀 잘못된 게 아니니까!"

"……예."

밝고, 친근하고, 그리고 다정한 아디 바르마는 인간의 『선성』을 상징한다고 해도 과언이 아닐지 모른다.

마음이 가벼워진 것을 깨달은 류는 자연스레 웃음을 지으며 그런 생각을 했다.

"자, 순찰 계속하자! 아디네랑 같이 반드시 도시를 평화롭게——."

"알리제."

알리제가 마음을 새로이 다잡고 있으려니, 조그만 그림자가 머리 위에서 소리도 없이 착지했다.

지붕 위를 달려온 파룸, 라일라였다.

"어머, 라일라? 그쪽 순찰은 벌써 끝났어?"

"응, 끝났어. 끝났고, 『다른 건수』야. 『수상한 움직임이 있으니까 그물을 쳐라』라는데."

그 『지령』을 전하기 위해 이쪽을 찾고 있었음을 깨닫고 류의 눈빛이 날카로워졌다.

"지시는 누가?"

"뻔한 거 아냐."

의식을 전환한 류와 알리제를 앞에 두고 라일라는 입술을 틀어 올렸다.

"내가 사랑하는 『용자』님이지."

"단장님. 【가네샤 파밀리아】와의 정기연락 다녀왔습다! 자세한 내용은 이 양피지에 정리했어요!"

어린 소년의 목소리가 방에 울려 퍼졌다.

오라리오 정북향에 위치한 【로키 파밀리아】의 홈, 『황혼관』.

그곳의 집무실에서, 파룸 핀은 보고서를 받아들었다.

"응, 수고했어. 고마워, 라울."

"아뇨! 그럼 저는 이제 누아르 씨네랑 순찰하러 다녀오겠습다!"

단장의 치하에 단원 라울은 나이에 어울리는 웃음으로 대답했다.

그대로 집무실을 나가려 했지만,

"라울. 너 올해 몇 살이었지?"

"……? 열넷인데요……?"

불러세운 목소리에 의아하다는 듯 돌아보는 라울.

그 말을 들은 핀은 밤의 호면을 방불케 하는 푸른 눈을 가늘게 뜨더니, 이내 웃음을 지었다.

"그렇구나…… 아니, 아무것도 아니야. 붙들어서 미안. 가보도록 해."

"네에…… 실례합니다."

고개를 갸웃거리며 라울이 이번에야말로 퇴실하자, 그 자리에 있던 키가 큰 엘프가 입을 열었다.

"핀, 왜 라울의 나이를 물었지?"

"별 뜻은 없었어. 다만…… 조금 마비되었다는 생각이 문득 들어서 말이지. 우리의 머리가."

아름다운 비취색 장발을 등으로 늘어뜨린 하이엘프, 리베리아의 물음에 핀은 앉아있던 의자에 몸을 기대며 삐걱거리는 묵직한 소리를 냈다.

"숨을 쉬듯 사람이 죽고, 비명이 끊이지 않는 이 무법지대에서, 성인도 되지 않은 아이까지 차출되어야만 한다는 이 상황이."

"어쩔 수 없다……는 말로 넘어가 버려도 될 문제는 아니지, 분명. 허나 라울은 아키와 같은 후방지원 담당이다. 싸움을 시키고 있는 것이 아니야."

싸움으로 날을 지새우는 모험자의 표정으로 이 암흑기

를 평가하는 핀의 진의를 제대로 이해하고, 리베리아는 진실을 들려주어 그를 위로했다.

그 위로를 되받아치듯 핀은 웃음을 건넸다.

"【아스트레아 파밀리아】의 그녀들도 라울이나 아키와 같은 나이야, 리베리아."

"……그 아이들은, 특별하다. 뛰어난 전투경험을 가졌고, 무엇보다 신념이 있지. 앞으로도 반드시 대두할 거다."

Lv.5── 현재 오라리오 최강 전력의 일각인 리베리아도 『특별』하다고 평가하는 것이 【아스트레아 파밀리아】다. 얼마 전에도 『정의』의 이름 아래 공장 습격을 막아냈던 그녀들의 활약은 민중의 희망으로 널리 퍼지고 있었다.

두각을 드러내고 있는 지금보다도 더욱 약진할 것이라고, 하이엘프 왕녀는 믿어 의심치 않았다.

"그렇지. 그 아이들은 희망 중 하나가 분명하네. 뛰어난 후발주자, 뛰어난 모험자를 놀려둘 여유는 지금의 오라리오에는 없으니 말일세."

덥수룩한 수염을 문지르며 대답한 것은 이 방에 있던 마지막 한 사람, 드워프 가레스였다.

파격적인 전열수비수로서 알려진 제1급 모험자는 연륜 있는 전사의 웃음을 보였다.

"라울 자신도 그런 모험자가 되기 위해 오라리오에 왔으니 말일세. 뭐, 당시에는 참 엄한 시기에 왔다고 낯이 창백해졌네만."

"있었지, 그런 일도."

그때를 떠올리고 웃음이 되다 만 쓴웃음을 짓는 핀에게 가레스는 그의 우려에 대한 지론을 들려주었다.

"게다가 핀, 자네가 로키와 【파밀리아】를 세운 것도 비슷한 나이 아니었나. 전사는 나이를 가리지 않는 게야."

"나 때와는 상황이 달라, 가레스. 하지만, 하긴…… 지금은 전사의 가르침에 기대서, 감상 따위는 눌러둘게."

쓴웃음을 지우지 않은 핀은 가레스와 리베리아의 말을 빌어 비탄의 싹을 베어냈다.

세 사람은 얼굴을 마주 보며 웃음을 나누고, 이내 싸우는 자의 표정을 지었다.

"그건 그렇고 【가네샤 파밀리아】의 정기연락 말인데……."

핀은 집무용 책상 위에 놓여 있던 양피지를 들고 훑어보았다.

코이네 공통어로 적힌 내용을 한 글자도 빠짐없이 따라가는 눈에 가레스가 의문을 건넸다.

"요즘 들어 이상하게 그들과 정보를 자주 교환하는군. 뭐 마음에 걸리는 거라도 있나?"

"시내에서 비명이 사라지진 않았지. 하지만 그래도 8년 전의 『암흑기』 초기에 비하면 훨씬 나아졌어. 혼돈 측의 세력을 계속 깎아내고 길드 산하의 질서 측이 우세해져서…… 현재 불안의 씨앗은 없는 것처럼 보이는데."

리베리아도 자신의 소견을 제시했다.

핀은 보고서를 쳐다본 채 대답했다.

"요즘 적의 움직임이 마음에 걸려. 이제까지와 똑같이 도시의 동서남북 온갖 구역을 무차별적으로 공격하는 것처럼 보이지만…… 명백히 자기네의 『의도』를 숨기려 하고 있어. 그리고 그걸 우리가 깨달으리라 내다본 상태에서 『실컷 머리 굴려봐라』라고 **조롱하고 있지.**"

"……적의 참모, 바레타의 수법인가?"

"십중팔구는. 간파당할 리가 없다고 오만에 빠져 있거나, 혹은 『간파당해도 상관없다』고 생각하고 있거나……."

그들이 거론한 이름은 이블스 내에서도 특히 위험시되고 있는 간부였다.

길드의 블랙리스트에 올라 있으며, 관측 가능한 범위에서 **가장 많이 모험자를 살해한,** 타고난 연쇄살인마.

초승달처럼 입술을 틀어 올리며 웃는 『여자』의 그림자를 뇌리에 떠올리며, 핀은 가레스의 추측에 동의를 보였다.

"……샥티의 연락에 따르면, 습격당한 공장에서 마석제품의 『격철장치』가 강탈당했다고 하던걸."

"또 뚱딴지같은 물건을……. 매직 아이템의 재료도 될 수 없을 텐데."

"다크마켓 쪽은? 엘프로서 개인적인 감정을 배제하더라도 『대성수의 가지』가 거래된다는 것은 마음에 걸린다."

핀이 보고서를 다 읽자 가레스가 낯을 찌푸리고, 리베리아가 비취색 두 눈을 가늘게 뜨며 문제를 제기했다.

"그것과 연관이 있을지, 는 모르겠지만…… 도시 밖에도 『수상한 움직임』이 있어. 아마도 이블스에게 협력하는 조직의 소행일 거야."

한편 핀은 적측의 『또 다른 불온한 행동』을 언급했다.

이쪽도 보고서에 적혀 있는, 【가네샤 파밀리아】의 단장 샥티가 제공한 정보였다.

"어떻게 하지? 당연하지만 전부 다 손을 댈 수는 없다."

"……도시 밖의 조사는 【헤르메스 파밀리아】에게 맡기자. 우리는——."

경계해야 할 적의 동향이 여기저기 흩어져 있다. 리베리아가 지시를 바라자 핀은 잠시 생각한 후 방침을 제시하기로 했다.

"얘기 도중에 미안한데, 마 던전에서 또 『모험자 사냥』 나왔다카대."

그러나 그때, 주신 로키가 소식과 함께 집무실로 들어왔다.

"또야? 지상에서도 던전에서도 번번이……. 정말 앞뒤 안 가리는 놈들이구면. 이것도 방해공작 중 하나인가?"

끊임없는 이블스의 악행에 가레스가 낯을 찌푸렸다.

리베리아는 벽에 세워놓은 지팡이에 손을 뻗었다.

"핀, 갈까?"

"아, 그쪽은 필요 없어."

하지만 핀은 대수롭지 않다는 듯 이를 제지했다.

담담한 어조로, 지혜와 선견지명을 내비치며 말했다.

"슬슬 때가 됐다고 생각했거든. ——『그녀들』에게 맡겨 놨어."

산뜻하게, 그리고 격렬하게 피보라가 솟았다.

"으아아아아아아아아아아악?!"

모험자의 절규가 울려 퍼진다.

던전 속이지만 아름다운 『창공』이 펼쳐진 낙원에는 너무나도 어울리지 않는 살육의 향이 충만했다.

"이……이블스다아아아아!"

"『모험자 사냥』?! 젠장, 마음 놓고 미궁 탐색도 못하게 하냐고, 그 자식들은!"

"도, 도망쳐어어어!"

눈 깜짝할 사이에 지면을 더럽히는 피웅덩이에 Lv.2 상급 모험자들이 일제히 비명을 지르며 도망쳤다.

장소는 던전 제18계층.

몬스터가 태어나지 않는 세이프티 포인트이며, 미궁의 낙원 『언더 리조트』라고도 불리는 대자연과 수정의 영역.

그런 곳에서 그 사내의 머리카락은 이채를 뿜어내듯 거무죽죽한 피의 색을 띠고 있었다.

"어라라, 도망치는 건가요? 동료의 주검을 내버려두고? 정말로? 그래도 되겠나요?"

좌우에 이블스의 병사들을 거느리고, 노래하듯, 혹은 슬퍼하듯, 도망쳐가는 모험자들에게 묻는다.

오른손에 든 것은 **너무나도 사람을 많이 베어** 붉게 변색해버린 것을 제외하면 지극히 평범한 단검이었다. 사내는 연민하면서 발밑에 굴러다니는 시체 곁으로 다가가, 아직 숨이 남아있는 모험자의 목을 **단단히 밟아 부러뜨리며──** 입이 찢어져라 가학의 웃음을 머금었다.

"이럴 때는 싸워야죠! 『영웅』이라고까지는 안 해도! 하다 못해 『모험자』라는 이름에 부끄럽지 않도록!"

사내의 정체는 『잔학』이었다.

혹은 『이단』이었다.

그리고 『강자』이자 『광자(狂者)』였다.

피웅덩이 속에서도 두 눈을 빛내고, 탄식하고 슬퍼하는 시능을 보이며 생명을 짓밟는 『악』의 상징 중 하나였다.

그의 이름은── 비토라고 했다.

"그러지 못하겠다면…… 실망하는 나를 부디 피의 연회에서 즐겁게 해줘야겠네요!!"

"으, 으아아아아아아아아아아아아악?!"

가극과도 같이 행동하며, 땅을 박찬다.

피에 굶주린 악마처럼 육박하는 사내의 그림자에, 모험자들이 절망해 외친 순간.

"누가 그렇게 놔둔대, 멍청아?"

"!"

날카로운 카타나의 검광이 피에 젖은 단검을 튕겨냈다.

"또~ 맞았어, 핀의 예측이! 그 자식 머리는 어떻게 된 거냐고! 진짜 결혼해줘도 좋을 지경이라니깐, 우리 일족의 용사님은!"

"당연히 초절 무리죠, 지저분한 웃음이나 짓고 있는 교활한 파룸 따위. ——그리고 넌 시끄러우니까 좀 닥쳐."

비토가 재빠르게 뛰어 물러나는 가운데, 달려온 라일라가 환호하고, 앞장서서 검을 휘둘렀던 카구야가 내숭 떠는 척하면서 통렬한 말을 내뱉었다. 아리따운 배틀클로스를 입은 그녀의 눈은 라일라를 보지 않고 정면의 적을 쏘아볼 뿐이었다.

"여긴 우리한테 맡기고 얼른 도망쳐!"

"고, 고마워!"

서둘러 달려온 마지막 한 사람, 알리제의 목소리에 따라 모험자들은 계층 서쪽으로 향했다.

"허어, 여러분은 뉘신지……?"

"외도의 행위를 간과할 수 없는 정의의 사도지!"

눈앞을 가로막고 선 세 명의 소녀에게 비토는 고개를 갸웃했다.

알리제가 당당히 『정의』라는 이름을 내걸자,

"정의……? 아아, 【아스트레아 파밀리아】의."

사내는 납득했다는 듯 고개를 끄덕이고, 부드럽게, 그러면서도 모멸을 담아 웃음을 지었다.

"그렇군요, 그랬어. 참으로 교활하게, 이룰 수도 없는 거창한 신조를 내세우는 어리석은 분들이었죠."

"안심해라. 우리가 어리석다면 네놈은 쓰레기니까. 침을 뱉어준 후 이 어리석은 발로 짓밟아주마."

"후후……! 정의의 사도라고 하면서 상당히 입이 험하고 가차 없는걸요. 들었던 것보다 재미있는 분들인가 보네요."

본성을 숨기려고도 하지 않는 카구야가 그야말로 사내의 입가에 침을 뱉을 듯한 기세로 되받아쳤다.

비토는 무엇이 그리 우스운지 몇 번이나 어깨를 들썩였다.

──특징이 없는 사내였다. 종잡을 수가 없었다. 한 치의 허점도 없었다.

마주 선 카구야는 방심하지 않고 사내를 노려본 채 속으로 중얼거렸다.

눈은 여우처럼 가늘고, 입술에는 항상 꾸민 듯한 웃음을 가져다 붙이고 있었다. 무기는 단검 한 자루뿐. 몸에 걸친 검은색 배틀클로스는 숫제 신관이 입는 것 같은 법복처럼 보이기도 했다.

여기까지 생각한 카구야는 웃기지도 않는 농담이라고 속으로 내뱉었다.

성당에서 눈앞의 남자에게 참회한들, 돌아오는 것은 죄를 즐거워하는 비웃음과 구제라는 이름을 달아놓은 칼날뿐일 것이다.

"……어째서 『모험자 사냥』 같은 걸 해? 돈이나 마석이 목적이야?"

지금도 지면에 널브러져 있는 시체에 눈길을 돌리며 알리제가 물었다.

그 물음에 비토는 진심으로 의아하다는 듯 되물었다.

"왜냐고 물으시면…… 난감한데요. 여러분은 아름다운 걸 보는 데 이유가 필요한가요?"

"뭐?"

라일라가 의아해했지만, 그러거나 말거나 비토는 과장된 몸짓으로 자신의 머리 위를, 그리고 지면을 가리켰다.

"맑게 갠 파란 하늘을 보고 싶다. 형형색색으로 피어난 꽃을 보고 싶다. 나의 욕망은 그것과 마찬가지. 이 불완전한 세계에서…… 가장 선명한 피라는 것을 보고 싶을 뿐이죠."

소름 끼치는 웃음을 짓는 사내에게, 카구야는 막대한 혐오감과 함께 그 말을 내뱉었다.

"……파탄자로군."

"『파탄자』…… 아아, 참으로 추악하면서도 마음을 울리는 단어로군요. 네에, 네. 분명 영원히 저에게 따라붙을 사랑스러운 칭호겠지요!"

웃는다. 웃는다.

유쾌하기 그지없다는 양, 광대를 방불케 하며, 사내는 웃는다.

활처럼 구부러뜨렸던 오른쪽 눈을 가늘게 뜨고, 광기에 물든 붉은 홍채를 형형히 빛낸다.

전혀 색이 없는 세계라는 이름의 캔버스에 선혈의 색을 추구하듯.

"――좋아. 너 같은 사람은 평생 감옥 속에 있는 게 낫겠어. 응. 결정. 내가 결정했어."

알리제는 천천히 고개를 끄덕였다.

그리고 손에 든 검을 겨누었다.

"그건 사양하겠습니다."

"그렇다면……."

사내가 육체의 일부처럼 단검을 돌려 역수로 쥐었다.

알리제와 카구야와 라일라의 자세가 낮아졌다.

피아간의 공기가 활시위처럼 한계까지 팽팽해진, 그 직후.

"힘으로라도!"

셋이 동시에 달려들었다.

비토는 입가에 흉흉히 일그러진 웃음을 머금고 이에 맞섰다.

"하하하하하하하하하하하하하하하하하하하하하하하하하!"

사내의 홍소와 함께 시작되는 처절한 윤무.

칼날과 칼날의 응수, 솟아나는 불꽃, 요란한 충돌음과 겹쳐지는 은색 섬광. 카타나가 앞서나가고, 검이 뒤를 따르고, 부메랑이 하늘을 난다. 그리고 합계 세 가지의 연계를 사위스러운 짐승의 송곳니와도 같은 단검이 튕겨내고는 반격에 나선다. 소녀들의 싱그러운 다리와 사내의 피에 젖은 부츠가 일반인의 동체시력으로는 따라가지 못할 속도로 수없이 자리를 바꾸며 뒤얽힌다.

"비토 님!"

그런 목소리와 함께 참전하는 이블스의 병사들.

이내 국면은 집단전의 양상을 띠기 시작했다.

"크윽!"

병력을 빌려왔다고는 하지만, 세 사람이 덤벼드는데도 알리제 일행이 밀리고 있었다.

비토는 카구야의 살의를 기분 좋다는 듯이 받아내고, 알리제와 라일라의 적의도 환영하며 격렬히 검을 나누었다. 바로 옆에서는 병사들이 쓰러지고 있지만 상관하지 않은 채 검극의 소리를 연주하고만 있었다.

『정의』와 『악』의 진영이 일진일퇴의 공방을 되풀이했다.

이윽고,

"과연…… 강하시군요. 소문과 다르지 않은 실력인걸요. 이것이 【아스트레아 파밀리아】!"

비토가 칭송했다.

이제까지 전장에서 마주친 적이 없었던 가련한 소녀들에게 솔직한 심정을 드러냈다.

"말은 잘하는군. 나는 그렇다 쳐도 알리제나 카구야와 맞붙을 수 있는 시점에서 그쪽도 말단 단원 따위는 아닐 텐데."

라일라는 코웃음을 쳤다.

부메랑이나 폭약을 던지면서 후열의 위치에서 냉정하게 전장을 바라보고, 만만치 않은 적의 『기술과 허허실실』에 진저리를 냈다.

"혹시 이블스의 간부? 하지만 당신 같은 사람은 정보도 별명도 들어본 적이 없는걸!"

그 전투능력에 알리제는 놀라면서 동시에 추측해보았다.

적은 일반 병사라는 한 마디로 넘어갈 수 있을 만한 존재가 아니라고.

"슬프게도 제 얼굴은 인상이 희미한 것 같아서요. 특징이 없는지, 동료들 사이에서도 『페이스리스』라 불린답니다."

비토는 과장되게 어깨를 으쓱하며 탄식하는 시늉을 했다.

실제로 그의 용모는 피처럼 짙은 붉은색 머리카락을 제외하면 인상에 남을 만한 것이 없었다. 항상 가늘게 뜬 눈과 웃음을 머금은 입술은 가면 같기까지 했다. 시내에서 스쳐 지나가는 군중을 모두 기억에 담아두지 않듯, 내일이 되면 떠올리는 것도 힘들 것 같은, 얼굴이 보이지 않는 그림자 같은 인물.

절묘하게 잘 어울리는 『페이스리스』라는 별명을 입에 담은 사내는, 그때 문득 한쪽 눈을 희미하게 떴다.

"그리고, 네…… 저와 관여했던 분들은 거의 다 처치해버렸으니까요."

"""큭……!"""

그 냉혹한 웃음에 알리제 일행이 눈을 날카롭게 떴다.

피 냄새가 너무나 강한 눈앞의 살육자가 얼마나 위험한 존재인지, 경계도를 높이고 있으려니── 멀리서 목소리가 들려왔다.

"알리제! 라일라, 카구야!"

류의 목소리였다.

비토 외에도 모험자를 습격한 이블스를 무력화한 그녀는 수인 네제나 다른 단원들과 함께 달려와준 것이었다.

"……동료인가요? 당신들에다 다른 상급 모험자까지 상대하는 건 아무리 그래도 불리하겠죠."

시야 가장자리에서 바람이 도어 달려오려 하는 원군의 모습을 보고도 비토는 냉정했다.

알리제 일행의 힘도 전제로 가미해, 너무나도 순순히 전투에서 발을 뺐다.

"비토 님, 지금은 철수하셔야 합니다. 우리의 『목적』은……."

"알고 있어요. ──그러면, 정의의 이름에 놀아나는 아가씨들. 평안하시길."

"거기 서!"

병사 한 사람이 귀띔하자 비토는 등을 돌렸다.

계층 동쪽에 펼쳐진 대삼림 안쪽으로 사라져버리는 어둠의 세력에게 알리제는 목소리를 높였지만,

"……기다려, 단장. **유인하고 있는 거야.** 교활한 책략을 펼쳐놨을걸. 깊이 쫓아가는 건 금물이야."

카구야가 가증스럽다는 듯이 말했다.

『쫓아가면 따라잡을 수 있는』속도로 숲을 향해 도망치는 비토 일당의 뒷모습에서 함정의 냄새를 느끼고 추격을 단념했다. 알리제도 라일라도 이의는 없었다.

『암흑기』라 불리는 이 긴 싸움 속에서 이블스의 악랄함을 지긋지긋할 정도로 알았기에 그녀들은 무엇이 최선이고 어디가 물러날 때인지를 잘 알았다.

"세 분 모두 괜찮습니까?"

곧 복면을 쓴 류가 도착했다.

비토의 모습까지는 보지 못했는지, 안부를 묻는 그녀에게 라일라는 진저리가 난다는 듯 목을 뚜둑뚜둑 울렸다.

"생채기 하나 없다고. 하지만 기껏 찾은 간부를 놓쳐버렸어. ……그쪽은?"

"도망쳤던 모험자는 전부 무사해. 지금은 리빌라에 피난시켜놨어. ……하지만 처음에 습격당한 모험자들은……."

라일라의 시선에 네제가 안타까워하며 대답했다.

그녀가 둘러본 주위에도 숨이 끊어진 모험자들의 주검이 있었다.

결코 마르지 않을 피바다에 잠긴 채.

"큭……! 조금만 더 일찍 왔더라면……!"

씁쓸한 심정과 분노에 류가 몸을 떨었다.

그러자.

"기어오르지 마, 멍청아. 영웅이라도 된 줄 알아? 미숙한 지금의 우리가 모든 사람을 구할 수 있을 것 같아?"

결벽성이 있는 엘프를 혐오하듯, 카구야가 매우 싸늘한 어조로 매도했다.

"윽……! 정정해라, 카구야! 설령 실력이 없다 하더라도 처음부터 구할 수 없다고 단정하고 그대로 따르는 정의 따위 잘못된 것이다!"

"야, 리온. 그만해."

그 말은 류에게 간과할 수 없는 것이었다.

정의의 파벌, 【아스트레아 파밀리아】이면서도 처음부터 저버리겠다는 식으로 말하는 카구야에게 대들려다가, 사이에 끼어든 네제에게 저지당했다.

"아~ 아~ 시끄러워 시끄러워. 둘이 친한 거 알겠으니까 이런 데서 말다툼하지 마라, 너희. ……야, 단장. 어떻게 좀 해봐."

라일라는 그쪽을 보려고도 하지 않고 흥이 식었다는 표정을 지었다.

한쪽 귀를 새끼손가락으로 후비며 피곤하다는 투로 말하는 그녀에게는 아랑곳하지 않고, 알리제는 모험자들의 주검 곁에 무릎을 꿇고 있었다.

"……우선은 시신을 옮기자. 파티 동료들에게 인계해서 뒷일을 맡겨야지."

시신의 열려 있는 눈꺼풀을 닫아준 알리제는 잠시 눈을 감고, 온갖 감정을 마음속에 교차시킨 후 자리에서 일어났다.

"그다음에는, 잠시 들를 데가 있어. ……이럴 때는 거기 가는 게 제일이지!"

숲속을 나아간다.

이블스는 물론이고 몬스터의 기척에도 주의를 기울이며 알리제 일행은 나중에 합류한 동료들과 함께 11명 전원이 18계층 동쪽의 대삼림 안을 나아가고 있었다.

들려오는 것은 아름다운 냇물이 흐르는 소리.

이를 건너는 류 일행의 얼굴에 희미하게 반사되는 것은 거인의 단검과도 같은 푸른색과 흰색의 수정.

자꾸만 길을 잘못 드는 단장을 단원들이 궤도 수정하면서, 드디어 목적지에 도착했다.

"음~! 여긴 언제 와도 아름다워!"

그곳은 대삼림 속에서도 탁 트인 곳이었다.

환상적인 수정과 녹음에 에워싸인 한편, 머리 위를 덮은 나뭇가지는 사라지고 태양을 대신해 따뜻한 빛을 뿜어내는 국화 같은 수정의 무리가 보인다.

'나뭇가지 사이로 빛이 스며드는 수정의 숲. 18계층을 탐색하다가 알리제와 발견해 그 후로 종종 오게 된 장소…….'

기억 속의 광경과 전혀 달라지지 않은 그 일대를 둘러보며 류는 회상했다.

우연히 발견한 이곳은 【아스트레아 파밀리아】가 좋아하는 장소가 되었다.

최근에는 이블스의 대응에 바빠 한동안 들르지 못했던 것도 있어서, 일동은 크게 감동한 표정으로 기뻐했다.

　"자아, 리온, 카구야! 공기를 가슴 가득 들이마셔! 그러면 기분이 좀 가라앉을 거야!"

　류와 카구야를 이곳에 끌고 온 장본인이 그런 소리를 한다.

　두 팔을 벌리고 스읍 하아, 어째서인지 자신만만하게 스스로 심호흡을 선보이는 그녀는 갑자기 눈매를 부드럽게 했다.

　"현실을 보는 것도, 뜻을 가지는 것도 둘 다 잘못이 아니야. 그러니까 조금만 더 어깨에서 힘을 빼자."

　""………….""

　그 말에 류와 카구야는 서로의 얼굴을 바라보았다.

　이미 두 사람의 시선에서는 모멸도 열기도 사라지고 없었다. 냉정해져서, 서로의 주장을 생각하고 받아들였다.

　"……단장과 이 경치를 봐서 타협해주지."

　"그 말투는 대체 뭡니까…… 나 원."

　밉살맞은 소리를 하는 카구야에게 류는 입술을 비죽거리듯 대꾸했다.

　그러나 두 사람은 더 이상 말다툼을 하지는 않았다. 날카로웠던 그녀들의 마음을 달래준 18계층의 경치에 네제가 웃음을 짓고, 라일라도 못 말리겠다는 듯 눈을 감았다.

　숲은 조용했다.

　이곳이 던전이라는 사실을 잊어버리고 말 정도로.

수정의 광채는 신비해 가슴 속을 투명하게 만들어주었다. 지상과는 또 다른 빛이 나뭇가지 사이로 스며들어, 오랜 싸움으로 마모되었던 몸을 온기로 채워주고 치유해주었다.

새 지저귀는 소리 대신 들려오는 것은 몬스터의 울음소리지만, 그것조차도 평화롭게 들렸다.

"골칫거리밖에 없는 던전이라도 이 18계층만은 좋구나. 몬스터만 없으면 집을 짓고 살아도 될 것 같아, 나는."

"아, 나도 그거 찬성!"

나무 위에 올라가 머리 뒤에 깍지를 끼고 앉은 라일라의 말에 휴먼 노잉이 손을 들었다. 류보다도 연상인 열여섯 살의 소녀는 암갈색 단발머리를 찰랑거리며 명랑하게 웃었다.

그녀에게 맞장구를 친 것은 땋은 머리를 좌우로 늘어뜨린 같은 휴먼이었다.

연장자 중 한 사람인 마도사 랴나다.

"그거 좋네. 정말로 낙원 같아서. ……저기, 내가 죽으면 누가 여기다 묻어주지 않을래?"

"네……?!"

비장감 따위 없이, 대수롭지도 않다는 듯 말하는 랴나의 가벼운 목소리에── 하지만 결코 농담이 아닌 그 바람에, 류는 할말을 잃고 말았다.

굳어버린 류에게는 아랑곳하지 않고, 다른 단원들은 잇

달아 찬성하는 말을 했다.

"집이 아니고 무덤이란 말이지. 그거 좋네. 뒈진 다음이라면 몬스터 같은 건 상관없을 거고. 나도 찬성."

"나도~."

"멋진 무덤 만들어줘!"

"여러분과 함께라면 좋아요."

라일라를 시작으로, 얌전한 연장자인 마류가, 아마조네스 이스카가, 엘프 셀티가 입을 모아 말했다.

류는 황급히 목소리를 높였다.

"라일라, 노잉, 랴나! 다른 분들도, 대체 무슨 말을 하는 겁니까!"

"심각하게 받아들이지 마, 리온. 농담이야. ……절반은."

그렇게 대답한 것은 라일라.

나뭇가지 위에서 뛰어내려 어깨를 으쓱한다.

"우린 모험자잖아. 언제 목숨을 잃을지 알 수 없고……."

"그건, 그렇습니다만……!"

쓴웃음을 짓는 랴나에게 류는 더욱 대들려 했다.

싫었던 것이다.

그들이, 동료가, 그런 말을 하는 것이.

"풋내기 엘프 같으니. 넌 죽을 각오도 안 된 거냐?"

"그, 그렇지 않다! 그렇지는, 않지만…… 그렇다 해도……."

"만약을 위해서야, 리온. 설령 던전이나 이블스가 때문이 아니더라도, 언젠가는 죽어."

"맞아맞아~. 그렇다면 그때는 좋아하는 곳에서 잠들고 싶다는 거지. 리온은 너무 심각하다니깐."

카구야가 도발하는 듯한 말을 건넸지만, 류의 반론하는 목소리는 약했다.

이를 보다 못한 네제가 끼어들었다. 이스카도 말을 받았다.

그런 두 사람의 말에도 류의 마음에 박힌 가시는 빠지지 않았다.

지금이 『암흑기』라서일까.

『언젠가 목숨이 다한다는 것』을 전제로 말하는 동료들이──『평화로운 미래에서 계속 살아가는 것』을 생각하지 않는 그들을, 도저히 인정하기 힘들었던 것이다.

"……그래도, 불건전하다……."

그렇기에, 그렇다, 싫었던 것이다.

이 광경을 잃고 싶지 않았다.

그것이 류의 진심에서 비롯된 바람이었다.

"나는, 그런 날이 오길 바라지 않는다. 아니, 그런 날이 오지 않도록…… 나는 이 순간을 계속 지키고 싶다."

힘없는 목소리는 강한 의지로 바뀌었다.

동료의 시선이 류에게 모이는 가운데, 알리제가 활짝 웃음을 지었다.

"그게 리온의 바람?"

"예. 무엇과도 바꿀 수 없는 벗과, 함께 있고 싶습니다.

······이상합니까?”

류가 또박또박 말하자, 알리제는 흐뭇하다는 듯이 바라보았다.

그리고 그녀가 대답하기 전에, 주위가 느물느물 웃음을 짓기 시작했다. 특히 라일라가.

“······라일라. 뭡니까, 그 웃음은?”

“아무 것도~? 이놈의 엘프가 닭살 돋는 소릴 하네~ 같은 생각은 안 했는데?”

“엘프 중에도 너만큼 귀찮고 고집 센 사람은 없을 거다. 그 화석 같은 머리는 이제 치유할 방법도 없겠지. 아아, 개탄스러워라.”

“그게 무슨 소리냐, 카구야! 날 놀리는 건가! 놀리는 거지?!”

약간 울컥한 류를 라일라가 놀려대고, 결정타로 카구야가 요란스레 한숨을 쉬었다. 류는 마침내 폭발했지만 말과는 달리 카구야의 목소리가 다정했다는 사실은 알아차리지 못했다.

그 모습에 다른 동료들은 참지 못하고 웃음을 터뜨렸다.

“라일라도 카구야도 칭찬하는 거야! 리온의 생각은 엄청 훌륭한 『정의』라고!”

“전혀 그렇게 들리지 않았습니다만······.”

만면의 미소를 빛내는 알리제에게 류는 보기 드물게 토라진 태도를 보였다.

그 모습에 다시 한번 웃은 알리제는 별의 광채를 바라보듯 눈을 가늘게 떴다.

"리온…… 넌 언제까지고 그대로 있어야 해."

"……? 알리제?"

투명하고, 상냥한 소녀의 목소리.

평소와는 다르게 들린 그 말에 류가 돌아보니, 알리제는 이미 평소와 다를 바 없었다.

태양 같은, 혹은 산뜻한 붉은색 꽃 같은 미소를 피우고 있었다.

"아무것도 아냐…… 자, 기분전환은 끝! 지상으로 돌아가자! 조금이라도 더 나은 내일을 만들기 위해!"

알리제의 목소리에 따라【아스트레아 파밀리아】는 그 자리를 떠났다.

소녀의 마음속에서 계속 살아갈 『약속』을 남기고.

『대항쟁』까지, 앞으로 8일——.

3장
도시군상

ASTREA RECORDS
evil fetal movement

Author by Fujino Omori Illustration.Kakage
Character draft Suzuhito Yasuda

뚜벅, 뚜벅.

어둠 속에 발소리가 울려 퍼졌다.

파손되어 의미를 잃어버린 마석등이 이어진 복도를 빠져나가, 두 명의 수인이 발을 멈추었다.

"……전멸이군."

쯧 하고 혀를 찬 몸집 작은 캣 피플의 곁에서, 보어즈 장한이 입을 열었다.

달빛 아래, 그림자를 두른 거대한 공장.

습격을 당해 침묵의 바닷속에 떠도는 건물 내에서 상급 모험자——【프레이야 파밀리아】가 그『참상』을 보고 있었다.

"서로 다른 파벌을 긁어 모은 집단이었다지만, 제2급 모험자의 수비대를 **순식간에** 전멸시키고…… 우리가 달려오기 전에 전부 끝내버리다니."

모든 것이 끝난 후의 공장에 캣 피플 아렌이 내뱉은 목소리가 메아리쳤다.

시야에는 수많은 모험자가 쓰러져 있었다.

"이제까지의 이블스와는 달라. 게다가 이건 전부 똑같은 상처…… 습격자는『한 사람』이었나?"

무기는 아마도 대검류에 속하는 대형 무기.

방어도 회피도 용납하지 않았던 것으로 보이는 일격에, 파괴된 방패나 방어구는 물론이고 날아가 버린 팔다리까지도 무참하게 널브러져 있었다. 어마어마한 양의 선혈이 주위에 흩어져 있었지만 기적적으로 ——아니, 아마도 고의적으로—— 수비대는 전원, 숨이 붙어 있었다.

파벌의 하위 단원이 공장 내를 조사하는 것과 병행해 힐러나 허벌리스트(약사) 소녀들이 황급히 응급처치를 하고 빈사의 모험자들을 실어 날랐다. 그 광경을 곁눈질하며 주위로 시선을 돌리던 오탈은 범인이 여러 명일 가능성을 지워버렸다.

오늘 밤, 이곳에서 일어났던 것은 단 한 사람에 의한 압도적인 『유린』이었다.

"……그리고 네놈 같은 『괴력쟁이』겠지."

"뭐라고?"

혼자 앞장서서 나아가던 아렌이 등 너머로 건넨 그 말에 오탈은 의아하다는 표정을 지었다.

그리고 그의 곁으로 가서, 그 말이 의미하는 바를 이해했다.

"이건……."

그곳에는 구멍이 있었다.

두꺼운 공장의 벽면을 파괴하고 관통한, 마치 거대한 괴물의 아가리를 방불케 하는 구멍이.

"이 공장의 장벽은 아다만타이트야. 그걸 뚫어버렸어."

"……기술도 뭣도 없는, 힘에 의존한 일격. 그저 무기를 꽂아서, 그것만으로 돌파했군……."

아렌이 가증스럽다는 듯이 말하고, 그 곁에서 오탈은 파괴의 흔적을 통해 범인이 얼마나 상식을 벗어난 존재인지를 간파했다.

침입하기 위해 뚫은 것인지, 혹은 빠져나가기 위해 파괴한 것인지.

어느 쪽이든 별 힘도 들이지 않고 장벽을 돌파했으리라는 것은, 습격범이 1명인 시점에서 상상하기 어렵지 않았다.

그 인물은 그야말로 귀찮은 일을 꺼려하듯, 힘도 들이지 않고 이 일을 해낸 것이다.

"이블스 쓰레기 놈 중에 너 같은 『규격 외』가 섞여 있단 말은 못 들어봤는데."

"……혹은, 새로 끌어들였는지도 모르지."

오탈의 무거운 목소리가 뻥 뚫린 어둠의 구멍으로 빨려 들어가 메아리쳤다.

길게 찢긴 몇 줄기나 되는 구름이 떠돌고 있었다.

그늘진 달이 청백색 하늘을 희미하게 비추는 가운데, 그림자 하나가 거대한 시벽 위에 유유히 서 있었다.

거구를 자랑하는 남자였다.

신장은 2M이 넘는다. 커다란 외투를 머리끝부터 써서 전신을 가렸지만, 지금도 천이 비명을 지를 것 같았다. 후드를 깊이 뒤집어써 표정을 알아볼 수는 없다. 하지만 그

거구와 침묵을 유지함에도 숨길 수 없는 위압감 때문에 그의 존재를 감추기란 도저히 불가능해, 그 모습은 도저히 어울리지 않았다.

하지만 주위에 사람이 있었다 해도 그를 비웃는 이는 나타나지 않았으리라.

포석을 부수고 곁에 꽂혀 있는 대검이, 빨아들인 사냥감의 피를 뚝뚝 흘리고 있었기 때문이다.

사내는 틀림없는 『강자』였다.

후드 안쪽의 눈은 말없이 미궁도시의 시가 쪽으로 향하고 있었다.

"뭘 하고 있나?

그때 누군가가 말을 건넸다.

구름이 만들어낸 그림자를 걷어내고 나타난 것은, 거무스름한 백발의 사내였다.

가학심, 악랄함. 혹은 『광신』.

물어보지 않더라도 알 수 있을 정도로, 사내는 상식이나 건실함과는 거리가 멀었다.

지금은 그 얼굴을 불쾌감으로 물들이고, 외투를 쓴 사내에게 다가가는 중이다.

"보고 있다. 기억에 있는 것과 별로 달라지지 않은 이 풍경을. 구태여 말하자면…… 고향을 돌이켜보고 있었다고 해야 할까."

외투 쓴 사내는 시가를 바라본 채 담담히 대답했다.

감정은 보이지 않는다. 그저 사실만을 입에 담고 있었다.

그 반응이 더더욱 아니꼬왔는지, 백발 사내가 미간에 주름을 잡고 있으려니, 외투 쓴 사내는 그제야 비로소 눈길을 보냈다.

"넌 누구였더라."

"……올리버스다. 혼돈의 사도이자 이블스의 간부! 그리고 지금은 네놈의 동지!"

발걸음을 멈춘 백발 사내── 올리버스 액트는 소리 높여 외쳤다.

"그러니 묻고 싶은 거다…… 나의 동지여. 왜 모험자들을 죽이지 않았지?"

"……."

"제2급 모험자는 그야말로 위협! 네놈의 힘이라면 몰살도 쉬웠을 텐데!"

오늘 밤, 공장을 습격했던 것은 올리버스의 시선 너머에 있는 사내였다.

그의 힘을 시험할 겸 이루어졌던 강습의 결과는, 눈 깜짝할 사이의 전멸.

그야말로 압도적이라 할 수 있었지만, 피해는 그렇다 쳐도 수비대는 전원 생존했다.

말단 동지에게서 그렇게 보고를 받은 올리버스는 분개한 것이다.

"그걸 일부러 놓아주다니, 대체 무슨──."

살기까지 드러내며 나무라듯 캐묻고 있으려니,

"개미를 먹어본 적이 있나?"

그런 뜬금없는 질문이 돌아왔다.

"뭐……?"

"거미는? 벌은? 전갈은?"

"무, 무슨 소릴 하는 거야……?"

"몬스터를 먹고 살아남은 적은? 괴물의 재로 입에 풀칠을 한 경험도 상관없지."

사내는 시선을 눈 아래의 거리로 돌렸다.

이제는 이쪽을 보려고도 하지 않는다.

그럼에도 올리버스는 동요했다.

의미를 알 수 없는 질문은 당혹감을 낳고, 조용하면서도 반론을 불허하는 목소리는 평정심을 앗아갔다. 다시 말해 그것은 소름 끼치고 이질적이었다.

규탄하려던 올리버스가 오히려 어느샌가 압도당하고 있었다.

"나는 **전부 해봤다.**"

그리고 그 이질성의 『정체』를 깨달은 순간, 올리버스는 전율을 드러냈다.

"이유는 제각각이지만, 동포라 부를 수 있는 것 이외에는, 거의 **다 먹어봤다.**"

"으윽……?!"

"나는 『죽이는』 것과 『먹는』 것은 같다고 생각한다. 살아남기 위해 쓰러뜨린다. 삶을 이어나가기 위해 먹는다. 수단은 달라도 차이는 없을 터. 피를 뒤집어쓸지, 마실지…… 그 차이가 있을 뿐이다."

말 그대로, 사내는 모든 것을 먹으며 살아왔다.

개미도, 거미도, 벌도, 전갈도.

몬스터의 살도, 재로 돌아간 잔재도.

그리고 이제는 동포라 부를 수 없게 된 **인간의 시체**까지도.

사내의 정체는, 바로 그런 『강식(强食)』이었다.

"무……무슨 소릴 하려는 거냐?!"

"나는 『악식(惡食)』의 극에 달해 이곳에 있다는 뜻이다. 그리고 『악식』에게도 먹을 것을 고를 권리는 있지."

눈앞의 존재에게 원시적인 공포를 느끼고 올리버스는 갈라진 목소리를 냈다.

외투의 사내는 역시 돌아보지도 않았다.

"보아하니 너는 『편식』인 것 같군. 자신보다 작은 과일 같은 여자나 아이들을 선호하고, 자신보다 큰 짐승 같은 강자는 싫어한다. 입에 담은 것은 기껏해야 자신과 같은 벌레 정도."

"억……?!"

"『구더기』의 맛밖에 모른다면 『구더기』는 너희가 먹어라. 나에게 먹이고 싶다면 하다못해 한꺼번에, 잔뜩 가져와라."

적확하게 사실을 들이대는 바람에 올리버스는 굳어버

렸다.

올리버스는 Lv.3이다. 3으로 올라가면서 실력을 인정받았던, 어엿한 이블스의 간부.

그런 자신조차, 시선 너머에 있는 저 뒷모습에게는 일고의 가치조차 없는 벌레 혹은 『구더기』에 불과하다는 사실을 깨닫고 말았다.

"『구더기』는 맛없지. 구역질이 나고 기운이 빠져. 이런 게 내 혈육이 된다고 생각하면 차라리 목을 갈라버리고 싶을 정도로."

바람이 소리를 내며 불었다.

냉기가 시벽 위를 지나가며 사내의 외투를 흔들었다.

뺨을 실룩거리던 올리버스는 균열이 일어난 것 같은 웃음을 머금었다.

"…………하, 하하. 하하하하하하하하하하하하하하하하하하하?!"

공포가 외경으로 바뀌었다.

이마에 땀이 흘러내렸다. 짐승이 자신의 목에 이빨을 들이댄 것처럼 심장이 불규칙하게 뛰었다.

그런 가운데 싹튼 것은 절대적인 확신.

"구더기, 구더기라! 모험자가, Lv.3의 실력자가 네놈에게는 해충! 짐승도 아니고! 흐하하하하하하하하!"

눈앞의 『걸물』만 있으면 모험자는 쓸어버릴 수 있다.

강자이기에 흔들림이 없는 신뢰.

올리버스의 눈은 이블스의 영광이라는 꿈을 보고 있었다.

"······좋다, 해충 퇴치는 우리가 해주지. 하지만『개전』의 날에는 그 힘을 유감없이 발휘해주어야 한다."

떨면서 홍소하던 올리버스는 기묘한 고양감에 사로잡힌 채 말을 끊었다.

발을 돌려 그 자리를 떠났다.

다시 혼자 남은 외투의 사내는 후드 안에서 발톱 자국과 같은 흉터가 남은 두 눈을 드러내며 오라리오를 향해 독백했다.

"······천 년의 역사가 끊어지는 대지. 나는『실망』을 견딜 수 있을까, 아니면──."

"아다만타이트 벽을 뚫었다고?"

날이 밝아, 오늘도 먹구름이 도시를 뒤덮은 오후.

헤르메스는 지금 막 들은 정보에 몸을 돌려 뒤를 돌아보았다.

"예. 발견한 것은【프레이야 파밀리아】의【맹자】일행. 그들의 견해에 따르면 이블스에는 틀림없는『고수』가 한 사람 있다고 합니다."

대각선 뒤에 서 있던 것은 물색 머리카락을 찰랑거리는 권속, 아스피 알 안드로메다.

소녀에서 여성으로 성장하고 있는 용모는 아직 앳되었으며, 영리한 분위기를 풍기는 옆얼굴은 『병아리 비서』라는 말을 연상케 했다.

나이는 열다섯. 다음【랭크 업】도 가까운 Lv.2의 상급 모험자다.

우수하면서도 유능한 그녀의 보고에 헤르메스는 짐짓 어깨를 으쓱해보였다.

"도시 최강이 『고수』라고 했단 말이지……. 얼마나 강한지 별로 상상하고 싶지 않은걸."

날씨와 마찬가지로 오라리오의 분위기는 어제까지와 다를 바 없이 암담함 그 자체였다.

길을 가는 사람들의 얼굴은 어둡게 아래를 향하고만 있었으며, 여자나 아이들은 주위의 눈치를 보며 빠른 걸음으로 이동했다.

그런 활기 없는 도로 중 하나를 골라 헤르메스와 아스피는 발을 옮겼다.

보고를 들을 겸 도시의 분위기를 살피고 정보를 찾는 것이다.

헤르메스가 자주 쓰는 『수법』이었다.

중립을 표방하는 파벌, 전령사, 조정자, 혹은 만능 안내인. 다채로운 능력을 가진 신인 그는 온갖 추세를 가늠하며 정보를 사고팔고, 곳곳에서 암약한다. 그리고 지금은 서류 위가 아니라 시정 내에 무언가 『위화감』이 굴러다니지 않을까 찾고 있는 중이다.

헤르메스도 오라리오의 질서 측에 속한 파벌이다. 현재는 『도시의 평화』를 위해 몸을 혹사하는 것이다. 그를 아는 신들이라면 웃음을 터뜨렸겠지만.

아스피는 그의 호위병이었다.

"그리고 【아스트레아 파밀리아】 쪽도, 놓치기는 했지만, 간부로 보이는 남자와 18계층에서 접촉했다고 합니다.

"오, 나왔구만. 기대의 신성. 로키랑 프레이야 님의 뒤를 잇는 세력 필두! 거기의 【질풍】이랑 요즘 친하게 지내고 있지, 아스피?"

"친하다고 해야 할지…… 그쪽이나 저나 주위에 남의 말을 들어주지 않는 사람들밖에 없다 보니 묘한 공감대가 생겨버렸을 뿐입니다. 그 이하도 이상도 아닙니다."

아스트레아라는 이름에 헤르메스는 웃음을 지었다.

주신이 새로운 전력을 환영하는 한편, 아스피는 류와의 기묘한 공통점을 들며 지친 표정을 지었다.

류와 알게 된 것은 정말로 우연이었다.

이블스의 테러가 일어나, 진압과 뒤처리를 위해 아스피의 특제 매직 아이템이 쓰였을 때였다.

이 당시부터 이미 『희대의 아이템 메이커』로 두각을 보였던 아스피도 차출되어 현장에 가보니, 참으로 시끌벅적한 집단이 있었다. 말할 것도 없이 【아스트레아 파밀리아】였다. 사건이 수습된 후에도 붉은 머리 휴먼이며 극동 미인이며 파룸 소녀에게 놀림을 당하던 엘프를 빤히 처다보고 있으려니, 『리온』이라 불리던 복면 소녀는 반쯤 눈물을 머금은 눈을 치켜올리더니,

『그 눈은 뭐지? 나를 모욕하려는 거냐!』

──라며 피해망상의 노예가 되어 고함을 질렀던 것이다.

애먼 죄로 매도를 당한 아스피는 어떻게 했는가 하면──극동에서 말하는 『부처님 미소』를 지었다.

『당신도 고생이 많군요.』

『…………설마, 당신도?』

공감동맹이 탄생한 순간이었다.

평소 헤르메스라든가 단장이라든가 헤르메스라든가 헤르메스에게 휘둘리기만 하던 아스피는 『아아 고생하는 건 나뿐만이 아니구나~ 나도 열심히 해야지~』 정도의 심정으로 울먹이는 류의 모습에 마음의 위안을 얻었을 뿐이었지만, 류도 류대로 아직 15세밖에 안 됐는데 노인 같은 미소를 짓는 아스피에게 같은 분위기를 감지했는지, 정체 모를 연대감이 솟아버렸던 것이다.

원래는 들고양이처럼 경계심이 많은 류도 자신처럼 성실한 아스피의 성격은 대하기 편했는지, 아디 같은 파벌 밖의 친구라고까진 못해도 『전우』로서 대해주게 되었다.

최근에는 류와 정보교환을 하는 일도 있었다.

"둘 다 너무 성실해서 말이지~ 너도 저 복면 엘프도. 어디, 다음번엔 주신으로서 인사라도 하러 가볼까?"

"겨우 신용이라 할 만한 것을 얻었는데 이상한 짓으로 반감을 사지는 말아주십시오……."

만남과 이제까지의 하루하루를 떠올리며 자기도 모르게 흐뭇한 얼굴을 했던 아스피는 헤르메스의 말에 재빨리 못을 박아두었다. 표정을 다잡으며 은색 안경을 밀어올린다.

"그 아름다운『주신』처럼, 그녀는 올곧고 결벽성이 있으니까요."

"미안해, 늦었지."

어떤 주종이 대화를 나누고 있던 것과 같은 시각.

그 아름다운 여신은 도시 제1구역의 세련된 찻집을 방문하고 있었다.

"완전 지각이데이! 내를 기다리게 하다니 니도 출세했구마, 아스트레아?"

"솔선해서 양아치로 전락하는 거 요즘 유행이야, 로키?"

오픈 테라스 자리에서 그녀를 기다리고 있던 것은 두 명의 여신이었다.

주홍 머리의 중성적인 신이 양아치처럼 거들먹거리고, 은발의 미신(美神)이 별로 신경도 쓰지 않는다는 듯 홍차로 입술을 축였다.

주홍 머리 여신의 이름은 로키. 은발의 미신은 프레이야.

현재 오라리오의 양대 파벌을 맡은 주신들이다.

"아스트레이아는 또 애들 돌보다 왔어?"

"응. 고아원에 잠시. 그리고 상점가 일도 거들고. 고아들 손도 빌려서 수프를 만들고 다녔어."

"카~ 나왔데이~『정의』인지 먼지 몰라도 자기만족 위선~. 내도 어지간하지만 니도 여신으로서 쫌 자각을 가져야 쓰겠구마."

주위 사람들을 『매료』시키지 않도록 온몸을 로브로 감싼 프레이야의 질문에 답하며 자리에 앉자 로키가 다짜고짜 시비를 걸었다.

아스트레이아는 쓴웃음을 지었다.

"네가 좋아하는 술 마시면서 수다 떠는 거랑 비슷한 거야. 이건 내 취미나 마찬가지인걸."

그리고 밤하늘처럼 깊은 남색의 두 눈을 가늘게 떴다.

"게다가 아이들이 도시를 위해 싸우고 있어. 그러면 주신인 나도 무언가 행동을 해야 모범이 서지 않겠어?"

"……그 퓨어한 낯짝이 맘에 안 든다는기라. 똑같이 아니꼬워도 곧장 실력행사에 나서는 아르테미스 쪽이 그나마 낫제."

이번에는 너스레를 떨던 태도를 거두고, 로키는 낯을 찡그리며 내뱉었다.

"전지무능한 우리는 하계를 전부 공평하게 대할 수 없는기라. 자기만족인 줄 알믄서 『정의』를 실천하다니…… 내는 니가 마음에 안 든다."

『정의』의 비판에 아스트레아는 눈썹을 늘어뜨리며 웃기만 할 뿐이었다.

그것은 비방에 익숙해진 사람의 표정이었으며, 동시에 『정의』의 과정과 본질을 아는 자의 눈빛이었다.

그러므로 아스트레아는 그런 로키의 비난을 감수했다.

"아무려면 어때. 난 좋은걸. 하계에서밖에 할 수 없는 쓸데없는 일. 나도 다음에 아스트레아 흉내나 한번 내볼까?"

"나 원, 이놈이고 저놈이고…… 이딴 위선자랑 색골이 애들 사이에서 인기라니 하계도 말세구마~."

프레이야의 옹호도 되지 않는 옹호에 로키는 진저리가 난다는 표정을 지었다.

그런 그녀에게 아스트레아는 그 말이 맞다며 웃음을 지었다.

"……하지만 내가 이 『티 파티』에 참가해도 되는 걸까? 내【파밀리아】는 너희보다 훨씬 세력이 약한데."

"그냥 수다 떨고 정보 공유하는 거다. 게을러터진 신들보다 위선 떨면서 성실하게 순찰이나 도는 니네가 정보도 견해도 풍부하겠제."

"게다가 나는 네가 개인적으로 마음에 들거든. 권속들도 다들 빼어나고. 아스트레아의 아이들이 아니었으면 빼앗았을 거야."

"그 못댄 버릇 좀 집어치라! 이 썩을 콜렉터 이러다 언제 이슈타르 같은 것들하고 전면전쟁 벌이겠구마!"

이것이 길드의 집회도 아니거니와 파벌간의 눈치 게임도 아닌, 단순한『잡담』임을 로키는 강조했다.

그러면서『정의의 파벌』의 견해를 내놓으라고 하는 것이다.

프레이야도 프레이야대로 아스트레아를 인정하는 듯했다.

불온한 발언도 은근슬쩍 나오긴 했지만.

"칭찬으로 받아들일게, 프레이야. ……하지만 그렇게 따지면 가네샤는? 아이들이 헌병으로서 활동하는 그의 의견이야말로 필요하지 않을까?"

웃으며 받아넘긴 아스트레아는 그때 문득 생각났다는 듯 물었다.

그녀의 소박한 의문에, 로키와 프레이야의 대답은 단적이었다.

""시끄러워서 안 불렀지.""

"아아……."

아스트레아는 이해했다는 듯 쓴웃음을 지었다.

왜 외치는가.

그렇게 질문을 받는다면, 그 코끼리 가면은 이렇게 대답할 것이다.

"내가 가네샤니까아아아아아아아아아아아아아아아!!"

다시 말해 이유 따위 없는 것이다.

"내가 가네샤다아아아아아아!"

"우와 시끄러워! 하지만 왠지 기운이 나! 고맙습니다, 가네샤 님!"

"내가, 가네샤다아아아아아아아아아아아아아!"

"진짜 시끄러워! 하지만 고민하는 게 바보같이 느껴졌어! 감사드립니다, 가네샤 님!"

"내가아! 가네샤다아아아아아아아아아아아아아아아!"

"시꺼어어어! 하지만 덕분에 강도가 쫄아서 도망쳤어! 땡스 가네샤 님!"

"우리가아아, 가네샤드아아아!"

""""진짜 완전 시끄러워!! 하지만 힘이 솟아났다!! 언제나 고맙습니다, 가네샤 님!!""""

코끼리 가면 신의 외침은 오늘도 시내 곳곳에서 솟아나, 환호성을 부르고, 끊이질 않았다.

하지만 정말로 시끄러웠다.

"언니~ 우리 주신님 안 말려도 돼~?"

"난 몰라. 이젠 다 몰라……."

싱글벙글 웃는 여동생 아디에게, 언니 샥티는 지친 목소리로 대답할 뿐이었다.

✦

"그러면『티 파티』쪽을 시작해볼까. 로키, 너 헤르메스 네에 의뢰한 거 있지?"

어떤 남신의 포효가 도시 저편에서 들려오는 것 같았지만 싹 무시하고 프레이야가 말을 꺼냈다.

"하모. 내가 아이라 핀이 했지만. 여그 오기 전에【페르세우스】가 혼자 저택에 찾아왔었데이."

로키는 고개를 끄덕였다.

"도시 밖에서 이블스의 하부조직이 어캐 움직이는지 동향을 파악했다카데. 핀 예상대로 신한테『은혜』안 받은 비전투원…… 소위『신자』를 대량으로 사역해가꼬 외부활동을 시키는갑다."

그 설명에 아스트레아는 흐린 표정을 지었다.

"그건 다시 말해……."

"하모. 약탈에 협박…… 주로 폭력으로 세력을 확대하고 있다는 소리제."

"어느 시대나『포교』라는 이름의 침략은 무서운 법이라니까. 숭배를 받는 우리 신들의 입장에서도 섬뜩할 때가 있어.”

『티 파티』가 열리고 있는 테라스와는 다른 거리에서 헤르메스가 너스레를 떠는 듯한 목소리로 말했다.

그의 입가에는 어딘가 경박한 웃음이 맺혀 있었다.

“동시에 가엾기도 하다는, 그런 말씀입니까?”

“내가 꼭 그 말을 해야겠어?”

이쪽을 바라보는 아스피 쪽을 보지 않은 채, 여행용 모자의 챙을 손끝으로 튕긴다.

“아무튼 『세계의 중심』인 오라리오의 혼란은 이렇게나 하계에 파급되고 있지. 냉큼 수습시키라고 또 온 세상에서 잔소리를 듣겠는걸, 이거. 제우스나 헤라가 있었을 때 막무가내로 굴었던 영향이기도 하지만.”

“오라리오 안팎에서 향하는 비난…… 솔직히 말해 견디기 힘듭니다. 선배들은 코나 후비면서 무시하라고 하지만…… 저는…….”

“섬세하구나, 아스피는. 하지만 괜찮아! 앞으로 7년만 지나면 피로가 쌓일 대로 쌓인 OL처럼 닳아 해져서 그냥 잡음으로만 들릴 거야!”

“그런 무서운 미래는 싫습니다! 그리고 오엘? 은 또 뭔가요!”

헤르메스의 무책임한 발언과 구체적인 예언에 아스피는 몸을 떨어다.

“나 원……. 이야기가 옆길로 샜습니다만, 한 가지 더 보고드릴 것이."

마음을 다잡고, 은테 안경 안에서 소녀는 진지한 표정을 보이며 말했다.

"예의 신자 중에서도 한층 『수상한 움직임』을 보이는 조직이 있습니다."

"움직이고 있는 장소는?"

【페르세우스】가 가져왔다는 정보를 말하는 로키에게 프레이야가 날카로운 눈빛으로 물었다.

"오라리오에서 멀리 남쪽으로 떨어진 곳…… 『데다인』 지역이제."

"데다인…… 데다인이라. 마음에 안 드는 이름이야. 별로 떠올리고 싶지 않을 정도로."

로키가 말한 지명을 곱씹으며 프레이야는 눈을 감았다.

"헤르메스네가 냄새 맡고 돌아다닌 범위에서는 이렇다 할 소동을 일으키진 않는 것 같다 카는데…… **아무튼 돌아다니고 있는기라. 꼭 뭔가 모으는 것처럼.** 꾸역꾸역."

그것은 그야말로 『불온』한 움직임이라고밖에 할 수 없었다.

행간으로 그렇게 말하는 로키에게, 아스트레아 또한 의아한 표정을 지었다.

"……진의를 모르겠어. 이블스는 도시 밖의 지역까지 끌어들여서 대체 뭘 하려는 건지…….”

“마석공장의 『격철장치』, 요정의 숲의 『대성수』, 그리고 데다인에서의 『암약』…… 적은 뭘 하려는 걸까요?”

정보를 정리하며 아스피가 불안하다는 듯 물었다.

주위로 별 생각 없이 눈을 돌리며 뒷골목을 나아가는 헤르메스는 솔직한 대답을 했다.

“음~…… 아무래도 『점』과 『점』이 이어지질 않는걸. 아직 밝혀지지 않은 요소가 있는 건지, 내 눈으로 봐도 아직 확실하지가 않아.”

모자 챙 밑에서 오렌지색 눈을 가늘게 뜬다.

“좀 더 냄새를 맡아봐, 아스피. 생각할 수 있는 재료가 필요해. 부탁해, **부단장.**”

“자기들 맘대로 맡겨놓고는……! 팔거에게 시키면 되지 않습니까! 제가 어떻게 부단장 같은 자리를……!”

헤르메스가 갑자기 밝은 목소리로 말하자 아스피는 금세 분개했다.

아직 열다섯밖에 안 된 소녀는 조금도 납득이 안 간다는 표정으로 대들었다.

“너는 원래 『단장』감이야. 사서 고생하는 사람이라는 의미에서도 말이지. 뭐, 단장 리디스랑 같이 열심히 해줘.”

“전 그 단장부터 질색이란 말입니다! 여자판 헤르메스

님 같아서 진짜 피곤해요!"

헤르메스가 현재 【파밀리아】의 단장 이름을 말하자 소녀의 정서불안한 모습은 더욱 가속되었다.

"요전에는 『어이어이, 난 리디스라고! ──그러니까 귀찮은 일은 다 알아서 해줘 아스피. 꺄핫☆』그러면서 어디로 휙 나가버리고! 얼굴은 미인인 주제에 행동이나 말은 정신연령이 너무 낮아서 무섭단 말입니다, 그 사람!!"

미지의 생명체와 조우한 것 같은 목소리로 공포에 질린 아스피는 반쯤 울먹이고 있었다.

눈꼬리에 눈물을 머금고 부조리를 호소한다.

【페르세우스】라는 별명을 받으면서, 우수하기에 뭐든 빈틈없이 해내는 아스피의 수완은 좋은 의미에서도 나쁜 의미에서도 지나친 평가를 받고 있었다. 어린 그녀는 이미 리온을 웃돌 정도로 『사서 고생하는 사람』의 관상이 엿보이고 있었다.

그런 가엾은 권속 소녀에게, 헤르메스는 눈을 감고는 공연히 멋들어진 목소리로 말했다.

"훗…… 그래도 침대 위에서는 귀엽단다."

재수 없는 대사를 마친 직후, 음속의 라이트 훅이 신의 안면에 직격했다.

"끄아아아악───────────────?!"

"쓰레기! 쓰레기 쓰레기 쓰레기이!! 권속에게 손을 대다니 신이 될 자격도 없는 쓰레기이이이이이!!"

얼굴을 새빨갛게 물들인 아스피가 주먹을 난타했다.

상급 모험자의 가공할 '응징의 철퇴'가 속사포로 날아들어 신은 눈 깜짝할 사이에 누더기가 되었다.

헤르메스!

너의 패인은!

아직 닳아 해지지도 달관하지도 않은 애젊은 소녀 앞에서 음담패설을 지껄인 것이다!!

"거짓말, 거짓말이었어요! 나랑 그녀는 그런 관계 아니에요~! 잠꼬대를 하길래 깨우러 갔더니 괴상한 표정으로 자고 있었을 뿐이라고요오!!"

"그래도 무단으로 여성의 침실에 들어가지 마아아아아아아아아아아아아아아아아앗!!"

끄아아아아아아아아아아아아아아아아아아아아악?!

넝마가 된 신의 절규가 도시 한곳에서 울려 퍼졌다.

──잠시 후.

"하아, 하아…… 하지만 아직도 마음에 걸리는 것이 있습니다……."

주먹질에 지쳐 어깨로 숨을 쉬던 아스피가 빈사의 주신을 노려보았다.

애통한 타격의 흔적이 새겨진 헤르메스는 필사적으로 울부짖었다.

"대답할게요, 대답할테니까! 그러니까 내 피로 물든 주먹은 내려줘, 아스피!!"

한심한 남신의 애원에, 머리 옆에 들었던 주먹을 천천히
내린다.

깊이 숨을 토해 호흡을 진정시킨 아스피는 간신히 노기
를 거두는 데 성공했다.

"……요즘 이블스는 묘하게 활발합니다. 약탈로 빼앗고,
혹은 신자에게 모으게 한다고 해도 물자 면에서 한계가 있
을 텐데……."

그런 권속의 의문에.

발치에 떨어진 여행모를 주워 다시 쓴 헤르메스는 너무
나도 쉽게 대답했다.

"간단해. 이블스에게 힘을 빌려주는 건 도시를 드나드는
『상인』이거든."

"네……?!"

"오라리오를 『무법도시』로 만들고 싶은 놈들이 있는 건
사실이데이. 『길드 타도』를 내세우면서."

잔에 따른 술을 기울이며 로키가 단언했다.

술과는 다른 『쓴맛』에 진저리를 치듯 낯을 찡그린다.

"오라리오에서는 드롭 아이템 거래는 인정해도 『마석』에
관한 거래는 절대 허가가 나오질 않으니까……."

"하모. 미궁도시에 있어도 던전에 관한 장사는 제한이
있제. 많은 상회에게 길드는 눈엣가시인기라."

"막대한 마석제품 산업의 이권을 독점하는 길드가 쓰러져주면 자기들이 대신 그걸 좌지우지할 수 있다…… 그런 속셈이구나."

아스트레아가 지적하고 로키가 고개를 끄덕이고 프레이야가 결론을 맺었다.

여신들의 말은 전혀 틀린 것이 아니었다.

오라리오가 자랑하는 마석제품 산업이야말로 『세계의 중심』이라 불리는 이유였으며, 그 경제효과는 헤아릴 수 없다. 던전에서 『마석』을 무한히 얻을 수 있기에 오라리오는 하계에서 가장 융성한 거대 도시가 되었던 것이다. 그리고 금덩어리를 웃도는 그런 보물의 거래를 질투하지 않는 상인이 있을까?

답은 NO다.

전쟁도, 인간의 목숨에서조차도 『이익』을 보는 것이 『상인』이라는 인종이다.

"슬프다고밖에 못하겠어. 눈앞의 이익만을 위해 오라리오의 혼돈을 조장하다니……."

"누가 아이라나. 이젠 한숨도 안 나온데이. 쫌 더 시야를 넓혀줬으면 좋겠구마."

탄식하는 아스트레아에게 동의하며 로키는 한쪽 눈을 가늘게 떴다.

그 주홍색 눈이 『세계의 실정』을 묻는다.

"길드가 쓰러짐 누가 던전을 관리하는데? 모험자가 죽

음 누가『종말의 재앙』――『흑룡』을 토벌하는데?"

여기에 대답한 것은 프레이야였다.

"오라리오의 붕괴는 하계 멸망과 동의어……. 조금만 생각하면 어린아이도 알 수 있는, 이 세계의 경계선."

은발의 미신은 마치 마녀처럼 유쾌하다는 듯, 그리고 비아냥거리듯 희미하게 웃었다.

"욕망을 추구하기에 자신들이 사는 세계를 멸망시키는 아이들――『인간답다』고 하면 정말로『인간답기는』하지만."

"다만―― 여기서 한 가지 의문이 발생하지. 왜 상인들은 지금 이블스에게 투자를 하고 있을까?"

이블스와 상인의 관계를 말한 헤르메스는 여기서 한 가지 의문을 제기했다.

"……? 무슨 말씀입니까?"

"도시를 쉽게 뒤집을 만한 타이밍은 그밖에도 얼마든지 있었어. 예를 들면 제우스와 헤라가 쓰러지고『암흑기』가 시작되었던 8년 전. 오라리오는 혼란의 한복판에 있었지. 당시 상인들과 이블스에게는 눈에 뜨이는 연결고리가 없었어. 그런데 왜 이제 와서 죄다 지원을 시작했지?"

"그건…… 그렇군요……."

의아한 표정을 지었던 아스피는 주신의 설명에 고개를 끄덕일 수밖에 없었다.

개인 상인이나 조직 규모의 상회가 이블스에게 『투자』한다 쳐도, 시기를 벗어났다고 하지 않을 수 없었다.

　"여기서부터는 완전히 예상인데…… 『모험자를 대신할 세력』이 나타나서, 가 아닐까?"

　"『모험자를 대신할 세력』……?"

　"처음 이야기로 돌아가서 말야, 아스피가 보고했던 아다만타이트 벽을 뚫었다는 사건…… 그것도 그 세력의 소행이라고 한다면?"

　"!"

　아스피의 얼굴에 경악이 떠올랐다.

　"……설마, 상인들이 투자할 마음이 들었던 건 이블스의 배후에 『강대한 존재』가 붙어서?"

　"좀 억지긴 하지만 앞뒤는 맞거든. 더할 나위 없이 단순하고 맥빠질 정도로 알기 쉽게."

　헤르메스는 자신의 생각을 들려주면서 대답했다.

　이 세상에서 가장 불확실하고, 그러면서도 가장 확실한 『신의 확신』.

　아스피는 흠칫 숨을 멈추었다.

　"모험자를 대신할 강자……. 길드가 쓰러진 후에도 오라리오를 장악할 정도로? 설마, 그런 일이──."

　"──하지만 그렇다면 앞뒤가 맞제."

로키는 단언했다.

반대로, 그 이외의 루트는 우려조차 되지 않는다는 말과 함께.

"요즘 들어서 이블스가 보인 불온한 움직임, 상인들과의 결탁…… 힘을 가진『기수』의 존재."

프레이야도 행간으로 긍정했다.

이를 전제로『흑막』의 존재를 시사했다.

"도시 밖에서의 암약도 포함해서, 모든 것은 이어져 있었어……."

아스트레아 또한 고개를 끄덕였다.

수긍하면서 여신들은 서로 얼굴을 쳐다보았다.

"이건, **있구나.**"

"응, 있어. 틀림없이."

"그래, 맞아. 어른거리고 있어. 뒤에서 모든 실을 쥐고 있는──."

같은 시간 다른 장소에서 헤르메스 또한 눈을 날카롭게 떴다.

회색 구름이 뒤덮은 하늘을 올려다보며, 헤르메스는, 로키는, 프레이야는, 아스트레아는 네 개의 목소리를 한데 겹쳤다.

"""""──성가신『신』의 그림자가."""""

"리온."

그 목소리에.

류는 몸을 돌렸다.

"당신은…… 신 에렌?"

도시의 어느 한 곳.

복면 엘프를 찾아낸 남신은 희미하게 웃음을 지었다.

"우연인걸. 또 시내 순찰이야? 정말 정의의 권속이구나."

4장

정의를 묻다

ASTREA RECORDS
evil fetal movement

Author by Fujino Omori Illustration.Kakage
Character draft Suzuhito Yasuda

"어머나. 누구신가요, 그 남신님은? 신인데도 영 시원찮은 용모라 감상을 남기기가 애매한걸요."

류를 불러 세운 남신 에렌에게, 카구야는 내숭을 떠는 것 같으면서도 신랄한 독설을 내뱉었다.

아직 저녁이 되지 않은 도시 남쪽 구역.

류는 카구야, 라일라와 함께 순찰을 돌던 중이었다.

"알리제가 말했던 그 수상한 신이지? 돈도 별로 없던 가난뱅이 신."

"휘익~! 초면인데 신랄하네! 이래 봬도 신이니까 좀 경의를 보여주면 이 오빠 정말 기쁘겠는데~!"

파벌 내에서 『소지금 444발리스의 남신』 화제는 이미 확산된 후라, 파룸 라일라의 가차 없는 말도 더해져 에렌은 이상한 텐션으로 울부짖었다.

그 심경은 그야말로 변변찮은 신 그 자체였다.

"너흰 신들 중에서도 아르테미스와 맞먹을 정도로 선량파 + 그녀보다도 훨씬 온화한 아스트레아의 권속들이잖니?! 좀 숙녀답게 굴자!"

"어머, 아스트레아 님을 아시나요?"

"물론! 아스트레아 하면 착한 누님의 대표! 못 말리는 여신 중에서도 그녀만은 티 한 점 없는 청렴의 상징이지!"

고개를 갸웃하는 카구야에게 에렌은 점점 빠른 어조로 말했다.

그 목소리에는 차츰 열기가 깃들기 시작해, 어느 샌가

열변으로 변모했다.

"온화함과 자애로움 그 자체, 여신 중의 여신! 무릎베개와 머리 쓰담쓰담을 받고 싶은 랭킹 당당 1위!! ――그래, 아스트레아는 우리 남신들의 엄마가 되어줄지도 모르는 여신이라고!!"

""징그러워.""

"역시 신랄해――――!!"

남신의 로망을 설파하는 주장에 카구야와 라일라는 그 한 마디로 대답했다.

제대로 질겁한 것이었다. 애초에 경애하는 주신을 엄마 취급한 시점에서 죽어야 한다고 생각했다.

신이라 해도 봐주지 않고 가슴을 후벼 파는 듯 예리한 일격을 날리고 쓰레기를 보는 듯한 시선까지 보내니 에렌은 이제 눈물을 펑펑 흘리고 있었다.

그런 동료들과 에렌의 대화를 옆에서 보던 류는 어이없어 해야 할지 당황해야 할지 알 수 없는, 그런 미묘한 표정을 짓고 있었다.

"뭘 어떻게 지적하면 좋을지 저는 모르겠습니다만……신 에렌, 무슨 볼일이라도 있었습니까?"

"아니~? 그냥 어슬렁거리다가 리온이 보여서, 심심풀이 삼아 말 걸었어."

류의 물음에, 겨우 회복된 에렌은 대수롭지 않다는 듯 대답했다.

"신의 심심풀이만큼 성가신 것도 없죠."

카구야가 빈정거렸지만 에렌은 어깨를 으쓱하며 웃음을 지었다.

"죄송합니다. 당신 말대로 우리는 현재 순찰 중입니다. 이만 실례하겠습니다."

류가 그렇게 말하고 다시 걸어가려 하자.

"그 순찰 말이야, 언제까지 해?"

그런 의문을 제기한다.

"……? 그게 무슨 말씀입니까?"

등을 돌리려던 류는 발을 멈추고 돌아보았다.

그곳에는 변함없이 변변찮은 남신의 웃음이 있었다.

"말 그대로야. 너희는 매일 이 도시를 위해 무상으로 봉사하잖아. 그럼 너희가 봉사하지 않게 되는 날은 언제?"

"……물론『악』이 사라질 때까지입니다. 도시에 진정한 평화가 찾아왔을 때, 우리의 순찰도 필요하지 않게 될 테지요."

"너희의『정의감』이 말라버릴 때까지가 아니고?"

그런 신의 물음에.

여전히 사라질 줄 모르는 신의 웃음에.

류는 이때 확실하게『불쾌감』을 느꼈다.

"……무슨 말을 하고 싶은 겁니까?"

"대가를 바라지 않는 봉사란 건 말야, 힘들거든. 엄청. 내가 한마디 하자면 굉장히 불건전하고 이질적이야. 그러니까 걱정이 돼서."

류의 눈빛이 날카로워진 것을 전혀 알아차리지 못한 것처럼 에렌은 대꾸했다.

실제로도 아이들을 걱정하는 목소리로, 살짝 경박한 웃음을 머금은 채.

"너희가 기운이 있는 지금은 괜찮을지도 모르지. 하지만 만약 지쳐버리면, 그때도 정말 지금하고 같은 말을 할 수 있을까?"

"……남신님? 저희에게 시비를 걸고 싶으신 것인지?"

"설마. 난 너희를 대단하다고 생각해. 아니, 진짜로. 나는 절대 하지 못할 일을, 자긍심까지 가지고 말하고 있으니까."

카구야가 칼집에서 뽑혀 나온 검과도 같이 날카로운 시선을 보내도 에렌의 말에는 거짓이 없었다.

"너희가 덧없이 허물어지는 광경을 보면…… 너무 슬프고, 금단 같은 흥분을 느끼겠지…… 하는 생각이 들어서."

""윽……!""

그리고 거짓말을 하지 않은 채, 사실만 가지고 세 사람의 속을 긁어놓았다.

초연한 절대자의 눈.

하늘에서 사람들을 내려다보는 초월존재 데우스데아의

시선.

흔해빠진 결말이라고 세계의 진실을 들려주는 듯한 어조에, 류와 카구야의 표정은 점점 험악해지기 시작했다.

"이제 슬슬 불쾌해지는걸, 신님. 우리 같은 실력파는 다들 금방 끓어오르는 맹견들이야. 물리기 전에 그만 건드리시지?"

그때 라일라가 끼어들었다.

조그만 파룸의 몸을 류와 에렌 사이에 비집어 넣고 냉정하게 말한다.

"헤에~…… 좋은걸, 뱀의 길을 아는 듯한 그 날카로운 눈. 너 같은 애가 있으니까 정의의 파벌도 파국을 일으키지 않고 잘 돌아가는 거겠지."

유쾌하다는 듯이 눈을 가늘게 뜨는 에렌에게 라일라는 냉큼 등을 돌렸다.

"가자, 리온, 카구야. 신경써봤자 손바닥 위에서 놀아날 뿐이야. 신들의 오락에 어울려줄 이유는 없어."

"미안미안. 그럼 이게 마지막. 질문에 대답해주면 살짝 짓궂은 오빠는 여기서 사라져줄게. 약속."

무시하기로 하고 상대하지 않는 라일라의 자세에 에렌이 당황한 듯 그들의 앞으로 끼어들었다.

신의 이름을 걸겠다는 듯한 그 자세에 체념하며 류는 주의 깊게 물었다.

"……질문이란 뭡니까?"

"『정의』란 뭐야?"

마지막 질문은 간결했다.

"뭐라고요?"

"난 말이지, 지금 굉장히 깊은 생각에 사로잡혀 있거든. 하계에서 옳다고 하는『정의』란 뭘까 하고. 전지무능한 신인 주제에 아직도 하계에 제시할 수 있는 절대적인『정의』란 것에 확신을 가지지 못했어. 뭐, 그건 내가 시시한 걸 관장하는 탓인지도 모르지만."

그와 동시에, 신조차 대답하기 힘든 난해한 물음이기도 했다.

"하지만 그렇기에 너희에게 묻고 싶은 거야. 정의를 관장하는 여신, 그녀의 권속인 너희에게."

"상대하지 마, 리온. 신의 변덕이야."

라일라가 신경 쓰지 말라고 말을 걸었지만,

"말 못 해? 역시 모르는 걸까? 자기들이 내세우고 있는 게 뭔지조차도."

"……큭! 좋습니다. 그 헛소리에 어울려드리죠. 대답 따위 뻔하니까요."

알기 쉬운 에렌의 도발에 류는 정면으로 맞섰다.

카구야가 "바보놈……"이라고 탄식하는 가운데, 남신은 입가를 틀어올렸다.

"그럼, 『정의』란?"

"무상에 근거한 선행. 언제 어느 순간에도 흔들림 없는 유일무이한 가치."

엘프 소녀는 단언했다.

"그리고 악을 베고, 악을 친다. —— 그것이 나의 『정의』다."

바람이 불었다.

찰나의 정적이 신과 아이 사이를 가로질렀다.

단언한 류의 말을, 에렌은 꼼꼼히 곱씹듯 받아들이고는, 몇 번씩 가볍게 고개를 끄덕이며, 관자놀이를 손가락으로 두드렸다.

"흐음…… 그렇군. 다시 말해 선의야말로 하계 주민의 근원이고, 『거악』이 아닌 『거정(巨正)』으로 세상을 올바르게 바로잡으려 한다는 거구나."

그리고 입술로 초승달을 그렸다.

"선의를 강요하고, 폭력으로 제압하는—— 힘으로 밀어붙이는 『정의』네."

류는 머리에 피가 확 쏠려 격앙했다.

"그런 소리는 하지 않았다! 거악에 맞서는 데에는 상응하는 힘이 필요하다! 그렇지 않고서는 아무것도 지킬 수 없고, 구할 수도 없어!"

"어이쿠, 미안해. 바보 취급하려던 건 아니었어. 네가 한 말은 분명 틀리지 않았을 거고, 그 정도로 단순한 편이 딱 좋다고 나도 생각해. 철학이나 논리로 어렵게 포장해봤자 세상에 전해지진 않겠지."

몸을 내미는 류에게 에렌은 두 손을 들어 보였다.

사과의 뜻을 내비치면서도 사라질 줄 모르는 웃음이 정의의 각오를 드러낸 엘프를 지금도 비웃고 있다.

그런 착각이 들었다.

"다만……『악』이 같은 논법을 펼쳤을 때는 어떻게 될까. 관심이 동하는걸."

마치 기분 좋은 선율에 귀를 기울이는 시인처럼, 신의 두 눈이 가늘어졌다.

그리고 가엾고도 어리석은 연인을 사랑스럽게 여기듯, 그의 눈이 카구야를, 라일라를, 류를 자비롭게 바라보았다.

"저는 조금 전부터 불쾌한 감정이 솟아나 견딜 수 없습니다만?"

"미안하게 됐어. 몸도 마음도 아름다운 권속들. 시간 낭비하게 했네. 하지만 참고가 됐어. 고마워."

"난 이제 댁의 장난감 되는 건 질색이야. 두 번 다시 그 수상쩍은 웃음을 우리 앞에 들이대지 말라고."

카구야은 더 이상 혐오를 감추지도 않았고, 라일라 또한 거부의 뜻을 내던져주었다.

저녁놀이 드는 길에 서 있는 에렌에게 등을 돌리고, 작별인사조차 없이, 소녀들은 그 자리를 떠났다.

류는 소화불량에 빠진 것처럼 가슴에 도사린 응어리 같은 것에 눈가를 일그러뜨린 채 잠자코 라일라와 카구야의 뒤를 따라갔다.

"리온."

그렇게 걸어가려 했을 때.

걸음을 멈춘 류에게 에렌이 다시 말을 건넸다.

"역시 넌 고결해. 역시 너로 결정했어."

두 사람의 시선만이 마주치고 두 사람에게만 들리는 대화 속에서, 그렇게 말했다.

저녁놀을 받아 그림자의 가면을 두른 남신은 입술에 웃음을 남긴 채, 술렁이는 인파 속으로 모습을 감추었다.

사라지는 그 순간까지 그림자가 으스스할 정도로 어둡고 길게 뻗어 있었다.

"……적의도 악의도 없고. 심지어 호의마저 품은 채 다가왔다. 하지만……."

그 이후의 말은 목소리가 되지 못했다.

하늘색 눈을 가늘게 뜬 류는 신이 사라진 거리를 노려볼 수밖에 없었다.

"대체 뭡니까, 그 신은……."

◇

해가 저물고, 밤의 장막이 드리워졌다.

모든 빛이 사라진 도시 북서쪽, 제7구역.

이곳에서는 숨을 죽인 모험자들이 한 건물을 살피고 있었다.

"여기가 틀림없는 거지?"

"응. 수인의 코로 쫓지 못하도록 소취 아이템까지 사용하는 수상~한 집단이 드나드는 건 이미 확인했어."

목소리를 죽이고 이야기를 나누는 것은 샥티와 아디, 바르마 자매였다.

그녀들의 시선 너머에는 사람들의 기억에서 잊힌 교회가 있었다.

지금은 닫힌 정면 출입구의 바로 위에는 얼굴을 절반 잃어버린 여신의 석상이 서 있었다.

"『다크마켓』에서 처리한 물품을 보관하는 『창고』…… 드디어 발견했어. 교역소가 아니라 이런 추레한 북서쪽 구역에 있었다니."

"일반인의 거주구는 맹점이었군. 적도 바보가 아닌 모양이야. ……하지만 그것도 오늘로 끝이지."

주먹을 꼭 쥐는 아디의 곁에서 샥티가 두 눈을 날카롭게 떴다.

잠시 후, 그녀들에게 부하 단원이 소리도 없이 달려왔다.

"샥티 단장님, 모두 위치에 배치되었습니다. 언제든 시작할 수 있습니다."

"좋아, 단숨에 해치우자."

교회를 포위하듯 【가네샤 파밀리아】의 단원들은 몸을 숨긴 채 이제나 저제나 신호를 기다리고 있었다.

샥티는 한 차례 호흡을 고른 후, 선언했다.

"전원 돌입──!!"

단장의 호령과 동시에 【가네샤 파밀리아】는 고함을 질렀다.

한 사람도 놓치지 않겠다는 의지를 함성으로 바꾸어, 목표인 교회로 봇물처럼 쏟아져 들어갔다.

그중에서도 재빠르게 달려간 아디는 단원이 박차 부순 문을 통해 제일 먼저 뛰어들었다.

"헌병 등장! 이 교회는 포위됐다! 쓸데없는 저항은── 어라?"

당당한 소개와 함께 아디가 항복을 권고했지만, 그것은 의미를 이루지 못했다.

교회 내에 있던 악당들은 예외 없이 **전멸한 후였기 때문이었다.**

"…………으…………아…………."

남자도, 여자도, 휴먼도 드워프도 수인도.

마치 상상도 할 수 없는 힘에 얻어맞은 것처럼 온몸이 부서진 채 깨진 바닥의 타일 위에 널브러져 있었다. 출혈은 없지만 모두들 숨이 끊어지기 직전이었다. 목숨을 부지한 것 자체가 이해가 가지 않을 정도의 참상이었다.

"이블스도, 상인도…… 다들, 당한 거야?"

"전멸……? 우리가 돌입하기 전에? 대체 누가……!"

아디는 아연실색하고, 뒤늦게 나타난 샥티도 눈을 크게 떴다.

허탕을 쳤다는 말로는 드러낼 수 없을 정도의 충격과 전율에, 다른 단원들도 황급히 주위를 살피고 있으려니.

"또 소란스러워졌군."

목소리가 울려 퍼졌다.

""""?!""""

쓰러진 자들 이외에는 아무도 없어야 할 교회에, 울적한 목소리가 들려왔다.

구름에 구멍이 뻥 뚫렸는지, 깨진 스테인드글라스에 달빛이 내리쪼여 고여 있던 어둠을 씻어냈다.

청백색 빛을 등에 지고 윤곽을 드러낸 것은, 로브를 두른 여자였다.

후드를 눈가까지 깊이 눌러써서 얼굴은 보이지 않는다. 흘러내린 긴 머리카락은 회색이라, 고요한 밤의 공기와도 맞물려 그야말로『마녀』라는 말을 떠오르게 했다.

흠칫 돌아본 샥티와 아디는 그 모습을 보고 숨을 멈추었다.

"계속해서 잡음이 끊이질 않아. 역시 예나 지금이나 오라리오는 오라리오 그대로인가."

여자는 탄식했다.

역시 울적한 목소리가 교회 안에 메아리쳤다.

"정적에 잠들 수도 없이⋯⋯. 아아, 개탄스러워라. 역시 나는 이곳이 싫어."

뜬금없는 탄식에 사로잡힌 그 모습에, 【가네샤 파밀리 아】의 단원들은 모두 무의식중에 압도당하고 있었다.

'누, 누구지⋯⋯? 모험자?'

아디는 당황했다.

그저 가만히 서 있을 뿐인데, 확실한 중압감을 뿜어내는 여성의 존재에.

'어디서 나타났지—— 아니! **언제부터** 저기 있었지?!'

샥티는 전율했다.

간과할 수 없는 그 사실에.

여성은 조용했다.

목소리도, 기척도, 존재감마저도 너무나 조용했다.

Lv.4인 샥티가 지금도 시야에 담고 있지 않으면 지각할 수 없을 정도로, 이질적일 정도로.

"⋯⋯이건 당신이 한 짓인가?"

"달리 누가 있다고?"

"⋯⋯왜 이런 짓을?"

"아니꼬워서. 그뿐이야."

샥티가 입을 열고, 아디가 질문을 거듭했다.

반면 여자는 담담히 대답할 뿐.

"……? 무슨 소리야?"

"이 티끌만도 못한 것들은 불필요한 수준까지 요정의 숲을 어지럽히고 대성수를 유린했지. 심지어—— 이곳을 더럽히고. 그래서 대가를 치르게 했어."

여자는 주위에 쓰러져 있는 이블스에게 눈길도 주지 않은 채, 혐오의 감정만을 한 마디 한 마디에 내비쳤다.

정적 속에서 유일하게 선명하게 드러난 그 감정에 아디는 갈팡질팡했다.

"여기라면…… 이, 교회 말이야……?"

"그래…… 여동생이 사랑했던 곳."

보이지 않는 그녀의 표정이 무엇을 보고 있는지는 알 수 없었다.

하지만 그 마지막 말에는 분명한 감상의 마음이 담겨 있었다.

"사, 살려줘………… 요, 용서해줘…………!"

"두 번 다시 잡음을 만들지 못하는 주검으로 바꿔버릴까 생각했지만…… 지저분한 피로 이곳을 더럽혀서는 의미가 없지. 나머지는 너희가 정리해."

쓰러진 이블스 사내가 고통과 공포로 경련하는 빈사의 숨결로 애원했지만, 여성의 음성은 내리쪼이는 달빛과도 같이 싸늘했다. 금방 관심을 잃고, 오물의 처리를 떠넘기듯 교회를 나가려 했다.

"놓칠 줄 아나, 여자?"

그것을 샥티가 나서 제지했다.

"잡을 수 있을 줄 아나, 계집?"

여자는 개의치도 않고 불손하게 말했다.

"어, 언니를 계집애 취급……?!"

그리고 아디는 생각지도 못한 언니의 취급에 전율했다.

"장난칠 때가 아니다, 아디! 전원 돌격!!"

일갈과 함께 터져나온 샥티의 지시는 빨랐다.

혼자서 『다크마켓』을 궤멸시킨 정체 모를 상대에게, 교회 내의 모든 전력을 쏟아부었다.

"와아아아아아아아아아아아아아아아아!!"

Lv.3도 포함된 상급 모험자. 숫자는 20명에 달하는【가네샤 파밀리아】가 여자에게 쇄도했다.

"시끄럽군.【가스펠】."

하지만.

여성은 그 한 마디로 모든 것을 **쓸어버렸다.**

""~~~~~~?!""

굉음이, 충격이, 파괴가.

『섬멸』에 관한 온갖 요소가 공존하는 『마력』이 해방되었다.

귀를 찢는 장엄한 종소리.

달려들려 하던 단원들은 남김없이 쓸려 날아가고, 창졸간에 무기를 내밀어 방어했던 샥티와 아디도 봇물 터진 듯한 기세로 벽에 처박혔다.

순수한 충격이 타일의 일부와 낡은 벤치를 휩쓸고 분쇄하고 분진을 일으켰다.

잠자코 서 있던 여자는 연기 너머로 몸을 감추고, 마치 한밤의 환영처럼 사라져버렸다.

"마, 마법……? 놓쳤어?!"

"큭……!"

비틀비틀 일어난 아디와 무기인 창을 지팡이처럼 지면에 짚은 샥티가 놀라움과 씁쓸함이 담긴 숨을 토했다.

그녀가 구사했던 『마법』은 진공파에 속한 것이었을까.

발이 후들거릴 정도로 고막에도 대미지가 남아 귀를 울리는 소리가 사라질 줄 몰랐다.

상대도 되지 않았을 뿐만 아니라 고스란히 놓쳐버리기까지 했다. 그런 의문의 여자에게, 샥티는 낯을 한껏 일그러뜨렸다.

"언니…… 어떡하지?"

"……추격하지 마라. 지금은 이 장소를 제압해야 한다."

시선을 보내는 아디에게, 굴욕의 감정과 싸운 후, 고개를 가로저었다.

지금 우선시해야 할 것은 『다크마켓』의 현장. 헌병의 사명을 자신에게 부과한 단장 샥티는 마지막에는 허무하게도 들리는 목소리로 중얼거렸다.

"이미 제압된 후지만……."

그 후, 시간을 들여【가네샤 파밀리아】는 원래의 목적에 종사했다.

사고는 있었지만, 부상자는 힐러가 회복시키고, 바닥에 널브러진 이블스의 포획과 교회 내의 조사를 함께 진행했다.

"이블스 및 상인 전원 구속했습니다!"

"수고했어. 이 교회 어딘가에『다크마켓』의 물건이 숨겨져 있을 거야. 부대를 나눠서 수색해."

"알겠습니다!"

단원의 보고에 샥티는 막힘없이 계속해서 지시를 내렸다.

이블스의 병사가 밖으로 끌려나가는 가운데, 체포 작업을 일단 마친 아디가 언니에게 다가와 의문을 제기했다.

"언니…… 아까 그 사람 누구였을까? 이블스를 쓰러뜨렸는데…… 아군일까?"

"그런 오만방자한 아군은 상상하기 힘든걸. 확실한 건 비협조적이었다는 것…… 그리고 압도적으로 강하다는 것."

낯을 찡그린 샥티는 실려나가는 적병을 흘끔 보았다.

"체포한 적 세력 중에 간부가 섞여 있었어.【루드라 파밀리아】외에도…… 전원 Lv.3이다."

"……! 제2급 모험자를, 간단히 가지고 놀 수 있는 실력자……?"

"그래. 핀 같은 녀석들이라면 몰라도…… 대체 어디 소속이지?"

적어도 여자의 실력은 제1급 모험자.

자신들이 놓쳤던 것도 포함해, 객관적으로 판단한 샥티는 무시할 수 없는 가시가 목에 걸린 듯한 표정을 지었다. 아디도 진지한 표정으로 생각에 잠기지 않을 수 없었다.

"샥티 단장님! 교역소의 장물을 다수 발견했습니다!"

그리고 그때, 교회 안을 조사하던 단원이 빠른 걸음으로 달려왔다.

"도시 밖에서 모아온 물건들도 있습니다!"

"아……! 미안, 그거 좀 보여주세요!"

반응한 것은 아디였다.

고개를 홱 들더니 단원들 쪽으로 달려가, 마룻바닥 안에 숨겨져 있었던 나무상자를 들여다보았다.

꼼꼼하게, 그러나 서두르면서 물건을 뒤지기를 한동안.

"찾았다……!『대성수의 가지』!"

천에 감긴 막대 형태의 물건── 여성의 팔뚝 정도 크기를 가진 나뭇가지를 들고 환호성을 질렀다.

"리온의 고향에서도 빼앗겼다고 하는 그거 말이지? 무기나 지팡이가 되는 귀중한 소재라고는 하지만…… 이 정도로 쌓아놨을 줄이야."

"응! 리온한테 꼭 되찾겠다고 약속했던 가지야!"

아디는 다가온 샥티에게 고개를 끄덕였지만, 이내 웃음

을 지우고는 놀란 표정을 지었다.

"근데, 우와, 어떤 게 리온네 고향에서 나온 건지 모르겠어! 숫자도 많지만 나뭇가지 같은 거 구분이 안 된다고~!"

수많은 나뭇가지를 두 손에 들고 번갈아 바라보며 울상을 짓는 아디.

표정을 이리저리 바꾸는 여동생을 보며 샥티는 못 말리겠다는 듯 한숨을 짓고는 표정을 풀었다.

"나중에 엘프 단원들에게 물어보자. 각 마을과 대성수에는 각각 특색이 있다니까 대체로 구분할 수 있을 거야."

"언니…… 응! 고마워!"

무릎을 꿇고 앉아있었던 아디는 언니의 얼굴을 올려다보며 웃음을 지었다.

그리고는 몸을 일으켜, 이번에는 조심스럽게 물었다.

"……저기, 언니. 나, 하나만 더 졸라도 될까?"

"말해봐."

"만약에 리온네 마을의……『류미아 숲』의 대성수를 찾으면, 리온한테 돌려주면 안 될까?"

여동생의 『바람』을 미리 알아차리고 있었는지, 샥티는 별로 오래 생각하지도 않고, 그러나 헌병의 우두머리로서 해야 할 말을 골랐다.

"이건 어엿한 장물이다. 헌병인 우리가 멋대로 다뤄서는 안 돼."

"우……."

"······하지만, 류미아 마을 사람은 엘프 중에서도 특히 기질이 드세다지. 만약 돌려주러 찾아간다 해도 격앙해서 받지 않을 거다."

"그, 그럼!"

"그래. 부러진 나뭇가지도 동향 사람 손에 넘어간다면 흡족하지 않을까. 다만 압수가 끝나고, 검사를 마친 다음의 일이다."

"응, 좋아! 아주 좋아! 내가 리온한테 돌려주러 갈게!"

만면의 미소와 함께 몇 번이나 고개를 끄덕인다.

천진난만한 아이처럼 신이 나 날뛰는 여동생의 모습에, 샥티는 못 말리겠다며 부드러운 웃음을 머금었다.

"다행이야······ 기뻐해 주려나, 리온······."

친구의 고향 물건인지도 알 수 없는 『대성수의 가지』를 하나 들고, 아디는 활짝 웃었다.

푸른 달빛이 스테인드글라스 너머로 소녀를 희미하게 비춰주었다.

🔥

『대항쟁』까지, 앞으로 6일——.

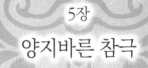

5장

양지바른 참극

ASTREA RECORDS
evil fetal movement

Author by Fujino Omori Illustration Kakage
Character draft Suzuhito Yasuda

도시의 날씨는 매일 흐리기만 했다.

마치 『암흑기』라는 시대를 상징하는 것처럼 두꺼운 회색 구름이 하늘을 덮어, 사람들의 마음까지 차가워지고 말았다. 비도 내리지 않고 천둥도 치지 않은 채, 그저 암담한 공기만을 드리우는 것이다.

하지만 이날의 오라리오는 달랐다.

몇 점의 흰 구름과 투명한 창공.

쾌청했다.

"자아── 무료급식이다!!"

허리에 두 주먹을 척 가져다 대고 알리제는 드높이 선언했다.

"왜 네가 거들먹거리면서 잘난 척하는데."

"그야 당연히! 길드가 주최하고 모험자가 일하는 무료급식이니까! 농산물 계열 대형 파벌인 【데메테르 파밀리아】의 협력으로 맛있는 밥을 맹렬히 제공할 거라고!"

"뭐라고 하시는 건지 알 듯 말 듯 하네요."

흘겨보는 라일라에게 알리제가 자신만만하게 대답하고, 내숭을 떨며 방글방글 웃는 카구야가 네 머릿속을 이해할 수 없다고 행간으로 말했다.

자원봉사자들의 가게가 대로에 늘어선 북쪽 변두리.

주위는 채소를 넣은 수프며 오트밀, 와인을 넣은 갈탕 등 식욕을 자극하는 음식 냄새로 가득했다. 평소 보기 드문 활기가 사람들 사이에서 넘쳐나는 가운데, 알리제는 활짝 웃음을 꽃피웠다.

"오늘은 웃음이 넘쳐나는 날이란 거지! 자아, 다들 흩어져 흩어져! 우리도 요리에 배식에, 뭐든 거들 거니까!"

"난 이런 자선활동 같은 거 별로 취향 아닌데."

"저도 낯을 가리다 보니 요리 쪽이나 도와야겠어요."

라일라가 머리를 긁으며 줄을 선 주민들 쪽으로 다가가고, 카구야는 요리 준비를 하는 천막으로 이동했다. 수인네제나 다른 단원들도 각자 사방으로 흩어졌다.

류가 그런 동료들의 모습을 바라보고 있으려니 알리제가 다가와 말을 걸었다.

"리온은 나랑 가자. 배고픈 사람들을 모두 귀여운 새끼 돼지로 바꿔놓는 거야!"

"【파밀리아】에 민원이 쇄도할 소리는 하지 마십시오……. 일단 일손이 부족한 곳으로 가죠."

알리제와 나란히 서서 북적거리는 길을 걸어갔다.

북쪽 메인 스트리트 일대를 이용한 무료급식 행사는『성황』이라 부를 만했다.

이블스의 무차별 습격이 예측되어, 목숨을 잃는 것은 물론이고, 언제 직업을 잃을지도 알 수 없는 이 시대. 일도 제대로 하지 못해 가족을 먹여살리지 못하는 자들이 속출하는 오라리오에서, 오늘 이날은 기쁨으로 넘쳐나고 있었다.

큰 솥 앞에는 긴 줄이 생겨나고, 뜨거운 수프를 떠줄 때마다 뺨이 푹 꺼진 민중의 얼굴에 웃음이 맺혔다. 과일을 먹는 아이들도 쉬지 않고 떠들어댔다.

　그것은 절약과 곤궁을 잊게 하는 광경이었다.

　"무료급식이라고는 하지만…… 정말 활기가 있는걸. 어제까지의 침통했던 분위기는 도저히 상상할 수 없어."

　복면을 쓰고 경비에 의식을 할애하며 류는 솔직한 감상을 말했다.

　『여신제』── 풍요의 연회를 비롯해 도시의 모든 축제가 중지될 수밖에 없는 지금, 오늘의 무료급식은 이를 벌충하는 듯했다. 시끌벅적한 분위기와 활기, 무엇보다도 웃음. 도시에 사는 사람들을 위해 뛰어다니는 길드 직원들을 보며 류는 감탄했다.

　"감사를 하면 사람들은 행복해지고, 감사를 받은 사람도 웃게 되고! 이게 진짜 오라리오의 모습이야!"

　류의 곁에서는 알리제가 주위 못지않은 웃음을 짓고 있었다.

　그런가 싶었더니 갑자기 머리 위로 오른손을 쭉 뻗어 맑게 갠 창공을 가리킨다.

　"계속 꽉 닫혀있던 하늘도 오늘은 이렇게 맑잖아! 맑은 날씨도 우리랑 같이 웃고 있어! 그러니까 우리도 버닝이라고!"

　그렇게, 자신의 말을 실천하듯 어조를 불태우며 외치고 있으려니,

　"뭐고. 어디서 시끌벅적한 아가씨가 있다 싶었더니…… 자네들이었나, 【아스트레아 파밀리아】."

한 드워프가 앞에서 다가왔다.

"여전히 시끌벅적하구먼, 알리제 로벨."

"어, 가레스 **할아버지**!"

그리고 그를 알아보자마자 알리제는 동경하던 용사를 만난 것 같은 표정을 지었다.

"——하, 할아? 할아버지? ……【엘가름】이?"

그리고 류는 옷을 앞뒤로 뒤집어 입고 3회전 점프를 하는 왕녀와 맞닥뜨린 것 같은, 필설로 형언하기 힘든 표정을 지었다.

"가레스 할아버지도 무료급식 도와주러 왔어?"

"그래. 【로키 파밀리아】에서는 나하고 젊은 녀석들이 왔지. 뭐, 나는 경비가 임무지만."

귀를 의심하고 굳어버린 류를 내버려 둔 채 알리제는 기뻐하는 기색으로 가레스와 이야기를 나누었다. 어쩐지 목소리가 들뜬 듯한 붉은 머리 소녀를 보며 가레스는 덥수룩한 수염을 만졌다.

"기왕 밥을 받으려면 늙수그레한 드워프보다는 자네들처럼 청초한 아가씨들에게 받는 게 좋겠지."

"아이참, 누가 넋 나갈 만큼 슈퍼 귀여운 미소녀라고 그래! 할아버지는 정말 빈말도 잘한다니까!"

"누가 그런 소릴 했나."

왼손을 뺨에 가져다 대고 오른팔을 휘둘러대는 알리제에게, 웃음을 짓던 드워프가 정색하고 말했다. 갑자기 태도를 바꿔 딴죽을 거는 모습이 매우 익숙해보였다.

'뭐, 뭐지, 이 공간은……. 난 마법으로 정신공격을 받고 있는 건가……?'

한편 류는 전혀 따라가지 못하고 있었다.

좀처럼 보기 힘든 지인의 모습도 있고 해서 한없이 곤혹스러워하기만 했다. 이제는 시선을 좌우로 바쁘게 돌리며 갈팡질팡했다.

"아, 알리제…… 【엘가름】과 아는 사이였습니까……?"

"그냥 만날 때마다 내가 설치는 거야! 그리고 내가 너무 시끄러우니까 가레스 할아버지도 무시하지 못하게 됐고!"

"대충 맞는 말이네만 알고 있었으면 태도를 좀 고쳐보게나, 바보 아가씨."

조심조심 물은 류에게 알리제는 자신만만하게 대답하고, 가레스는 어이없어했다.

하지만 역시 분위기 파악 안 하기로 정평이 난 알리제는 그런 드워프의 쓴소리도 개의치 않았다.

"할아버지는 진짜 대단하다니까! 양아치가 됐든 몬스터가 됐든 투쾅투쾅 날려버리고! 난 그 늠름한 모습을 동경하고 있어!"

"으엑…… ."

"마음의 소리가 새어 나오고 있네, 엘프 아가씨."

엘프와 드워프가 종족적으로 서로 사이가 나쁘다는 것은 널리 알려진 사실이다.

친구가 드워프를 너무 칭찬하니 복잡한 표정을 드러내 버린 데다, 뭐랄까, 후덥지근한 가레스를 동경한다는 말까지 나오니 알리제는 얼굴이 삭은 사람이 취향인 건지 어흠어흠 하는 생각을 하고 있으려니.

"아, 그 표정. 리온 또 편견 가지고 있구나? 내가 전에도 말했잖아! 드워프 중에도 신사 같은 할아버지가 있고 엘프 중에도 눈 뜨고 못 봐줄 만큼 난폭한 사람이 있다고! 종족 같은 건 아무 상관 없어!"

알리제는 몸을 내밀며 그렇게 주장했다.

3년 전에도 분명 같은 말을 들었다. 하지만 류는 갈팡질팡하며 입을 움직였다.

"그건, 분명, 당신 말이 틀림없지만…… 뭐랄까, 그, 얼른 받아들이기 힘든 현실도 있는지라……."

"【질풍】의 말도 지당하다, 고까지는 못 하겠네만 날 상대로 그렇게 좋아하는 것도 자네 정도밖에 없다네."

가레스 본인도 말했다.

이에 대한 알리제의 대답은.

"그치만 난 드워프로 태어나고 싶었는걸!"

그런 환한 웃음이었다.

" ………………………………………………………………………………
…………………………………………."

"엄청나게 애매한 표정이구먼."

"어, 아니, 이건…… 그……!"

가레스가 옆얼굴을 쳐다보는 바람에 류는 당황했다.

뭐랄까, 알리제가 드워프라니. 도저히 상상할 수 없었다. 그야 동료 아스타처럼 흙의 민족 중에도 청초하고 늠름한 드워프는 존재하지만, 열심히 상상해 봐도 그건 더이상 알리제 로벨이 아니라 고릴라제 로벨이라는 강화종 아닐까아니아니내가대체무슨생각을하지만하지만……

그렇게 엘프의 뇌가 강렬한 스트레스를 견디고 있을 때.

알리제는 류의 마음도 모르고 자신의 마음을 밝게 설파했다.

"드워프의 커다란 몸은 모두를 감싸주잖아! 그런 튼튼한 몸은 많은 사람을 지켜줄 수 있고!"

"!"

"내가 아름다운 몸을 가진 미소녀가 아니었다면 세상이 슬퍼했을지도 모르지만, 뭐, 그건 그거고!"

류는 눈을 크게 떴다.

친구가 무슨 말을 하려는지 깨닫고 감동을 받은 것이다.

"나보다 예쁘고 청초한 사람은 얼마든지 있으니까, 응, 문제는 없어! 그러니까 난 드워프가 됐으면 좋았을 텐데!"

"알리제……"

"그렇게 따지면 휴먼도 그 날렵한 발로 누군가를 구할 수 있는 거고, 엘프도 그 목소리로 누군가를 치유해줄 수 있겠지."

"으음, 그것도 그러네! 역시 지금 말은 취소! 난 딱히 드워프 같은 거 안 돼도 상관없어!"

"알리제에……!"

하지만 그런 진지한 분위기도 오래 가지 못했다.

가레스에게 지적을 받자 선선히 의견을 뒤집어버리는 알리제를 보며 류는 눈물을 글썽이고 싶어졌다.

"흐하하하하하하! 언제 봐도 재미난 아가씨구먼! 자신만만하게 뭐든 말하는 주제에 발언에 전혀 책임을 지질 않아!"

"아니거든! 잘못한 게 있으면 금방 인정하는 유연한 발상을 가졌을 뿐이야!"

침통한 표정의 엘프 옆에서 큰 소리로 웃는 가레스.

알리제는 주눅 들기는커녕 자신만만하게 으스대는 표정을 지었다.

"말 하나는 잘하는구먼. 하지만…… 드워프로 태어나고 싶었다, 라. 나잇값도 못 하고 들떴다네."

그런 소녀에게, 드워프 대전사는 다시 한번 웃음을 지었다.

"자네의 솔직한 목소리는 시끄럽네만『미덕』인 것은 사실이지. 그런 식으로 하나라도 많은 사람을 웃게 해주게나. ……급식 쪽은 자네들에게 맡김세."

"응, 걱정 마! 가레스 할아버지!"

가레스는 경비를 서기 위해 다시 돌아갔다.

인파 속으로 떠나가는 뒷모습에 알리제는 쾌활한 목소리로 작별인사를 했다.

"…………."

"왜 그래, 리온? 날 멍하니 쳐다보고."

"…………당신은 역시 대단합니다. 【엘가름】에게 칭찬을 받다니."

그 모습을 옆에서 바라보던 류는 후우 한숨을 내쉬었다.

말 그대로, 제1급 모험자에게도 인정을 받은 벗에 대한 경탄이었다.

고개를 갸웃하던 소녀는 머리 위에서 쏟아지는 햇살을 붉은 머리로 반사하며, 그야말로 태양처럼 활짝 웃었다.

"그런가? 생각한 대로 말한 것뿐이야! 솔직해지면 누구나 할 수 있어!"

류도 그 말에 미소로 대답했다.

'분명 그게 가장 어렵고 존엄한 일일지도 모르지……. 당신을 보고 있으면 그런 생각이 듭니다.'

아무리 기괴한 언동을 보여도 알리제 로벨은 류 리온에게 존경할 만한 휴먼이었다.

그녀와 함께 있으면 언젠가 엘프의 족쇄에서도 풀려날 수 있다.

그런 생각이 들 정도로, 그녀는 눈부셨다.

류는 그녀의 친구라는 사실을 자랑스럽게 생각하며, 설령 어떤 일이 있더라도 그녀와 만난 사실을 계속 감사할 것이다.

알리제는 떠들썩한 주위를 둘러보고 잠시 눈을 가늘게

뜨더니 류의 손을 잡았다.

"자, 리온. 이번에는 진짜로 가자! 할아버지 말대로 모두가 웃도록 만들기 위해서!"

머리 위는 여전히 맑게 갠 날씨였다.

창공으로 빨려 들어가는 사람들의 기쁨에 찬 목소리가 끊이질 않는다.

투명할 정도로 푸른 하늘은 그저 평화로웠다.

"아아~~~~~~~~~~········· 오랜만에 활짝 개서, 날씨 진짜 좋네~."

대로 한쪽.

중천으로 접어들려 하는 태양을 받아 그림자 하나가 보도블록 위에 늘어져 있었다.

하늘을 올려다보는 그 윤곽은 여성의 것.

"하늘에게도 축복을 받아, 분명 좋은 일이라도 일어나겠지~."

감개무량해 늘어진 목소리를 내고 있으려니.

쿠웅, 하고 수인 사내와 부딪쳐버렸다.

"어이쿠, 미안해. 어깨가 부딪쳐버렸구만······."

대로는 무료급식 때문에 북적거리는 인파를 이루고 있었다.

엇갈려 지나가며 어깨를 부딪치는 것도 어쩔 수 없다고
할 수 있다.

그러므로 그녀도 대수롭지 않게 한 손을 들며 사과했다.

"응, 괜찮아."

그리고.

반대쪽 손으로 오버코트 밑에 찼던 **장검을 뽑아 휘둘렀다.**

"어……걱, 에…………?"

푸슈욱.

어딘가 맥 빠진 듯한 소리가 울렸다.

수인 사내가 지각했던 것은 거기까지. 목을 베인 그는
마른 피리 같은 소리의 파편을 흘리며 눈을 까뒤집었다.

삶을 마쳐버린 그는 붉은 물을 뿌리는 분수로 변해 그
자리에 허물어졌다.

"위자료 대신 확~실하게 네놈 목숨으로 받아갔으니까."

그 광경에, 주위에서는 한순간 소리가 사라졌다.

진홍색으로 물든 검을 어깨에 걸머진 여자는 입술에 묻
은 피를 핥으며 처절한 웃음을 지었다.

"꺄아아아아아아아아아아아아아아아아아아아아아아
아아아아아아아아아아아아아아아아아아아아아아아아아
아아아아아아아아아아아아아아아아아아아아아아아아아
아아아아아아아아악?!"

비단천을 찢는 것 같은 여성의 비명이 멈춘 시간을 깨뜨
렸다.

"으, 으아아아아아아아아아아아악!"

"뭐야, 무슨 일이야?!"

"죽었어, 사람이 죽었어!!"

그리고 공황이 발생했다.

남녀노소가 그 선혈의 광경으로부터 조금이라도 멀어지기 위해 달려나가고 혼란에 빠졌다.

군중은 이성을 잃었지만, 『무슨 일』이 일어났는지는 이해하고 있었다.

『암흑기』를 살아가는 그들은 정확하게 깨닫고 있었다.

이블스가──『악』이 나타났다.

"무료급식이라니 냄새 좋구만~. 나도 끼워주라, 썩을 길드 놈들아."

주위의 아비규환 따위 아랑곳하지 않고 여자는 눈을 가늘게 떴다.

독살스러운 연홍색 머리카락에, 여기저기 해진 속옷과 가죽바지.

모험자들은 그녀의 모습을 한 번 보면 금방 알 수 있었다.

해당하는 블랙리스트의 항목은 단 한 사람.

이블스 최중요 간부 중 한 명이자 【아라크니아】라는 별명을 가진 휴먼.

그녀, 바레타 그레데는 살육의 선언을 내렸다.

"잔치 돕는 정도는 해줄게. ──여기저기 새빨간 과일을 터뜨리면서 말이지!"

금세 장검이 선혈의 폭풍을 일으켰다.

칼날이 휘둘러질 때마다 군중의 팔다리를, 몸통을, 목을 베고 절규의 노래를 연주했다.

Lv.5의 능력을 가진 그녀에게서 도망칠 수 있는 이는 아무도 없었다.

"바, 바레타 님! 뭘 하시는 겁니까! 멋대로 행동하시면……!"

당황해 목소리를 높인 것은 군중 틈에 숨어있던 이블스의 사내였다.

예정하지 않았던 행동에 갈팡질팡해 달려오자,

"커어억?!"

베였다.

아군이었던 사내도, 망설이지 않고 목숨을 짓밟아버린다.

이리저리 도망치던 사람들도, 숨어있던 다른 이블스의 단원들도 낯을 창백하게 물들이는 가운데, 장검을 짊어진 여자는 그저 혼자 붉게 웃었다.

"시끄럽구만, 이렇게 날씨가 맑잖아. 그럼 다 때려 부수고 이놈이고 저놈이고 엉망진창으로 만들어줘야 하지 않겠어?"

머리 위를 올려다보며 두 팔을 벌리고 광기에 차올랐다.

"지금이 대책 없는 시대고! 여기는 웃을 틈도 없는 지옥이란 걸! 바보 같은 군중 놈들한테 깨닫게 해줘야 하지 않겠냐고!"

타고난 살인귀는 『악』을 선동하고 『악』을 구가했다.

"시작해, 너희도!"

"네, 네엣!"

잔인한 여자의 지시에 이블스의 군세는 두말없이 따랐다.

자신이 주검으로 변하기 전에 임무를 수행한다.

그리고 그들이 일으킨 것은 처절한 『폭거』였다.

"끄아아아아아아아아아아아아아아아아아아아아아아악?!"

"꺄아아아아아아아아아아아아아아아아아아아아아아!"

대로, 상점, 사람들.

닥치는 대로 뿜어져 나가는 『마법』의 빛이 붕괴와 진동, 비명을 부른다.

피는 흐르고 살이 타들어가고, 보도블록은 깨지고 벽이 무너졌으며, 양지바른 곳의 광경이 순식간에 부서져간다.

『피바다 속의 참극』으로 바뀌어간다.

"하하하하하하하! 『전야제』다! 소란 피우러 왔다, 모험자들아아아아아아아아아!!"

쩌렁쩌렁 울려 퍼지는 여자의 홍소.

그 악랄한 목소리와 함께 도시의 아비규환은 모험자들에게 전해졌다.

"비명?! 그리고 폭발?! 설마——!"

"가자, 리온!"

경악해 목소리를 내자마자 류와 알리제는 바람이 되었다.

　　　　　　　　✦

　이블스가 창공 아래에서 흉행을 벌이고 있었다.

　모험자들의 대응은 신속했다. 무료급식을 위해 배치되었던 경비 담당자들이 일제히 움직이고, 무기를 뽑으며 반격에 나섰다.

　하지만 그래도 이블스의 공격 규모는 넓었으며, 또한 무차별적이었다.

　"잘한다~ 죽어라. 계속계속 뒈져라~. 화려하게 단말마의 비명이라도 지르면서 도움을 청하라고."

　울부짖는 민중과 부서져가는 시내.

　지켜야 할 것이 너무 많아서 전부 다 손을 대지 못하는 데다 수도 부족했다. 모험자들은 눈앞의 광경을 감싸는 것이 고작이었다.

　반격에 나서지 못하는 오라리오 측의 전력을 비웃듯 바레타는 늘어지는 말을 태평하게 중얼거리며 희열에 빠졌다.

　여자의 오른발이 짓밟은 것은 이미 숨이 끊어진 무고한 시민.

　"달려온 모험자 놈들 앞에서도 내가 확실하게 숨통을 끊어줄 테니까 말이야~!!"

　"【아라크니아】……! 네노ㅇㅇㅇㅇㅇㅇㅇㅇㅇㅇㅇㅇㅇㅇㅇ오옴!!"

피에 젖은 주검을 걷어차는 이블스의 간부를 보며 근처에 있던 모험자들이 격앙했다.

포효하며 세 사람이 달려들었지만,

"끄아악?!"

"머리에 피가 몰린 찌꺼기들만큼 죽이기 쉬운 것도 없지이! 하하하하하하하하!"

바레타의 몸이 잔상을 일으키고 검광이 번뜩였다.

엇갈려 지나가며 베여 쓰러진 모험자들이 피웅덩이에 잠겼다.

민중의 혼란을 일으키는 공포의 상징으로서 자기 자신을 내세우는 한편, 전투요원에게 도발하는 것도 멈추지 않고, 사냥한다. 바레타라는 여자는 철저하게 냉혹하고 교활했다.

그야말로 보이지 않는 거미줄을 몇 겹으로 펼쳐놓는 독거미와도 같이.

"──이 악마!!"

"웃?!"

직후.

바레타의 등 뒤, 그리고 머리 위에서 목검과 세검이 내리꽂혔다.

Lv.4에 필적하는 고속의 기습. 바레타는 한순간의 판단으로 회피의 선택지를 버렸다. 장검과 품에서 꺼내 역수로 쥔 단검. 두 종류의 칼날로 방어했다.

"아앙……?【아스트레아 파밀리아】구나! 네놈들은 안 불렀어! 젖비린내 나는 꼬맹이들!"

"닥쳐라!! 모두가 웃고 있었어야 할 이 장소에서, 감히……!"

분개한 류에게는 뒤를 치는 데 대한 망설임 따위 없었다.

장검에 튕겨나 한번은 지면에 착지했던 알리제도 다시 공격을 펼치고 진홍색의 분노에 가득 찼다.

"절대 용서 못해! 넌 여기서 쓰러뜨리겠어!"

통렬한 금속성이 이어지고, 목검을 단검이, 세검을 장검이 밀어내며 코등이싸움에 들어갔다.

무기 너머로 노려보는 소녀들에게 바레타는 입술을 틀어올렸다.

"멍~청하기는! Lv.3인 네놈들이 Lv.5인 나한테 이길 거 같아~?!"

그런 악의 오만에게 대답한 것은 『강렬한 주먹』이었다.

"——그렇게 숫자놀이를 좋아하면 Lv.5가 상대해주지."

"으윽?!"

류와 알리제에게 좌우에서 끼인 가운데, 정면에서 날아든 단단한 주먹이 바레타를 후려갈겼다.

창졸간에 류와 알리제의 무기를 튕겨내고 회피행동에 나섰지만 여자의 몸은 무시무시한 기세로 보도블록 위를 미끄러졌다.

"【엘가름】……!"

"무사한가, 아가씨들. ……젠장, 뭘 위해 보초를 서고 있었는지. 희생자를 내놓고 핀에게 무슨 낯으로 보고를 할지."

바레타와 마찬가지로 경악하는 류와 알리제. 다만 가레스는 가레스대로 참담한 심정에 시달리고 있었다. 주위의 참상에 눈을 일그러뜨리면서도 빠르게 마음을 바꿔먹고 적을 노려보았다.

"아프잖아, 힘만 센 자식아! 하지만 왔구나, 【로키 파밀리아】!"

장검을 지면에 꽂아 귀에 거슬리는 마찰음을 내며 자세를 바로잡은 바레타가 짜증 난다는 목소리를 뿌려대며 흉흉하게 웃었다.

"오랜만이다, 망할 놈의 드워프 영감탱이! 핀 자식은 없나아~~?!"

바레타 그레데와 【로키 파밀리아】 사이에는 악연이 있다.

정확하게는, 같은 지휘관으로서 활약하는 핀과 그녀 사이에.

8년 전 『암흑기』의 시작 당시부터 오늘에 이르기까지, 핀과 바레타는 몇 번이나 군세를 이끌고 겨루어왔다.

당하고, 되갚아주고, 계획을 짓밟혀서는 재전투에 나섰던 바레타의 마음속에서 【브레이버】 핀 디무나는 『가증스러운 숙적』이 되었다.

"애석하게도 여기에는 없다. 네놈들의 『양동작전』을 내다보고 다른 곳에서 그물을 치고 있지."

눈에 띄게 흥분의 정도가 높아진 바레타에 비해 가레스의 목소리는 잘 연마된 강철처럼 싸늘했다.

그런 그의 말을 긍정하듯 바레타에게 이블스의 부하가 달려왔다.

"바레타 님! 동지의 잠복 지점에서 연기가……! 목표를 습격하기 전에 모험자에게 급습을 당한 것으로 보입니다!"

쳐다보니 도시 서쪽과 동쪽에서 검은색의 연기가 솟고 있었다.

마도사가 있었다면 희미하게 『마법』의 잔재인 마소가 피어나는 것을 알 수 있었으리라.

보고를 들은 바레타의 얼굴에서 웃음기가 사라지고 분노와 증오만이 남았다.

"쳇…… 뒈져버려, 썩을 자식. 요란하게 날뛰어줬더니 아무 의미도 없었잖아."

가레스가 지적한 대로였다.

시민들이 모이는 무료급식 행사를 노린 이번의 흉행은 길드 산하【파밀리아】의 주의를 끌기 위한 『양동작전』이었다.

그리고 이를 내다본 핀의【로키 파밀리아】주력과【가네샤 파밀리아】는 다른 지점에 『함정』을 펼치고 있었던 것이다.

바레타는 더할 나위 없을 정도로 가증스럽다는 듯이 내뱉었다.

"아아~~……… 확 식어버리네. 야, 너희. 저 자식들 못 오게 막아. 난 돌아간다."

"바, 바레타 님?! 대체 무슨 말씀을?!"

"양동부대는 소란만 피우고 다른 데는 불발이라니, 이게 무슨 멍청한 짓이야. 이 이상 죽여봤자 의미도 없어. 너희는 내 대신 싸워."

바레타 그레데는 피에 굶주린 거미다.

하지만 광기로 몸을 물들이면서도 반드시 『선』을 가늠하는 냉정함을 유지한다. 이만한 참사를 일으켜놓고도 순식간에 발을 빼는 여간부에게 『희생양』이 될 것을 강요당한 말단 이블스 단원들은 동요했다.

"――놓칠 줄 알아?"

발소리를 내며 앞을 가로막은 것은 알리제였다.

눈 속에 진노의 불길을 피우는 그녀와 함께 류와 가레스도 목검과 도끼를 들었다.

"안심하라고. 하나같이 착해빠진 네놈들은 내 상대를 할 겨를도 없을 테니까."

그래도 바레타는 여유를 무너뜨리지 않았다.

조롱과 함께 손가락을 딱 울린다.

그 『신호』에, 주위에 숨어있던 『악』의 복병들은 일제히 따랐다.

각자가 장비를 들고는 사방으로 『폭격』을 뿌려댄 것이다.

"으아아아아아아아아아아아아아악?!"

거듭되는 진동, 폭포처럼 무너지는 잔해, 그리고 솟아나는 시민들의 비명.

아직까지 숨을 죽이고 있던 이블스의 예비전력이 결정타가 될 파괴 활동을 감행한 것이다.

"『마검』으로 무차별 파괴를……?!"

"미처 도망치지 못한 사람이 아직 많이 있어…… 안 돼!"

격렬해지는 파괴와 혼란의 광경에 류와 알리제가 조바심을 냈다.

"하하하하하! 냉큼 구하러 가라고, 정의의 사도들! 무고한 시민이란 것들이 잔해에 깔려 죽어버리겠다!"

그런 그녀들의 옆얼굴에 속이 후련해졌다는 듯 바레타는 조롱의 목소리와 함께 몸을 날렸다.

주위의 혼란을 틈타 그 자리에서 도주한 것이다.

"큭…… 【아라크니아】아아!"

류의 노성 따위 아랑곳 않고, 여자의 뒷모습은 여기저기서 솟아나는 흙먼지에 가려져 사라졌다.

"이, 이렇게 되면…… 동지여, 파괴를 흩뿌려라! 바레타님의 지시대로 하나라도 더 길동무로 삼아라!"

"에잇, 이 가증스러운 것들! 아가씨들, 주위 사람들을 구하게! 이블스는 내가 어떻든 할 테니!"

"【엘가름】……! 죄송합니다!"

"부탁해, 가레스 할아버지!"

자폭을 각오한 것처럼 고함을 질러대는 이블스의 하급 지휘관과 병사들을 보며 가레스는 욕설을 내뱉은 것과 동시에 달려들었다.

등을 돌리고 달려간 소녀들의 목소리에 호응한 것은 대형 배틀액스의 소리뿐.

　몸 크기와 맞먹을 정도의 초중량 무기를 마치 부채처럼 휘두르며 드워프 대전사는 적병을 날려버리기 시작했다. 이블스의 얼굴에 떠오른 것은 공포의 표정이다. 필사적인 저항으로 단문영창 『마법』이나 『마검』을 사용하지만 가레스는 공격을 당하거나 말거나 돌격을 거듭했다. 도끼의 거대한 날이, 바위도 부수는 물미가, 철퇴의 일격과 다를 바 없는 드워프의 굵은 주먹이 한 명도 남김없이 재기불능이라는 네 글자를 꽂아주었다.

　무리를 무릅쓰는 강경전술.

　대미지와 맞바꾸어 가레스는 조기진압을 시도했다.

　오히려 자신에게 조준을 맞추도록 요란하게 움직여, 시내에는 피해가 최소한으로 미치도록 했다.

　"리온, 흩어지자! 다른 동료들, 그리고 모험자들과 연계를 취해!"

　"알겠습니다!"

　동시에 제1급 모험자의 임기응변을 이해한 알리제와 류의 움직임은 신속했다.

　가레스가 이블스의 주의를 끄는 동안 민중의 피난을 촉구하고, 때로는 위험으로부터 구출하고, 머뭇거리는 적의 곁을 스쳐 지나가며 기절시켰다. 예전부터 구축해두었던 위기상정 매뉴얼에 따라 피난소가 【로키 파밀리아】의 홈

『황혼관』임을 알고 있는 류 일행은 사람들을 북쪽으로 피신시켰다.

그 판단에, 이리저리 도망치는 민중을 지킬 수밖에 없었던 모험자들도 방침을 얻었다.

『호위』에서『유도』로 전환해, 등대의 인도와도 같이 혼란스러운 전장에 빛을 드리웠다.

정확하고도 신속한 결단이 몇 번이나 이루어져.

비유가 아니라 류 일행이 숨 한 번 쉬는 사이에 구해낸 목숨이 늘어갔다.

그리고 그녀들의 행동이 조금이라도 늦춰질 때마다 지킬 수 있는 목숨이 줄어들고 만다.

망설임은 용납되지 않았다.

⊡

"끄아아아아아아아아아아악!"

이블스의 마지막 한 사람이 쓰러졌다.

가레스는 수평으로 휘둘렀던 도끼를 걸머졌다. 갑옷에서는 연기가 피어나고 온몸에는 화상을 입은 그는 승리의 여운에 잠길 틈도 없이 소리를 질렀다.

"적은 전부 물리쳤다! 라울, 【디안 케흐트 파밀리아】에 지원을 부탁하게! 서둘러서!"

"아, 알겠습다!"

시내의 참상을 보고 얼굴에서 핏기가 가셨으면서도, 피난민의 호위와 유도에 집중하던 라울이 망가진 인형처럼 몇 번이나 고개를 끄덕이면서 달려나갔다. 전투에 참가하지 않았던 젊은 【로키 파밀리아】의 하급 단원들도 전투가 끝난 것을 보자마자 구명 활동에 분주했다.

하지만 그래도 사람들의 비명이 끊어지지는 않았다*.

"으아아아아아……!"

"다리가……. 누가, 도와줘어어어어!"

날아온 덧문의 파편이 온몸에 박힌 사람, 잔해에 두 다리가 짓이겨진 사람, 『마법』에 몸의 일부가 날아가 버린 사람.

늙은이도 젊은이도 고함을 질러대고, 비명이 실타래처럼 얽혔다.

끊임없이 피어나는 폭연과 그을린 피의 냄새에 【아스트레아 파밀리아】의 멤버들 또한 비통한 목소리를 높였다.

"빌어먹을! 몇 명이나 말려든 거야!"

"리온! 너도 회복마법으로 치료해!"

가지고 있던 포션을 부상자에게 퍼붓던 라일라도, 잔해를 잘게 썰어내던 카구야도 평소의 여유를 잃어버렸다.

"건물이 언제 무너질지 몰라! 부상자도 피난소로 옮겨!"

네제가 그런 외침과 함께 저편에서 뛰어다니는 것을 보며 류가 카구야에게 외쳤다.

"이미 하고 있습니다! 하지만 제 마법은 여러 사람을 한꺼번에 치유할 수는 없습니다! 손이 너무 부족해요!"

숲의 빛과도 같은 녹색의 따뜻한 빛이 부상자를 치유하지만 그것도 한 사람뿐이었다.

그녀들에게 보이는 범위에도 스스로는 움직이지 못하는 사람이 다수 있었으며, 보이지 않는 장소에는 아직 수많은 부상자가 있다. 압도적인 일손 부족에 류도 목소리가 저절로 거칠어졌다.

"으아아아아아아아아아아아아앙······! 아파, 아파아······!"

"큭······!"

치료를 하던 류의 시선 너머에서 휴먼 소녀 하나가 울고 있었다.

부모를 잃었는지, 팔다리에는 무수한 찰과상이 있었으며 무릎은 지금도 피를 흘렸다. 공황에 빠진 시내의 분위기에도 견딜 수 없었는지 주저앉아 움직이지 못한 채 슬픔의 목소리를 하늘로 올려보냈다.

마법을 중단할 수도 없어, 류가 답답한 감정을 미간에 새기고 있으려니──.

"울면 안 돼. 다른 사람도 슬퍼지니까. 자, 이 천을 다친 데에 꽉 누르고 있으렴."

한 남신이 소녀의 곁에 무릎을 꿇었다.

"······! 신 에렌······."

류는 눈을 크게 떴다.

그녀의 놀라움을 아는지 모르는지, 에렌은 기운을 북돋워 주듯 너스레를 떨어 보였다.

"피가 멈춘다~ 멈춘다~. 옳지, 멈췄다! 이렇게 조그만 무릎도 참았으니까 너도 눈물 참을 수 있지?"

"신님…… 네!"

순백색 손수건이 금세 피를 머금어 붉어졌다.

에렌이 소녀의 무릎을 응급처치하는 동안, 고통에 찡그려졌던 소녀의 얼굴에서 눈물이 멈추었다.

그런 소녀에게 미소를 짓고, 에렌은 손을 내밀어 다정하게 일으켜주었다.

"착하구나. 저기 있는 피난소까지 혼자 갈 수 있겠니? 너보다 더 많이 다친 아이들을 도와줘야 하거든."

"응, 갈 수 있어…… 고마워, 신님!"

에렌이 다른 건물보다도 높은 【로키 파밀리아】의 홈을 가리키자 소녀는 눈가를 닦고는 웃음을 지었다.

길드 직원의 지시에 따르는 민중의 대열에 섞여, 자신의 발로 따라갔다.

"……신 에렌. 고맙습니다. 손을 빌려주셔서……."

그 모습을 다 지켜보았던 류는 부상자의 치료를 마치고 남신에게 다가갔다.

올바른 인격자, 아니, 신격자라 불러야 마땅한 행동에 감사와 경의를 표하려 하자,

"아, 신경 쓸 거 없어. 난 그냥 너한테 **사과하러 왔을 뿐이니까.**"

그런 말을 하며 말을 가로막았다.

"……네?"

"너희 흉내를 내서 아까 그 아이 말고도 도와줘봤거든. 그래서 나도 겨우 깨달았어."

신은 웃었다.

굳어버린 엘프를 내버려 둔 채, 우습다는 듯이 웃었다.

"상처 입은 자, 약한 자를 구하면 이렇게나 마음이 충만해진다는 걸! 충족되는구나. 기쁘구나. 이거 중독되겠어!"

천진난만한 『악의』를 드러내며 기쁨에 차올랐다.

"……무슨, 소릴……."

"미안해. 네 행위를 『대가 없는 봉사』라고 해서! 정말로 이건 무상이 아니었구나! 제대로 『대가』가 있었어!"

아연실색한 류는 움직이지 못했다.

그녀를 내버려 둔 채 에렌은 하계의 『도리』를 설파했다.

"타인을 도와줄 수 있다는 『우월』!"

"감사를 받는다는 『쾌감』!"

"무언가를 베풀어준다는 『만족』!"

"이게 이렇게나 기분 좋다니!"

이어지는 말.

아이들에 대한 이해에 다가섰다는 환희.

그 목소리에선 망설임이 사라진 것 같았다.

그 마음은 자신의 과오를 인정하는 사죄였다.

그 감정의 정체는, 『정의』를 조롱하는 **납득**이었다.

희희낙락한 목소리로, 그는 순수한 희열에 차올랐다.

한 요정의 역린을 건드릴 정도로.

"야~ 얼른 가르쳐줬으면 좋았잖아. 너희의 헌신은 전혀 불건전하지 않아!"

"…………시오."

"역시 전지하다고 해서 『아는 척』하면 안 되겠어. 행동도 따라야 비로소 『실감』할 수 있는 거지. 신이면서 한 수 배웠어."

"…………십시오."

"응?"

"당장 취소하십시오!"

두 손을 떠는 류의 격노.

그 분노의 감정에── 신은 입가를 틀어 올렸다.

"뭘?"

"지금 당신이 지껄인 모욕을!! 우리는 자존심을 위해 『정의』를 이용하는 것이 아닙니다!"

"에에엥? 진짜~? 그럼 너희는 뭘 위해 싸우는 건데?"

열화와도 같은 노성을 터뜨리는 엘프의 모습에 신은 겁을 내지도 않았다.

오히려 유감스럽다는 듯, 그러면서도 놀리는 듯 의문을 거듭했다.

그 태도가, 모든 것이 류의 분노에 기름을 부었다.

"집요하다! 도시의 평화를 위해, 질서를 가져오기 위해서다! 지금 막 우리의 주위에 벌어진 이 광경을 박멸하기 위해!!"

분노에 떠밀린 채 『정의』의 의지를 단적으로 입에 담았다.

그러나.

"그게 『자기만족』 아니야?"

"뭐——."

신은 온도가 떨어진 목소리로 그렇게 지적했다.

"왜냐면 너희는, 돈도 안 받잖아?"

"……입 다무십시오."

"빵도 수프도 안 받잖아."

"……닥치시지요."

"축복도 없고."

"닥쳐!"

어둠이 속삭이듯, 뱀이 발치를 기어가듯.

희미하게 눈을 뜬 에렌은, 이때 분명히 조소를 머금고 있었다.

"부와 명예만이 아니라 한때의 감사조차 원하지 않는다면—— 너희가 말하는 『정의』란 실제로, 그냥 『고독』이잖아."

"닥쳐어어어어어어어어!!"

진리를 들이대는 듯한 신의 선고에 요정의 노성이 쩌렁쩌렁 울려 퍼졌다.

"화내지 마, 엘프 꼬마. 그냥 신의 헛소리야. 다만 진지하게 자신에게 물어보고 대답해줬으면 해."

공기를 뒤흔드는 열화와도 같은 노성도, 에렌은 아무렇

지 않다는 듯 어깨를 으쓱했다.

그리고 눈을 구부리며 웃음을 짓고, 다음 질문을 건넸다.

"너희의 『정의』란 대체 뭐야?"

온몸을 흔드는 심장의 충격과 함께 류의 시야가 깜빡거
렸다.

"만약 대답할 수 없다면…… 너희가 『정의』라 부르고 있
는 건, 역시 아주 이질적이고, 『악』보다도 추악한 것이지."

침묵의 틈바구니에 얼어붙은 류에게 신이 바친 것은, 그
런 결론.

류의 감정 허용범위는 금세 넘어서 버렸다.

"──당신──!!"

에렌에게 달려들어 두 손으로 그의 멱살을 쥐었다.

상대가 신이라는 사실은 머리에서 날아가 버렸다.

격앙의 고함에 지배당한 류는 온 힘을 다해 눈앞의 신물
을 노려보았다.

그리고.

말이 아니라 행동에 나선 그 모습은, 아직 질문에 대한
답을 가지고 있지 않다는 증거였다.

"리온, 뭐 하는 거야!"

"지금은 놀고 있을 때가 아니야! 신이 시비 걸든 말든 무
시해!"

그때, 이변을 알아차린 라일라와 카구야가 달려왔다.

"크윽……! 젠장!"

그녀들에게 팔을 붙들린 류는 이를 악물었다.

주위에서는 아직 도움을 청하는 목소리가 들려왔다. 마음속에서 거칠게 날뛰는 충동을 간신히 억누르고, 그녀들과 함께 그 자리를 떠났다.

혼자 남은 에렌은 아무 일도 없었다는 듯 옷매무새를 가다듬고는, 멀어져가는 소녀들의 등을 바라보았다.

"……긍지, 고결, 맹세. 그걸 마지막까지 관철한다면 정말로『정의』라 평가받을 수는 있겠지."

드리워지는 독백.

『악』의 소행에 상처 입고 깊은 상흔이 새겨진 도시 한구석에서, 신은 대담한 웃음을 지었다.

"하지만 정말로 아무에게서도 감사받지 않고, 대가도 사라졌을 때…… 과연 어떻게 할지. **기대하고 있을게.**"

『대항쟁』까지, 앞으로 4일——.

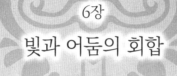

6장
빛과 어둠의 회합

ASTREA RECORDS
evil fetal movement

Author by Fujino Omori Illustration.Kakage
Character draft Suzuhito Yasuda

© KAKAGE

도시 북서쪽의 메인 스트리트, 다른 이름은 『모험자 거리』에 그 건물이 서 있다.

만신전을 방불케 하는 구조는 장엄해, 도시 중추의 상징이라 해도 과언이 아니었다.

미궁도시의 관리기관, 『길드 본부』였다.

"각 【파밀리아】 대표는 모였나? 그럼 이제부터 정례 이블스 대책회의를 시작하겠다──."

그런 『길드 본부』 안쪽, 100명 이상이 동석할 수 있는 대형 회의실에서 많은 모험자들이 원탁에 앉아 있었다.

【로키 파밀리아】에서는 핀, 리베리아, 가레스.

【프레이야 파밀리아】에서는 오탈과 아렌.

【가네샤 파밀리아】에서는 샥티.

그리고 【아스트레아 파밀리아】에서는 알리제와 카구야.

각 파벌의 단장과 부단장, 혹은 간부들이 집결했다. 하나같이 쟁쟁한 멤버였다.

역전의 상급 모험자들을 보고, 뚱뚱한 엘프라는 표현이 딱 들어맞는 길드장 로이만 마르딜은 조용히 회의를 선언──하는가 싶더니.

"──그 전에, 너희들 지금의 꼬락서니는 대체 뭐냐! 매일같이 습격이 끊이질 않고, 바로 얼마 전에는 대규모 기습까지 허용했지!"

눈을 크게 뜨고 노성을 질러댔다.

공장 습격을 비롯해, 이블스에 의한 도시의 피해는 계속해서 누적되고 있었다. 그리고 아직까지 기억에 생생한 무료급식장 습격 때는 시민 중에서도 사상자가 나오고 말았다.

관리기관의 장으로서 분노가 쌓였는지, 로이만은 군살이 가득한 배를 출렁이며 침을 튀겨댔다.

"냉큼 해충을 퇴치하고 싶으면 이블스도 추격하고 던전 공략도 하라는 얼빠진 주문을 들이대지 말라고, 돼지 자식아."

그 말에 당장 살기를 풍긴 것은 캣 피플 청년, 아렌이었다.

"『원정』 갔다 돌아오자마자 온 시내를 싸돌아다니게 만들고 말이야……. 머릿속까지 돼지가 됐냐?"

"어, 어쩔 수 없지 않나! 제우스와 헤라가 사라진 지금, 도시 안팎에 오라리오의 힘을 선전하는 것은 급선무다! 안 그러면 제2, 제3의 이블스를 낳을 수도 있어!"

내뱉은 아렌에게 압도당하면서 로이만은 어떻게든 혀를 움직였다.

"던전의 『미답파영역』에 도달해 도시의 위광을 보이지 않으면 세계에도 쓸데없는 혼란이……!"

"네놈의 악취미한 의자가 소중해서라고 솔직하게 까발리시지? 그 기름진 몸으로 권력에 매달려서는."

아렌의 독설은 그치질 않았다.

흉포한 캣 피플에게 『길드의 돼지』가 한껏 겁을 먹은 가운데 핀이 중재에 나섰다.

"아렌, 그만하자. 얘기가 진척이 없잖아. 우리가 솔선해서 싸울 필요는 없을 텐데."

"그 입으로 내 이름 부르지 마라, 파룸. 구역질난다."

파벌 사이에 존재하는 적대감을 드러내자, 이번에는 리베리아가 눈을 감고 말했다.

"의사소통도 못 하는 권속의 태도를 보니 신 프레이야의 품성이 의심스럽군."

"——죽고 싶냐, 날벌레."

크게 뜨인 아렌의 두 눈에 살기가 넘쳐났다.

회의실에 금세 험악한 공기가 흐르고, 각 【파밀리아】 멤버들이 긴장했다. 발단을 만든 로이만은 이미 땀투성이였다.

태연한 것은 이미 익숙하다는 샥티나, 낯빛 하나 바꾸지 않는 오탈 등 일부뿐이었다.

"그냥 집에 갈래……. 왜 초장부터 살기가 오가는 건데요, 이 회의……."

"【로키 파밀리아】랑 【프레이야 파밀리아】의 험악한 분위기는 평소대로랍니다~. 신경 쓰는 것 자체가 헛수고지요~."

아렌과 리베리아를 곁눈질하며 초췌해진 것은 파벌 회의에 처음으로 참가하는 아스피였다.

삐걱거리는 분위기에 배를 문지르는 손이 멈추질 않는다. 카구야가 내숭 떠는 웃음과 늘어지는 어조로 조언을 주었지만 아스피의 대답은 "말이나 되는 소리를 하세요!"였다.

"애초에 왜 파벌회의에 신참인 제가 차출된 건가요……! 패버릴 거야. 그놈의 주신이랑 단장, 진짜 패버릴 거야……!"

"응응, 【페르세우스】가 리온하고 친해진 것도 이해가 가네. 너희 너무 성실해서 주위에 휘둘리는 타입 같으니까!"

"자각이 있다면 당신들도 언동을 좀 자숙하십시오!"

찡긋! 하고 윙크를 날리는 알리제에게 아스피가 마침내 고함을 질렀다.

평소의 울분이 폭발해, 갑자기 소란스러워진 원탁의 일각에 대고 """이 상황에 왜 소란을 떨어 저것들은……""" 하는 다른 모험자들의 눈빛이 쇄도했다.

"로이만을 감싸려는 건 아니지만…… 지난번 기습을 막아내지 못했던 건 내 책임일세. 사과할 말이 없네."

알리제 쪽을 무시하고 입을 연 것은 가레스였다.

무거운 목소리에 회의실이 한순간 잠잠해지고, 시선이 그에게 모여들었다.

"백주대낮에 당당하게, 그것도 시내 한복판에서 갑작스럽게 흉행을 저지르다니, 예상했어도 막을 수 있는 것은 아니었다. 하물며 【아라크니아】의 소행이라면."

그를 옹호하고 나선 것은 샥티.

"핀과 우리 헌병단이 상정했던 것은 『폭발물』에 의한 혼란…… 가레스나 그 외의 경비담당자들에게 수상한 물건을 주의하도록 전했던 것이 화근이 되고 말았다."

"『폭발물』? 그건 무슨 소리야?"

샥티의 설명에 알리제가 의문을 제기하자 가레스가 대답했다.

"일련의 공업지구 습격 사건에서 빼앗겼던 『격철장치』의 용도는 『폭탄』의 제조가 아닐까 예상했던 걸세."

여기에 리베리아가 더 자세히 보충했다.

"스위치를 달아서 누구나 작동시킬 수 있는 『폭탄』으로 만들면 충분히 위협이 될 수 있지. 그야말로 마석제품을 취급하듯 말이다."

원탁에서 귀를 기울이던 모험자들 사이에서 이해했다는 분위기가 퍼져나갔다.

그거라면 최근의 공장 습격도 설명이 되고, 무엇보다 이블스가 생각할 법한 일이었다. 무료급식 행사가 열리던 대로에서 일제히 기폭시키기라도 했다면 피해는 걷잡을 수 없었을 것이다. 그들이 주의를 기울였다는 것도 수긍이 갔다.

"마검이나 매직 아이템과는 달리, 전투에 조예가 없는 『신자』라도 설치하고 작동시킬 수 있지. 그래서 경계했건만…… 예상이 빗나갔어."

"어쩌면 아직 그 카드를 쓸 때가 아니라고 아껴두었는지도 모르지."

예상이 불발로 그친 데 대해 샥티가 안타까워하며 눈을 감고, 리베리아가 탄식과 함께 일말의 가능성을 제시했다.

그때, 잠자코 듣고 있던 카구야가 입을 열었다.

"그랬군요. 이해했어요. 기왕이면 먼저 정보를 공유해주셨으면 좋았겠지만요."

잔소리 같은 그 말에, 샥티나 가레스와 함께 『지난번 작전』을 입안했던 핀이 숨기려 하지도 않고 진의를 밝혔다.

"어디까지나 예상에 불과하다는 게 첫 번째 이유. 두 번째 이유는 경비를 지나치게 엄중히 한 나머지 적의 움직임을 유인하기 어려워지는 걸 피하고 싶어서였어."

"……용자님의 머릿속에서는 그 습격도 예정조화였다는 건가요? 희생자의 숫자까지 주판을 퉝겨본 다음 소수는 저버리셨고 말이죠?"

바레타가 이끌던 무료급식 행사 습격이 『양동작전』이고 핀과 샥티가 『진짜』 부대를 미리 제압한 것은 주지의 사실이었다. 말투는 정중했지만 카구야는 이번에야말로 명확하게 가시를 담아 비난의 색을 강하게 드러냈다.

"피해의 규모까지는 예상하지 못했다……라고 해도, 변명으로밖에 들리지 않겠지. 하지만 덕분에 적의 본대를 칠 수 있었어."

"대단한 용자님이시구만."

"누가 아니래. 항상 선택을 종용당하는 지금의 상황과 그걸 뒤집지 못하는 자신이 정말 싫어."

스스로도 공허하다는 것을 아는 변명을 한 핀은 아렌의 비아냥거리는 말도 감내했다.

근심을 숨긴 표정으로 자신의 무력감을 자조하는 파룸에게 카구야나 아렌 등 일부의 모험자가 냉엄한 시선을 보내고, 구제의 최대공약수를 취한 그의 판단을 나무랄 수는 없는 자들은 입을 다물었다. 늘 시끄러운 로이만조차 잠자코 회의의 행방을 지켜보았다.

회의실에 잠시 어두운 정적이 드리워졌다.

"──자자, 이 이야기는 그만그만! 나 이런 꿀꿀한 얘기 듣고 싶지 않아! 기분 우울해져서 홧김에 과자 퍼먹고 싶어져!"

이때 분위기 파악할 줄 모르는 소녀가 시끄러운 소리로 떠들어댔다.

의자를 박차고 일어난 것은 소란통의 대표【아스트레아 파밀리아】의 단장이었다.

"알리제 로벨…… 당신은 정말……."

아스피의 진저리난다는 시선을 받으면서도 소녀는 주워섬겨댔다.

"그치만 그렇잖아! 다들 도시를 지키기 위해 최선을 다하고 있는데, 그걸 서로 나무라는 건 이상해!"

"""……!!"""

아렌이, 카구야가, 리베리아가, 그리고 핀이 눈을 크게 떴다.

샥티나 다른 모험자들까지도 같은 표정을 지었다.

"반성할 점은 반성하고, 잘한 점은 서로 칭찬하고! 그게 올바른 대화지! 애들도 아는 거야!"

딱 잘라 말하는 알리제의 모습에 원탁이 조용해지고, 이윽고 호쾌한 웃음소리가 터져나왔다.

"큭큭큭, 하하하! 언제 봐도 무서운 줄 모르는 아가씨야!

하지만 그 말이 맞네!"

"쯧…… 정론만 지껄이고 앉았어."

"반론하지 못할 거면 투덜거리지 마라. 그 정론이야말로 지금 이 상황에서 가장 건설적이고 유의미한 제안이다."

가레스의 웃음소리를 시작으로, 아렌이 언짢다는 듯 혀를 차고, 리베리아가 미소를 지으며 이를 타일렀다.

무의미한 정체를 끝내버린 태양 같은 목소리에 아무도 이의 따위 제기하지 않았다.

"깨끗하고 올바른 내 앞에서 제1급 모험자도 무릎을 꿇었어! 흐흥~! 역시 난 대단해!!"

"단장님, 부탁이니 여기서 건방 떨지 말자……."

선 채로 여봐란 듯이 가슴을 펴는 알리제에게 카구야는 원래 어조로 침통한 경고를 날렸다.

조금 전부터 아렌 언저리의 시선이 따갑다고 호소했다.

"후후…… 애석하게도 밝은 이야기는 없지만, 그녀의 말대로 건설적인 회의를 하지."

그런 소녀들을 포함한 원탁의 광경에 핀도 처음으로 부드러운 웃음을 보였다.

선언한 대로, 대책회의가 시작되었다.

"우선 샥티가 제압한 『다크마켓』에 대한 정보를 공유하고──."

핀이 의장이 되어 각 파벌마다 보고와 함께 이블스의 정보를 제시했으며, 검토한 후 논의가 이루어졌다. 지상, 던전, 도시 밖에까지 미치는 소식은 다채로워서 회의는 긴 시간이 필요했다. 하지만 이를 귀찮다고 생각하고 꺼려하는 이는 아무도 없었다. 이 정보전달이 자신의 목숨, 나아가서는 【파밀리아】의 위험을 구한다는 것을 모험자들은 8년 전의 『암흑기』가 시작되었을 때부터 몸으로 통감하고 있었다.

모두가 적극적으로 발언하고 의견을 구했다.

"오늘까지 있었던 사건 및 전달사항은 이 정도일까. 달리 공유하고 싶은 정보는 있어?"

회의가 시작된 후, 회의실에 설치된 대형 시계의 긴 바늘이 세 바퀴는 돌았을까 싶을 무렵.

보고가 거의 다 끝났음을 확인하고 핀이 주위를 둘러보았다.

그때까지 계속 입을 다물고 있던 오탈이 천천히 입을 열었다.

"……이블스 측에 최소한 한 명, 고수가 있다. 아마도 타고난 전사."

"맞아, 아다만타이트 벽을 파괴했다는 그 녀석 말이지. 하지만 교전을 했던 것도, 모습을 본 것도 아니잖아?"

도시 최강의 모험자에게 주눅 들지도 않고 알리제가 의문을 제기하자, 당시의 현장에 있었던 아렌이 대신 대답했다.

"확인할 필요도 없을 정도로 엄청난 기술이었어. 그게 다야. 적어도 이블스의 간부 놈들이 할 수 있는 짓이 아니었다고."

"음——…… 자세히 조사할 만큼 정보가 많진 않지만. 오
탈, 적의【스테이터스】를 가정한다면 어느 정도일까?"

핀의 물음에 오탈은 평소보다도 더욱 나직한 목소리로
대답했다.

"……Lv.6 이상. 이하는 절대 아니다."

그 순간 회의실이 술렁거렸다.

"뭐……?!【맹자】와 같다고……?"

아스피도 경악을 감추지 못한 채 신음했다.

Lv.6은 현재 오라리오 최고위. 도시 최강의 모험자 오탈
만이 도달한 영역이었다.

그와 동등하거나 그 이상의 『괴물』이 이블스에 관여하고
있을 가능성이 있다.

그 정보는 모험자들에게 충격을 주었다.

"……우리도 『창고』 제압 당시 정체불명의 여자와 조우
했지. 마도사, 혹은 마법검사인 것 같았다."

오탈의 보고에 이어 샤티도 얼마 전의 『다크마켓』 제압
에서 목격했던 인물에 대해 말했다.

"직접적인 피해는 없었지만 나를 포함한 총 30명의 단원
이 아무것도 못하고 당했다."

"【가네샤 파밀리아】를 혼자서? 어디 소속 마도사야……?"

"【오시리스 파밀리아】 같은 과거 강호들의 사례도 있으
니까. 제1급 모험자 수준의 전력을 숨겨놓았을 가능성도

고려해야겠지."

샥티의 말을 듣고 리베리아가 기품 있게 눈살을 찌푸리는 가운데, 가레스는 옛날에 있었던 【파밀리아】에 대해 언급했다.

제우스와 헤라가 아직 건재하던 무렵, 그 양대 파벌과 라이벌 관계이던 세력이 몇 곳 있었다. 그중에는 여러 명의 Lv.6, 그리고 Lv.7 단장의 전력을 길드에 보고하지 않은 채 숨겨두었던 파벌도 있었을 정도였다. 다른 파벌과도 결탁해 정점 타도를 시도했으나── 당시의 시대를 제압했던 것은 제우스와 헤라였다.

도시 항쟁에 패배해 많은 권속을 잃은 주신들은 도시에서 도망쳤으나, 일부 파벌은 아직 오라리오에 머물고 있다. 완전히 몰락한 【세베크 파밀리아】 등이 그렇다.

전례가 있는 만큼 원탁에 모인 모험자들은 복잡한 심정을 드러냈다.

"……후자는 그렇다 쳐도, 전자의 공장 습격자가 이블스의 편을 들고 있을 가능성은 높아. 각 파벌은 가급적 단독 행동을 피해줘."

핀의 주의 환기에 각 【파밀리아】의 단원들은 얼굴에 긴장감을 띠고 대답했다.

회의실에서 잠시 소리가 사라졌다.

"자, 이게 마지막이 될 텐데……『본론』으로 들어갈게."

그리고 조용해진 순간을 노려 파룸 용자는 이제까지의

모든 내용을 서두로 바꿔버리는 『작전목적』을 꺼냈다.

"【헤르메스 파밀리아】의 정찰로, 이블스의 새로운 거점을 발견했어."

"""!"""

눈을 크게 뜬 알리제와 카구야의 반응을 따라가듯 다른 모험자들도 놀라움을 드러냈다.

"폐기된 시설을 이용하고 있는 것 같습니다. 이제까지와는 달리 상당한 규모…… 그것도 셋. 내부까지 알아보지는 못했습니다만 일반인을 가장한 보초의 수로 봐도 상당히 수상합니다. 아마 『본거지』라 해도 과언이 아닐 겁니다."

의자에서 일어나 정보를 제공하는 아스피.

오늘까지 은밀하게 척후 활동을 벌였던 【헤르메스 파밀리아】의 대표로서, 자신들이 조사한 상세한 내용을 빠짐없이 들려주었다.

"【헤르메스 파밀리아】의 정보를 분석해 길드 상부도 적의 아지트일 거라고 판단했어. 그래서 이 세 개의 거점을 동시에 친다."

"──하나는 【아스트레아 파밀리아】가 갈게!"

핀이 공격의 뜻을 입에 담은 직후 가장 먼저 입을 연 것은 알리제였다.

곁에 서 있던 아스피가 움찔 놀랄 정도의 기세로 손을 들고 나섰다.

"난 아직 아무 말도 안 했는데?"

"본거지에 돌입할 【파밀리아】를 모집할 거 아냐? 【로키 파밀리아】와 【프레이야 파밀리아】가 따로 움직이는 건 당연하다고 치고, 하나가 남잖아. 그럼 우리가 맡을게! 기동력이라면 지지 않으니까!"

쓴웃음을 짓는 핀에게, 테이블에 손을 짚은 알리제는 더더욱 몸을 내밀었다.

누구보다도 위험을 두려워하지 않고, 누구보다도 용감함과 무모함을 혼동하지 않고, 무엇보다도 정의의 의지를 드러내는 소녀의 모습에 그때까지 잠자코 있던 샥티도 입을 열었다.

"……핀, 우리도 【아스트레아 파밀리아】와 연계하겠다. 그러면 머릿수도 충분하지."

"알았어. 그럼 예정대로 한 곳은 우리가. 또 하나를……오탈, 부탁해도 될까?"

"알았다…….."

파룸의 시선에 보어즈가 고개를 끄덕였다.

도시 양대 파벌이 작전에 참가해 모험자들의 사기가 드높아지는 가운데, 카구야는 냉정하고도 날카롭게 두 눈을 가늘게 뜨고 있었다.

"말을 중간에 잘라서 죄송합니다만, 함정일 가능성은?"

"그 가능성도 내다보고 움직일 거야. 돌입부대에 충분한 전력을 할애하는 건 물론이고, 다른 구역도 감시하면서."

핀은 막힘없이 대답했다.

이미 머릿속에 그려놓은 자신의 작전도를 공유했다.

"헤파이스토스, 이슈타르, 디오니소스…… 모든 유력 파벌에 협조를 요청할 거야. 로이만, 그쪽을 맡아줘."

"하는 수 없지…… 도시에 평화를 가져오기 위해서니."

"【헤르메스 파밀리아】는 도시 전역을 경계해줘. 이상이 발생했을 때는 신속한 정보전달을 부탁해."

"알겠습니다. 파벌 사람들에게 철저히 주지시키겠습니다."

핀의 지시에 로이만과 아스피도 고개를 끄덕였다.

파도처럼 밀려왔다가는 물러나는 모험자들의 말소리도 이번만은 완전히 사라지고 없었다.

"……자, 다들 눈치챘겠지만 이건 대규모 『토벌 작전』이 될 거야. 거점을 알아낸 지금, 방치한다는 선택지는 없어. 우리가 치고 나간다."

파룸의 푸른 눈이 원탁에 앉은 모험자들을 둘러보았다.

"작전 개시는── 3일 후."

질끈.

많은 모험자들이 무릎 위에 얹은 손을 꽉 쥐었다.

"적에게 들키지 않도록 준비에는 세심한 주의를 기울여주길 바라. ……여기서 전황에 결판을 낸다."

"맡겨만 줘! 해내고 말 테니까!"

소녀의 쾌활한 목소리.

제1급 모험자를 포함한 일부 사람들이 알리제에게 이끌려 웃는 가운데, 핀은 표정을 다잡고 폐회를 선언했다.

"그럼 해산."

그리고.

"……………………………."

그런 모험자들의 작전 전개를 『도청』하고 있는 여자가
한 사람.

빈방의 두꺼운 벽에 귀걸이형 매직 아이템을 착용한 그
녀── 어엿한 길드 직원은 모험자들이 자리에서 일어나
는 소리를 듣자마자 말없이 도구를 품에 넣고 아무 일도
없었다는 듯 그 자리를 떴다.

"길드의 『내통자』에게서 보고가 들어왔다."

그것은.

모험자들의 작전회의가 종료되고 5시간 후, 『악』의 귀에
들어갔다.

"적의 『토벌 작전』은…… 3일 후."

작게 접힌 메모지를 손에 든 올리버스가 입가를 틀어 올
렸다.

그곳은 어둠에 잠긴 넓은 방이었다. 사람들의 기억에서
잊힌 폐허의 후미진 공간인 것 같기도 했으며, 차디찬 미
궁의 한 곳 같기도 했다.

그곳에는 음영을 몸에 두른 여러 명의 그림자가 존재했다.

"하핫, 그 말괄량이가 잘 했구만! 이블스의 『신자』님들은 진짜 유용하다니까!"

올리버스의 말을 듣고 바레타가 무릎을 쳤다.

자신의 『책략』이 결실을 맺은 데 대담한 웃음을 지으며.

"적의 품에 파고들게 해놓고는 아무 보고도 시키지 않은 채, 『밀고』는 딱 한 번뿐. 5년 전부터 훈련한 보람이 있었어."

"후후, 첩자를 풀어놓으면서 오늘까지 연락을 끊었다니…… 평소에는 틀에 박힌 걸 싫어하는 주제에 이렇게 끈덕진 일면도 있었군요."

간부이자 이블스의 『지휘자』이기도 한 여자의 기쁨에 감탄한 것은 비토.

평소에는 『페이스리스』라 불리는 특징 없는 용모 속에서 희미하게 한쪽 눈을 뜨고, 그 눈을 어둠 속에서 빛냈다.

"등~신. 이거다 싶을 때 꺼내야 『히든카드』가 의미가 있지. 핀은 물론이고 신들까지 앞질러야 하는데, 수상한 짓을 해서 찍혔다간 그 순간 거짓말은 전부 간파당한다고. 그럼 눈에 뜨이지 않도록 몰래 움직이게 할 수밖에 없잖아. **그때까지는.**"

미주에 취한 것처럼 떠들어대는 바레타는 그 순간 느닷없이 눈을 날카롭게 뜨고 비토를 보았다.

"그보다도 『페이스리스』, 네놈의 주신은 어디 갔어? 『계획』의 발기인이면서."

그녀가 언급한 것은『사신』중 하나였다.

그것은 그녀를 경악과 전율과 흥분에 빠뜨렸던,『사악의 화신』그 자체가 틀림없는 존재였다.

주인의 행방에 대한 질문을 받은 비토는 어깨를 으쓱했다.

"글쎄요. 그분도 아무래도 신이다 보니. 지금도 혼자 어슬렁거리고 있지 않을까요?"

"쳇. 흑막은 흑막답게 옥좌에 앉아서 거들먹거리고 있으란 말야. ⋯⋯뭐, 됐어."

혀를 차는 소리를 내고, 그럼에도 웃음을 짓는 바레타는 그때 문득 어둠 속을 향해 말을 걸었다.

"──그렇게 됐단 말씀.『연회』는 3일 후. 준비해놓으라고?『진짜 히든카드』나리들."

어둠 속에는 로브를 입은 두 개의 그림자가 있었다.

하나는 올려다봐야 할 정도의 체구를 자랑하는 남자.

또 하나는 긴 회색 머리의 여자.

바로, 모험자들이 경계를 기울이는 수수께끼의 인물들이었다.

"자세한 내용은 관여하지 않겠다. 그때가 되면 불러라. 어차피 이 몸은 전장에서밖에 쓸모가 없으니."

바레타의 말에 입을 연 것은 남자 쪽이었다.

그 무거운 목소리 하나만으로도 뱃속까지 울리는 듯한 위압감.

확실히 차원이 다른 존재에게 비토는 한쪽 눈을 뜨며 요사스럽게 웃었다.

"후후후, 백 마디의 말보다도 한 번의 검으로 존재를 증명하는 전투의 아귀…… 무시무시한 분이군요, 정말."

"네놈들이 없으면 아무것도 안 된다고. 그 말도 안 되게 강한 멧돼지 자식과 광대 놈들을 작살내고——"

그리고 비토의 뒤에서 바레타가 기분 좋게 말하고 있으려니.

"시끄러워."

모든 것을 갈라버리는 듯 조용한 목소리가 말을 가로막았다

"……아?"

"귀에 거슬리다 못해 폐수 그 자체다, 네놈의 목소리는. 기분이 나빠. 구역질이 나. 악취마저 느껴지지. 당장 입을 다물어라."

어안이 벙벙해진 바레타에게 로브 차림 여자의 모멸은 멈추질 않았다.

해충에게 보이는 듯한 기피와 지탄에, 바레타의 얼굴은 금세 시뻘겋게 물들었다.

"이, 이 년이……!"

"우리는 조용히 이용당해주지. 그러니 네놈들도 닥치고 이용당해라."

격분에 빠진 바레타에게 여자의 요구는 단 하나.

『쓸데없는 짓도, 쓸데없는 골칫거리도 늘리지 마라』.

결코 무리를 지을 마음 따위는 없다고 행간으로 말하는『절대강자』의 진의에 바레타는 이를 갈며 노려보았다. ──뛰어들어봤자 갈기갈기 찢겨버리는 것은 자신 쪽이라고 확신하고, 마음속으로 식은땀을 흘리면서.

"그쯤 해둬라. 우리는 이미 동지다. 목적은 각각 달라도 도달하는 과정을 함께 하는 사이니까."

협력이 제대로 이루어지지 않는『악』의 존재들에게, 웃음을 지으며 중재한 것은 올리버스였다.

"【아파테 파밀리아】, 【알렉토 파밀리아】에도 준비를 시키고 있다. 그 광전사 놈들까지 나선다면 도시는 틀림없이 재앙의 불길에 휩싸이겠지……."

거무스름한 백발을 출렁이는 사내는 환희마저 내비치며 야망의 성취를 확신했다.

"마침내 내 주신의 염원이 이루어질 때……. 오라리오의 붕괴는 머지않았다."

7장
그녀가 가르쳐준 것
~Twilight Word~

ASTREA RECORDS
evil fetal movement

Author by Fujino Omori Illustration Kakage
Character draft Suzuhito Yasuda

새빨간 저녁놀이 서쪽 하늘을 물들이고 있었다.

오라리오의 저녁은 일찍 찾아온다. 도시를 에워싼 거대 시벽 때문이다. 동시에 여기서 밤까지는 시간이 걸린다는 사실을 미궁도시의 주민들은 잘 안다. 그리고 이런 시대가 아니라면 어른들은 한잔하러 가기 전까지 시간을 때우고, 아이들은 길가에서 놀고 있을 것이다. 지금은 모두 이블스의 그림자에 겁을 먹으면서 얼른 장을 보고 돌아간다.

그런 쓸쓸한 저녁놀이 드리워진 상점가를 따라, 류는 말없이 걷고 있었다.

"……."

복면을 쓰고 있지만 아직 열넷인 어린 엘프의 얼굴은 아름답다.

그러나 서쪽으로 기울어진 햇빛을 받는 옆얼굴은 그늘진 우수에 사로잡혔다.

인적이 드문드문한 길을 흘끔거리며, 류는 회상에 잠겨 있었다.

——너희의 『정의』란 대체 뭐야?

에렌이 한 말이 아직도 소리를 내며 가슴속에 도사리고 있었다.

복면 안쪽에서 이를 꽉 악물고 기억 속의 신에게 되받아친다.

"뻔한 것 아닌가……. 우리의 정의는…… 우리가 가슴속에 품은, 것이란……."

독백은, 버림받은 중얼거림밖에 되지 않았다.

명확한 답에 도달할 수가 없었다.

어리석은 자기 자신이 그 신의 말을 긍정하고 만다.

그것은 정의의 여신 아스트레아의 권속으로서 부끄러워 해야 할 모습이었으며, 류를 괴롭혔다.

무엇보다도 괴로워서, 계속 방황하고 있었다.

"리온! 찾았다!"

뜬금없을 정도로 밝은 목소리가 울리더니 부드러운 충격이 류의 등을 감쌌다.

"아, 아디?"

"맞아! 멍멍이처럼 안기는 게 특기고 그러면서 고양이도 좋아한다고 했더니 가네샤 님한테 『코끼리도 좋코끼리!』라고 추천을 받았던 아디야! 짜잔~!"

"왜 당신은 등장할 때마다 자기소개를 하는 겁니까!"

두 팔을 감아 안겨드는 친구에게 류는 놀라면서도 딴죽을 걸었다.

"느닷없이 안기지 마십시오. 위험합니다."

"미안미안. 왠지 안기고 싶어져서."

아디는 사과하면서도 주눅 드는 기색조차 없이 뺨을 비벼대며 류보다 풍만한 두 개의 언덕을 밀착시켰다. 언니를 닮아 모양 좋은 가슴이다.

류가 자기도 모르게 얼굴을 붉히고 있으려니, 온기를 다 만끽했는지 몸을 떼었다.

"지금은 혼자야?"

"예…… 시내 순찰 중입니다. 『작전』을 들키지 않기 위해서라도, 평소와 다를 바 없이 행동하자고 동료들과 결정해서……."

아디와 나란히 서서 다시 걸어갔다.

이틀 전의 작전 회의——『토벌 작전』의 내용은 알리제와 카구야의 입을 통해 류를 비롯한 다른 단원들에게도 전해졌다. 확실한 계기가 될 커다란 작전을 앞두고 【아스트레아 파밀리아】는 각자 자기만의 방법대로 기력을 충전하며, 그와 동시에 이제까지와 다를 바 없는 모습을 가장했다.

"그렇구나. 나도 있지, 아까까지 일하다 왔어! 제압했던 다크마켓의 리스트 작성! 드디어 끝났지 뭐야!"

맞장구를 치며 아디는 깔깔 웃었다.

그리고 눈을 빛내며 류의 얼굴을 들여다본다.

"저기저기, 들어봐 리온! 압수한 물건 중에 너희 마을의 『대성수』가——."

기쁨을 나누려고 신나게 떠들어대려던 아디는 문득 류의 안색을 살폈다.

그녀의 의식은 목소리가 들리지 않을 정도로 다른 곳에 가 있었다.

"……무슨 일 있었어?"

"아뇨…… 아무것도. 조금 생각을 하고 있었을 뿐……."

물어보자 류는 눈을 내리깔고 고개를 가로저었다.

언급을 피하려 하는 옆얼굴에, 아디는 밝은 웃음을 머금었다.

"그런 말은 안 해도 돼! 리온은 거짓말도 못 하고 뭘 숨기는 것도 서투니까!"

"아, 아디……."

난처해진 엘프에게 휴먼 소녀는 다시 친근한 미소를 띠었다.

"말해봐. 그리고 나랑 같이 고민하자. 응?"

길가의, 마침 적당한 높이가 있는 벽돌 화단에 앉아 류는 띄엄띄엄 말을 이었다.

옆에서 잠자코 귀를 기울이던 아디는 이야기가 끝나자 눈썹 끝을 늘어뜨리며 사과했다.

"무료급식 날에 그런 일이 있었구나……. 미안해. 그때 도와주지 못해서."

"여러분은 【브레이버】의 지시로 적의 다른 부대를 치고 있었잖습니까. 죄책감을 가질 필요는 없습니다."

류가 천천히 고개를 가로젓자, 아디는 생각에 잠긴 듯 머리 위의 붉게 물든 하늘을 올려다보았다.

"음— 그렇다 쳐도 에렌 님은…… 어째 생각보다 심술쟁이 신인 것 같네?"

"심술로 넘어갈 정도인가요……? 하계를 즐기는 신의 별난 취향이라고 하면 분명 그렇겠지만……."

"난 '좋아하는 여자애 집적거리는 남자'! 같은 느낌이 들지만. 리온 말을 들어보니까."

"왜 얘기가 그렇게 됩니까!"

대수롭지 않다는 듯한 아디의 말에 자기도 모르게 목소리를 높여버렸다.

분노와 수치에 싸인 류는 금세 의기소침한 목소리를 냈다.

"그건, 절대 그런 것이 아닙니다……. 그런 것은……."

류의 뇌리에 며칠 전의 광경이 되살아났다.

희미한 웃음을 머금은 남신이 지금도 류를 바라보고 있다.

──만약 대답할 수 없다면.

──너희가 『정의』라 부르고 있는 건, 역시 아주 이질적이고, 『악』보다도 추악한 것이지.

귓가만이 아니라 마음속에까지 울리는 그 말에, 류는 자기도 모르게 아디를 향해 묻고 있었다.

"……아디. 진정한 『정의』란 뭐라고 생각합니까?"

"음~…… 어렵네에. 답은 사람마다 다 다르겠지만, 신들은 안 그럴까?"

아디의 답도 애매했다.

그녀는 가느다란 턱에 가져다 댄 손을 떼고는 눈을 감으며 말을 이었다.

"난 언니보다 머리도 안 좋고, 이런 건 생각하면 생각할수록 늪에 빠져드는 것 같아."

"…………."

아디의 말은 정곡을 꿰뚫은 것처럼 들렸다.

이런 상황이 아니었다면 류도 수긍했을 것이다.

다만 『정의』에 대한 의문이 제기된 지금, 그것을 보고도 못 본 척할 수도, 뒤로 미룰 수도 없었다.

적어도 끊임없이 생각하고 자문자답해야만 한다.

『정의』가 『악』보다도 추악하지 않다고 증명하기 위해.

류는 미궁에 홀로 남겨진 기분으로 눈을 내리깔려 했다.

"그러니까 말이야, 이런 정의는 어때? 『모든 무기를 악기로』!"

하지만 그때 아디가 갑자기 밝은 목소리로 말했다.

"……? 무기를 악기로……?"

"응! 검이나 창은 매달아서 트리 차임으로, 방패는 두 장 합쳐서 심벌로! 대포 같은 건 공포탄으로 북을 대신할 수 없을까?"

당황하는 류에게 아디는 손짓발짓을 섞어가며 말했다.

두 눈을 구부려 웃으며, 마치 아이처럼.

"누군가를 상처 입히는 무기도, 모두를 웃게 만드는 무언가로 바꿔버리는 거야. 리온도 그 정도로 쉽게 생각하면 돼! 나처럼!"

그렇게 태평하게, 부드럽게 어깨의 힘을 빼도록 『위로해 주는』 아디에게.

류는 침묵의 시간을 거쳐, 그녀의 말을 부정했다.

"…………아디, 그건 거짓말이지요."

다정한 소녀의 눈을 바라보며 말했다.

"저 같은 자보다도 당신이 훨씬 더 깊이, 무겁게『정의』
에 대해 생각하고 있을 테니까요. ……그때도 그랬듯."

그것은 7일 전, 폭한이 에렌의 지갑을 빼앗으려 했을 때
였다.

질서에 따라 엄하게 단속해야 한다고 주장하던 류와는
달리, 그녀는 조용히 타일렀다.

『아저씨가 아까 했던 말도 틀리지 않았어. 우리가『정론』
을 말할 수 있는 건, 우리가 힘을 가졌기 때문이야.』

『그래서는 아니지만…… 리온, 용서하는 건『정의』가 되
지 않을까?』

바로 그때, 류는 자신이 품고 있던『정의』에 당혹감을 느
끼고 다시금 바라보게 되었다.

"내가 획일적인『정의』를 맹신하려던 반면, 당신은 보편
적인『정의』가 어디에 있을지를…… 계속 찾고 있었죠."

꼭두서니색 저녁놀이 두 소녀를 비추었다.

류의 발언에 아디는 너스레를 떨던 것을 멈추었다.

"그러게……『정의』란 어려워, 리온."

그리고 어딘가 쓸쓸하게 웃었다.

"강요해서는 안 되고, 짊어져도 안 돼. 그리고 가슴에 품
고만 있어도, 아무 것도 바꿀 수 없을 때도 있어. 진정한
『정의』같은 건 사실은 존재하지 않는 것 아닐까 하는 생각
마저 들어."

"아디……."

소녀의 옆얼굴이 나이 이상으로 어른스러워 보인다는 착각이 들었다.

아무것도 없는 허공을 보는 소녀의 모습을, 류 또한 애절하게 바라보았다.

"어려운 생각은 하지 말고, 아무도 상처 입지 않고…… 다들 웃으면서 행복하게 살 수 있으면 좋을 텐데."

그 바람은 어린아이 같으면서도, 무엇보다도 존엄했다.

매우 간단하면서도 어려운 일이었다.

알리제는 뭐라고 할까. 아스트레아는 뭐라고 설명할까.

나는 그 말에 수긍할 수 있을까.

신들은 하계 주민을 이끌어준다.

하지만 결코 『답』은 가르쳐주지 않는다.

이것은 너희의 이야기.

그렇게 말하듯, 어디까지나 거들어주는 데에서만 그치며 아이들의 여행을 지켜본다.

어디까지고 이어질지 알 수 없는 여정 속에서—— 우리가 『답』에 도달하는 날이 과연 올까.

생각에 잠기면서 자문을 거듭했다.

낮과 밤의 틈새에서, 수많은 것들이 담담하고 덧없는 붉은색으로 물들어가는 가운데, 류는 광활한 황야에 홀로 서 있는 기분으로, 이곳이 아닌 어딘가 까마득히 먼 곳을 바라보았다.

"——하지만 있지, 이런 식으로 멈추어 서버렸을 때, 나는 나 자신에게 솔직해지기로 했어."

그때.

아디의 입술에는 웃음이 되살아났다.

"네?"

"지금 내가 뭘 하고 싶은가 하는 거."

그리고 그대로 힘차게 화단에서 일어났다.

"그러니까 지금 내 『정의』는 역시 리온을 웃게 해주는 거 아닐까!"

"!"

돌아보며 건넨 그 말에 하늘색 눈을 크게 떴다.

아디는 활짝 웃으며 류의 손을 잡았다.

"리온, 춤추자! 여기서!"

"네? 아, 아디? 대체 무슨 소릴——?!"

그리고 길 한복판으로 뛰어나갔다.

놀라는 류의 두 손에 손가락을 얽고 즉흥 댄스를 시작했다.

앞장선 아디가 리더, 그저 갈팡질팡하는 류가 파트너.

아디가 웃음을 터뜨리고 경쾌한 스텝을 밟자, 금세 주위의 주목을 끌었다.

"뭐야, 뭐?"

"길 한복판에서 엘프와 휴먼이 갑자기……."

"모험자님이 춤추고 있어—!"

드워프 노동자가, 패기가 없는 휴먼 사내가, 눈을 빛내는 수인 소녀가 저마다 목소리를 높였다.

　이윽고 그것이 소란을 낳고, 길을 가던 사람들이 하나둘씩 발을 멈추었다.

　그런 주위의 반응에 복면 너머로도 알 수 있을 만큼 얼굴을 붉히는 류.

　"아, 아디! 기다리십시오! 왜 이러는 겁니까?!"

　"옛날 영웅이 이런 말을 했어! 동화 『아르고노트』에 나와!"

　비명이나 다를 바 없는 고함을 지르자 아디에게서 돌아온 것은 동심으로 돌아간 듯한 웃음이었다.

　"『자아 춤을 추실까요, 아름다운 아가씨. 유쾌하게 춤을 추어, 내게 웃는 얼굴을 보여주세요』!"

　"네, 네에?!"

　"내가 좋아하는 얘기! 모두모두 웃을 수 있으면 돼! 맞아, 그게 내 『정의』의 실천!"

　어린 시절에 몇 번이나 읽고 지금도 좋아하는 영웅담의 한 구절을 꺼내 류의 혼란은 더욱 가속했다. 어울리지도 않게 음정이 엇나간 비명을 지른 엘프는 그저 휴먼 소녀에게 휘둘리고 있었다.

　마치 광대의 희극에 끌려들어간 히로인처럼.

　"이상한 녀석들……이라고 생각했는데……."

　"그래…… 어쩐지, 좋은걸! 잘 한다, 언니들!"

　"모험자님 예뻐—!"

주위에서도 변화가 생겨났다.

의아한 눈길을 보내던 어른이 아디의 웃음에 이끌린 것처럼 굳었던 표정을 풀고, 환성과 휘파람, 혹은 농담 섞인 환호성을 날리기 시작했다. 그 뒤를 이은 것은 아이들이 신이 나 떠들어대는 소리였다.

어느샌가 류와 아디를 에워싸듯 원형으로 인파가 생겨났다.

"봐, 다들 웃잖아! 손뼉 치고 발 구르고, 점점 즐거워하고 있어!"

"다, 다들 쳐다보고 있단 말입니다! 이런 꼴사나운 모습을! 이런 건, 저한테는 그저 굴욕일 뿐입니다! 멈추세요, 아디!"

"안~돼! 리온이 웃을 때까지 춤출 거니까~!"

"그, 그럴 수가……!"

수치심을 호소해도 받아들여 주지 않아 류는 그저 난처해했다.

그러는 동안에도 서툰 스텝을 밟고 있으려니, 지나가던 한 모험자가 인파 속에서 얼굴을 내밀었다.

"어디서 시끄러운 목소리가 들려온다 했더니…… 뭘 하는 겁니까, 당신들."

"어, 아스피! 너도 어때! 리온이랑 같이 춤추고 있어!"

아디는 어이없다는 표정의 아스피를 돌아보았다.

"저는 사양하겠습니다. 춤이라면 고향의 왕성에서 실컷

추었으니."

"아, 안드로메다! 도와주십시오!"

류가 일말의 희망에 매달려 도움을 청했지만 아스피는 무자비하게 어깨를 으쓱했다.

"무리죠. 저는 아디를 막을 수 없으니. 게다가…… 보기 드문 당신을 보고 싶기도 하니 천천히 감상하겠습니다."

"안드로메다아~~~~~~!!"

마지막에는 완전히 장난기 어린 표정을 짓는 아스피에게 류는 견디지 못하고 고함을 질렀다.

춤은 이어졌다. 여기에 현악기의 음색은 없었다. 관학기가 연주하는 곡도 없었다. 그와 동시에, 사람들이 기뻐하는 목소리를 능가하는 곡 또한 어디에도 없다.

슬픔도 괴로움도 날려버리듯, 소녀들의 그림자는 유쾌하게 춤을 추었다.

"──리온! 『정의』는 돌고 도는 거야!"

"네?"

그렇게나 음울했던 심정도 잊고, 류의 수치심이 한계에 달하려 했을 때.

아디가 그런 말을 했다.

"설령 진짜 대답이 아니라 해도, 틀렸다고 해도! 모양을 바꿔서 우리의 『정의』는 돌고 도는 거야!"

그것은 그녀가 생각하고 있는 『정의』의 원류.

류가 원하는 답은 아니라 해도, 자신이 보고 느끼고 가습에 품었던 것을 드러냈다.

"부드러운 게 딱딱해지기도 하고, 상냥했던 게 차가운 걸로 변할지도 몰라! 그래도 우리가 전했던 정의는 분명 다른 꽃이 돼서 피어나! 어쩌면 꽃이 아니라 별빛이 돼서 모두를 비출지도!"

류의 하늘색 눈은 어느샌가 크게 뜨였다.

"우리가 구해준 사람이 다른 누군가를 구해줄 거야! 오늘의 상냥함이 내일의 미소를 가져와 줄 거야!"

그것은 소녀의 시시한 선망일지도 모른다.

그것은 아디가 생각하는 단순한 몽상일지도 모른다.

"난 그렇게 믿고 싶어!"

하지만 류의 귀에는 매우 존엄하고, 날개처럼 크게 펼쳐진 희망과도 같이 들렸다.

"아디……."

"그러니까 리온, 웃자! 돌고 도는 『정의』를 위해, 오늘은 웃는 거야!"

춤이 한순간 그쳤다.

발을 멈춘 류는 조용히 복면을 벗었다.

그리고 자신을 바라보는 소녀를 향해, 그녀가 바라던 미소를 보여주었다.

"……예!"

아디 또한 만면의 웃음을 짓고 있었다.

소녀들의 춤이 다시 시작되었다. 주위의 목소리뿐이었

© KAKAGE

던 선율에는 어느샌가 악기의 음색도 더해져, 조용한 저녁놀 속의 무도회는 어디까지고 이어졌다.

사람들에게서 웃음이 생겨나고, 행복의 소리가 언제까지고 울려 퍼졌다.

"……정의는 돌고 돈다, 라."

엘프들을 지켜보던 아스피는 조그만 웃음을 지었다.

부드럽게 가늘어진 눈 속에, 시선 너머의 광경을 새긴다.

"나도 잊지 않도록 하죠. 이 저녁놀 속에서 들은 말을……."

동쪽에서 어둠이 밀려들고 밤이 찾아오는 그 순간까지, 『정의』를 바라는 노래는 소녀들을 에워싸고 있었다.

류는 소녀의 웃음에서 빛을 보았다.

결코 그녀의 말을 잊지 않겠노라고, 그렇게 맹세했다.

『대항쟁』까지, 앞으로 1일——.

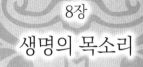

8장

생명의 목소리

ASTREA RECORDS
evil fetal movement

Author by Fujino Omori Illustration Kakage
Character draft Suzuhito Yasuda

긴 밤이 지나가고, 태양을 숨겼던 구름이 자취를 감추고, 저녁이 다가온다.

그날, 하늘은 무거운 저녁놀의 색으로 물들어 길도 건물도, 도시 그 자체도 붉은색을 띠었다.

아디와 춤을 추었던 날과는 다른 으스스함이 있었다.

어제의 기억을 돌이켜보며 류는 그렇게 생각했다.

"지정했던 아이템이【디안 케흐트 파밀리아】에서 도착했습니다!"

"좋아, 전 부대에 공유해! 몇 분 걸리겠나!"

"10분이면 됩니다!"

"5분 안으로 끝내! 서둘러!"

주위에서는 많은 모험자와 물자가 이리저리 오가고 있었다. 그럼에도 소음은 놀랄 정도로 적었으며 작업은 신속하게 이루어졌다.

오라리오 남서쪽, 제6구역.

이블스의 3대 거점 중 하나를 눈앞에 둔 뒷골목, 혹은 건물 뒤에【가네샤 파밀리아】와【아스트레아 파밀리아】가 전개하고 있었다.

"단장, 전원 배치 완료했어."

"알았어. 적에게는 들키지 않았지?"

카구야의 보고에 알리제는 고개를 끄덕이고 물었다.

평소와는 다른 배틀클로스를 입고 카타나를 찬 극동 소녀는 방심이라곤 한 점도 없는 눈빛으로 대답했다.

"아직까지 그런 기척은 없어. ……반대로 너무 조용해서 뭔가 있을 거라고 억측하고 싶어질 정도야."

"그래……. 하지만 갈 수밖에 없어. 오늘 어떻게든 이블스의 거점을 함락시켜야 해."

얼굴에 결연한 의지를 담으며 알리제는 시선 너머의 건물을 보았다.

대형 창고를 방불케 하는 상자형 시설. 적의 근거지로 예측되는 거점이다. 폐기되기 전에는 거상이 보유했던 매장이었다고 한다.

알리제 일행의 대화를 시야 한구석으로 보고 있었던 류는 문득 결심하고, 곁에서 신경을 날카롭게 가다듬고 있는 휴먼 소녀에게 말을 걸었다.

"아디……."

"왜, 리온?"

"……아닙니다. 오늘은 이깁시다."

무언가를 전하려 했지만, 나온 말은 결국 그것뿐이었다.

하지만 그 말이야말로 지금의 그녀들에게는 가장 필요한 것이었다.

돌아본 아디는 웃음을 지었다.

"──응."

"오탈 님, 아렌 님, 정말 괜찮으시겠습니까? 회그니 님과 헤딘 님, 그리고 알프릭 님 일행을 부대에 참가시키지 않아도…….”

도시 제5구역.

강자들이 모인【프레이야 파밀리아】가 이블스의 거점을 포위한 가운데, 전령 역할을 맡은 단원이 오탈과 아렌에게 확인을 구했다.

“엘프나 파룸 따위 필요 없어. 애초에 이 멧돼지만 있어도 전력 과잉이라고.”

“예비부대의 지휘는 전부 헤딘에게 맡겼다. 유사시에는 놈의 지시를 따라라.”

서로 비슷할 정도로 조용한 전의에 가득 찬 수인들은 시선 너머의 건물만을 보고 있었다.

그 모습에 단원이 자세를 바로잡고 대답했다.

“예! ……무운을 빕니다.”

단원이 떠나가고, 주위에서도 시시각각 작전 준비를 마쳐가는 가운데, 미신의 권속들은 의지를 하나로 모았다.

“예정시각과 동시에 먹어치운다…… 발 멈추지 마라.”

“그래…… 오직 전멸뿐이다.”

“핀, 작전 준비가 끝났다.”

도시 제7구역.

세 개의 돌입부대 중 마지막 하나인【로키 파밀리아】는 이미 두령의 호령을 기다릴 뿐이었다.

장비를 갖춘 리베리아가 마도사의 지팡이를 들고 핀의

판단을 물으려 했다.

"세 개의 거점에 동시에 돌입할 때까지 얼마 남지 않았—— 왜 그러나?"

"……엄지가 시큰거려."

파룸 용자는 자신의 오른손을 내려다보고 있었다.

글러브를 낀 조그만 엄지는 남의 눈으로 봐도 알 수 있을 정도로 확실하게 경련하고 있었다.

"늘 말하던 『감』인가?"

"응. 8년 전 『암흑기』가 시작된 후로 계속 시큰거렸지만…… 오늘은 한층 강한걸."

"……어떻게 하겠어?"

가레스가 확인을 구하고 리베리아가 눈을 가늘게 떴다.

핀의 직감이 가진 위력이 얼마나 무시무시한지를 누구보다도 잘 아는 드워프와 하이엘프는 두령의 결단을 기다렸다.

그리고 두 사람의 시선을 받은 핀은 잠시 눈을 감았다가 고개를 들었다.

"갈 수밖에. 미룬다 해도 의미가 없어. 만전의 준비를 마쳤다면 남은 건 넘어서든지, 박살이 나든지 둘 중 하나야."

결의의 말과 함께, 그렇게 단언했다.

✦

바늘 소리가 울렸다.

정의의 권속 중, 파룸 소녀가 가진 회중시계에서 초를 매겨나가는 소리가.

시간의 경과와 함께 한 사람, 또 한 사람 입을 다물고 목소리는 들리지 않게 되었다.

멀리 떨어진 저택에서는 광대의 신이, 또 다른 저택에서는 코끼리 가면의 신이, 시벽 위에서는 전령의 신이, 거탑 최상층에서는 미의 신이 권속들의 전장을 바라보았다.

화이트 엘프와 다크엘프, 네쌍둥이 파룸, 주점의 드워프 여주인, 애꾸눈 대장장이, 여전사, 어린 성녀, 『송곳니』의 의미를 아직 깨닫지 못한 웨어울프, 때 묻지 않은 하얀 요정, 검을 가진 한 소녀. 아스피를 비롯한 모험자며 스미스, 힐러는 시내의 각 지점에서 대기하며 세 개의 거점을 바라보았다.

알리제가, 카구야가, 라일라가, 샥티와 아디가, 오탈과 아렌이, 핀과 리베리아와 가레스가, 자신들을 기다리는 『악』의 근거지를 노려보았다.

그때가 다가온다.

정의의 여신이 눈을 감고, 오직 권속들을 위해 기도를 올린다.

류가 무기를 뽑았다.

그리고 바늘 소리가 시각을 고했다.

"시간이 됐다."

리베리아의 목소리가 울렸다.

단숨에 부풀어오르는 모험자들의 전의.

이를 등으로 느끼며, 핀은 개전을 명령했다.

"돌입."

『대항쟁』개막.

——시간이 왔다.

신은, 조용히 웃었다.

🕯

굳게 닫혔던 문이 폭쇄의 음향과 함께 날아가버렸다.

"저, 적이다아아아아아아아아아아아아아아아아?!"

『마법』의 포성과 함께 물 밀 듯이 쏟아져 들어오는 모험자들을 보고 이블스의 병사들은 일제히 고함을 질렀다.

세 개의 대거점 내에서 동시에 전투가 시작되었다.

"전진————!"

제6구역의 폐기된 매장에서는 가공할 군화의 소리가 울려 퍼지고 있었다.

샥티의 포효가 전격침공과도 같은 속도와 돌격을 부르짖고, 경악에 사로잡힌 이블스를 짓밟아나갔다.

그리고 수많은 【가네샤 파밀리아】의 남성 단원 틈에는 발키리와도 같은 질주와 검광을 자아내는 류의 일행, 【아스트레아 파밀리아】가 있었다.

"하앗!"

"끄아아아아아아아아아아악?!"

번개와도 같은 목검으로 류가 첨병 중 하나를 쓰러뜨리고, 카구야, 아스타, 노잉으로 구성된 우수한 전열이 잇달아 적을 쓸어나갔다.

"시설을 제압한다! 네제, 마류! 이스카네 분대를 데리고 흩어져! 우리 본대는 안쪽까지 갈 테니까!"

"한 놈도 놓치지 마라! 전원 무력화하고 생포해라!"

알리제와 샥티, 두 단장이 잇달아 지시를 내렸다.

"알았어!" "알겠습니다!"

그녀들의 지시에 【아스트레아 파밀리아】와 【가네샤 파밀리아】의 상급 모험자들이 대답하고 건물의 동쪽과 서쪽으로 갈라져 들어갔다.

장소는 벽을 몇 번이나 뚫고 철거했던 흔적이 있는 대형 통로. 건축자재가 그대로 드러난 벽이나 바닥은 때가 묻고 재의 색으로 물들어 이제는 상업시설이 아니라 폐공장과도 같은 양상을 띠었다. 그 증거로 주위에는 대량의 무기나 수상쩍은 장치, 물자 등이 놓여 있어 그야말로 『악당의 주거』라 할 만한 분위기를 풍겼다.

"통로 안쪽! 뒤에서는 위쪽! 온다!"

"나한테 맡겨!"

부대의 중견 위치에서 전황을 살피던 라일라가 가장 먼

저 경고했다.

이에 호응한 것은 아디였다.

남을 상처 입히는 것을 싫어하는 그녀도 어엿한 Lv.3이다.

수많은 몬스터, 그리고 죄인을 심판해왔던 한손검《세이크리드 오스》를 휘둘러 통렬한 참격을 펼쳤다.

"커헉?!"

원래 홀 구조를 띠었던 넓은 통로의 머리 위, 2층에서 뛰어내려온 이블스는 아무 것도 하지 못한 채 비명을 지르며 땅바닥에 나뒹굴었다.

"애송이, 오른쪽을 맡아. 반대쪽은 내가 해치운다."

"구태여 말할 필요도 없습니다!"

적병이 통로 안쪽의 문을 박차 열고 밀려들자 밉살맞은 소리를 지껄이는 카구야와 류가 공격에 나섰다.

병력의 차이 따위 아랑곳하지 않고 겁먹지도 않은 채 카타나와 목검을 휘두르는 소녀들은 아름다웠으며, 무엇보다도 강했다. 이블스가 공격을 가하기 전에 카구야의 무기가 발도되어 방어구와 함께 갈라버렸고, 지지 않겠다는 듯 다른 병사가 덤벼들기도 전에 두 번째 세 번째 참격이 펼쳐졌다.

그것은 날카롭기 그지없는 극동의 『기술』이었다.

참격의 결과를 만들어내는 소녀의 앞에서 남자들이 차례차례 허물어지고, 후방에 대기하던 적병은 낯을 창백하게 물들이며 공포에 떨었다. 그리고 카구야에게 용서라는 두 글자는 없었다. 스스로 달려들어, 【가네샤 파밀리아】의 단원들에게서 "으아아……" 하는 신음이 새나올 정도로 두 손에 든 카타나로 가차 없이 베어버리고 쓰러프렸다.

"——【하늘을 건너 황야를 달려 그 무엇보다도 빠르게 달려라. 별빛을 담아 적을 쳐라】!"

그리고 카구야가 등을 드러낸 반대쪽 방면, 복면 엘프는 적병을 베면서 주문을 연주하고 있었다.

아름답고도 격렬한 검무를 자랑하는 카구야를 상대할 경우, 류도 백병전 실력에서는 한 수 밀린다.

분함을 느끼면서 본인도 이를 인정하는 한편, 그녀에게는 『노래』가 있었다.

적을 한꺼번에 쓸어버리는, 전열에게 어울리지 않을 정도의 『화력』을 자아내는 노래가.

"【루미노스 윈드】!"

녹색 바람을 두른 거대 광구의 비가 통로에 들끓는 어둠의 사도들을 태워버렸다.

"끄아아아아아아아아아아아아아아아아아아아아아아아아아아아아아아아아악?!"

가차 없는 『마법』의 폭우에 이블스의 병사들이 일소되었다.

날아가 벽에 처박혀 재기불능에 빠졌다.

"또 선을 넘었군요."

통로도 반파되어, 마력의 잔재가 춤을 추는 가운데 복면 엘프는 남의 일처럼 중얼거렸다.

"마도사도 아닌데 언제 봐도 말도 안 되는 포격! 적도 거의 다 날아가버렸으니 이건 다 이겼네! ──라고 하고 싶지만."

짐짓 의기양양하게 떠들어대던 라일라가 빈틈없는 태도로 눈을 가늘게 떴다.

그녀의 날카로운 눈빛에 대형 창을 든 샥티도 동의했다.

"그래. **너무 쉽게 풀리고 있다.**"

이블스의 말단 병사들은 실제로 격렬히 저항했지만, 이곳은 적의 본거지다.

아군 부대에 눈에 뜨이는 피해가 없다는 것이 오히려 모험자들에게 불온한 분위기를 가져다주었다.

순조롭게 가고 있을 때일수록 함정에 빠져드는 감각.

모험자라면 누구나 던전에서 경험했던 적이 있는 그것을 다들 느끼고 있었다.

"역시 함정을 파놓고 있군. 적의 거점이라면 방어수단도 분명히 있겠지만……."

"그렇다 해도 작전은 계속해야 해! 상대도 시설 내의 인원을 많이 잃었어! 이대로 마지막까지 밀어붙이는 거야!"

중얼거리는 카구야와는 달리 알리제는 의지를 하나로 모으도록 외쳤다.

모험자들에게 여기서 물러난다는 선택지는 없었다. 문제를 뒤로 미룬다 해도『암흑기』의 종식은 결코 찾아오지 않기 때문이다. 게다가 적의 본거지에 발을 들인 이상 어중간하게 등을 드러내는 행위야말로 부대를 위험에 빠뜨린다.

알리제의 호소에 모두들 고개를 끄덕였다.

샥티, 아디, 알리제, 카구야, 라일라, 그리고 류. 양 파벌의 정예와 그 외【가네샤 파밀리아】의 상급 모험자들로 이루어진 본대는 조명도 없어 어둠이 자리 잡은 통로 안쪽을 향해 나아갔다.

몇 겹이나 되는 널빤지를 못질해놓은 덧문에서 바깥의 빛이 새 들어오지는 않았다. 나아가면 나아갈수록 싸늘한 공기가 감돌아, 마치 어두운 명계로 유인하듯 모험자들에게 손짓을 했다.

이윽고 긴 통로가 갑자기 끝을 고했다.

"……! 길이 넓어졌어! 심장부야!"

단숨에 탁 트인 통로에서 아디의 목소리가 울려 퍼졌다.

일행은 대열을 유지한 채 안쪽으로 넓어지는 공간을 향해 뛰어들었다.

"여긴……!"

그것은 이곳에 올 때까지 보았던 통로와 마찬가지로 매우 살풍경한 장소였다.

물자 운반용 철제 카고가 곳곳에 방치된 채 블럭 장난감처럼 난잡하게, 높다랗게 쌓여 있었다. 천장도 높아 10M은 될 것이다. 폐기된 공장이라기보다는 ──하늘이 보이지 않는다는 주석이 붙기는 하지만── 배의 화물을 하역하는 쓸쓸한 항만을 방불케 했다.

아마 매장의 물건을 보관하는 창고를 개조했을 것이다.

악행에 관련된 물품을 쌓아놓는『저장고』라고 하면 될까.

널찍한 공간에서 류 일행이 빈틈없이 자세를 잡고 있으려니.

"여어, 왔구나."

"──!!【아라크니아】!!"

머리 위에서 여자의 목소리가 울려 퍼졌다.

류 일행이 재빨리 돌아보자, 높이 쌓인 카고 위에 바레타 그레데가 유유히 서 있었다.

"핀이 없잖아…… 쳇, 꽝이네. 그 망할 여자, 정보를 아무렇게나 넘겼겠다."

시선을 돌려, 이곳에 도착한 것이 류 일행뿐이란 것을 확인한 바레타는 금세 언짢은 표정을 지었다. 뒷부분의 중얼거림은 모험자들에게는 들리지 않도록 낮추고는, 갑자기 입가를 틀어올렸다.

"그렇다 쳐도 여기까지 오는 게 너무 빠르지 않아~? 전광석화 정도가 아니네. 나 원."

"말과 얼굴이 일치하지 않는데. 지저분한 웃음 정도는 지우라고. ……뭘 숨기고 앉았어?"

"글쎄에? 네놈들을 때려죽이기 위한 준비 아닐까?"

눈빛에서 예리함을 지우지 않은 채 노려보는 라일라에

게 바레타는 경박한 웃음을 머금고 내려다보았다.

여유를 잃지 않는 여자의 조소에 라일라의 얼굴이 점점 험악해졌다.

"바레타 그레데! 시설은 제압했다! 병사도 거의 생포했다! 얌전히 투항하라!"

한 발 앞으로 나와 항복을 권고하는 샥티.

알리제와 카구야, 아디의 시선까지 한몸에 받은 이블스의 여간부는 이런 상황마저 즐기려는 것처럼 홍소를 터뜨렸다.

"하하하하하! 그 대사에 네 알겠습니다~ 하고 고개를 끄덕일 악당이 있겠냐아! ──나와라, 얘들아!"

호령이 울려 퍼진 직후, 수많은 이블스의 전사들이 나타났다.

"복병!"

"아직도 이렇게나!"

류와 아디의 목소리가 겹치는 가운데 주위의 카고 뒤에서 나온 적병은 일제히 무기를 겨누었다. 모두 희뿌연 색깔의 로브를 머리부터 뒤집어쓴 획일적인 의상. 그러나 체형의 특징으로 보건대 수인과 드워프가 많은 것 같았다.

마도사로 여겨지는 자는 없었다.

이쪽의 두 배가 훨씬 넘는 숫자로 모험자들을 포위했다.

"다 덤벼! 놀아줄 테니까!"

붉은 장검을 어깨에 걸머지며 바레타 자신도 뛰어들었다.

그리고 그것이 개전을 알리는 신호였다.

포효와 함께 적병이 달려오고, 금세 격렬히 무기 부딪치는 소리가 울려 퍼졌다.

"비켜!!"

"커억?!"

카구야의 날카로운 카타나가 적 하나를 베어버렸지만 이내 새로운 적병이 밀려왔다.

혀를 찬 그녀가 어쩔 수 없이 방어에 나서고, 그 옆에서는 류도 드워프의 배틀해머를 흘려내고는 반격을 가했으며, 그러는가 하면 측면의 일격을 돌아보는 것과 동시에 튕겨내 버렸다.

"난전……! 최후의 저항이라 이건가요!"

"고립되지 마! 적도 피라미가 아니야! 숫자에서 밀리면 맥도 못춘다!"

주위에서 한순간도 끊이질 않는 모험자와 이블스의 일진일퇴 공방. 류와 카구야의 등을 지원하던 라일라가 말했다.

명백히 적병의 수준이 지금까지보다 높았다.

오는 길에 만났던 졸병들과는 달리 전열 특화. 말하자면 『상위병』이었다.

적의 대검이나 아이언클로를 공중제비로 넘듯 가볍게 회피하며 부메랑을 투척해, 숫자에서 밀리려 하는 아군을 엄호한다.

"하하하하하하하하! 제법인데, 【안쿠샤】! 그리고 【스칼렛 하넬】!"

독보적으로 강한 Lv.5 바레타는 알리제와 샥티가 상대했다.

Lv.4와 Lv.3인 두 단장은 【스테이터스】의 차이에 굴하지 않고자 『기술』과 『허허실실』, 그리고 우수한 연계를 다해 상황을 고착상태로 이끌었다.

'——수상해. 완전 수상해.'

그 광경에 라일라는 혼자 두 눈을 가늘게 뜨고 있었다.

'난 핀은 아니지만 암만 봐도 수상하다고. 거점 안쪽에 펼쳐놓은 이게 진짜 최후의 저항이야? 멍청한 소리. 저 여자 외에는 시간만 들이면 죄다 쓸어버릴 수 있어. 적도 약하지는 않지만 우리 중에 저놈들에게 죽을 가능성이 있는 녀석은 아무도 없다고.'

주위에서는 류와 카구야, 【가네샤 파밀리아】의 단원들이, 나아가 시야 저편에서는 알리제와 샥티가 교전을 벌이고 있다.

자신도 반격과 회피를 하면서 전황을 부감하던 라일라의 머리 한구석이 경종을 울려댔다.

'이대로 가면 혼자 남은 저 여자를 우리가 다 같이 때려잡게 될 텐데? 그런 것도 모를 녀석이 아니잖아! 저 여자, 뭘 꾸미고 앉았지?!'

그때였다.

라일라가 경계를 기울이던 곳, 격렬한 전투를 펼치는 바레타와 알리제와 샥티, 의 **반대편에서.**

다른 모험자가 교전하는 저장고 일각에서, 변화가 발생했다.

"아, 아아아아아!"

드높은 고함소리.

비장함을 넘어서 가엾게마저 들리는 그 목소리에, 아디는 돌아보며 검을 수평으로 휘둘렀다.

자신의 뒤를 노리던 일격을 튕겨낸 그녀는, 다음 순간 눈을 크게 떴다.

"엑…… 어린아이?!"

시야에 들어온 것은 주위에서 싸우는 이블스의 전투원과 마찬가지로 희뿌연 두건과 로브를 뒤집어쓴 소녀였다.

그녀들보다도 더 어린 것은 일목요연해서, 키는 아디의 가슴 정도밖에 오지 않는다.

휴먼으로 보이는 소녀는 나이프를 든 손을 붙잡고 눈에 눈물을 머금었다.

"아, 아아……."

"이런 어린애들까지 끌어들이다니……!"

평소에는 온화한 아디가 보이는 적이 없는 분노가 또렷이 드러났다.

나이도 얼마 되지 않는 아이가 벌벌 떠는 모습은 전장에 어울릴 수 없는 광경이었다. 무력한 소녀까지도 차출하는 이블스에게 진노의 불길을 태우면서, 아디는 그녀에게 달려갔다.

"나이프를 버려! 싸우면 안 돼! 너 같은 애들에게 무기를 들려주는 어른들 말 같은 건 들으면 안 돼!"

아디는 목소리를 높였다.

자신이 믿는 『정의』에 따라, 벌벌 떨기만 하는 아이를 구하려 했다.

그 목소리에 휴먼 소녀는 크게 놀라더니, 눈을 한껏 일그러뜨리며 눈물을 줄줄 흘렸다.

아디는 웃음을 지었다.

"난 너를 다치게 하지 않을 거야. 자, 이리──."

소녀의 눈앞에서 검을 내리고 반대쪽 손을 내밀었다.

소녀는 멍하니 그 손을 보고, 자신의 오른손을 내밀며 왼손으로는 조그만 가슴을 움켜쥐었다.

"────햐햐."

그리고.

그것을 본 【아라크니아】는.

두 눈을 가늘게 뜨며, 웃었다.

"⋯⋯⋯⋯⋯⋯⋯⋯⋯⋯⋯⋯⋯⋯⋯⋯⋯신님."

눈에서는 빛이, 목소리에서는 감정이 사라진 소녀는 입술을 떨었다.

적의도 살의도, 『정의』도 『악』도 품지 않은 채.

그녀는 그저, 바랐다.

"엄마 아빠 만나게 해주세요……."

　죽은 부모와 재회하기를 신에게 빌며, **가슴에 숨겨두었던『스위치』를 기동시켰다.**

　　　"＿＿＿＿＿＿＿＿＿＿＿＿＿＿＿＿＿＿＿＿."

　얼어붙었던 시간의 틈바구니.
　떨면서 자신의 손을 꼭 쥐는 고독한 손가락을, 아디는, 뿌리치지 못했다.
　그 직후.
　얼어붙어 영원에 가까웠던 한순간은, 흉악한 굉음에 산산이 부서졌다.
　작렬.
　충격.
　진동.
　그리고 폭열.
　"""""""~~~~~~~~~~~~~~~~~~~~~~~~~~~~~~~~
~~~~~~~~~~~~~~~~~~?!"""""""

샥티가, 알리제가, 카구야가, 라일라가, 【가네샤 파밀리아】의 단원이, 그리고 류가, 지각의 한계를 넘어선 정보량에 속절없이 날아가 버렸다.

불꽃을 수반한 섬광이 시야를 새하얗게 물들였다. 귀를 찢을 정도의 폭음은 청각의 의미를 앗아갔다. 땅 밑바닥에서 준동하는 괴물이 으르렁거리는 듯한 진동이 건물 전체를 뒤흔들었다. 몇 개나 되는 철제 카고가 일그러지고 날아갔으며, 마치 허물어지는 성처럼 무너지는 소리를 잇달아 울렸다.

대폭포, 혹은 눈사태와도 같은 소리의 해일.

아무 전조도 없이 대파괴가 일어나, 그 작용에 몇 명이나 되는 모험자들이 희롱당했다.

그리고.

몸도 가누지 못한 채로 날아가 그을음과 먼지를 뒤집어쓴 모험자 중에서, 류는 떨리는 몸을 일으켰다.

머리를 꿰뚫는 이명, 깜빡거리는 시야가 서서히 걷히자…… 시선 너머의 광경은, **도려져나가고 없었다.**

"…………에?"

피어나는 연기가 걷히고 석재와 금속조각이 메마른 소리를 냈다.

모든 것이 뭉텅 도려져나간 공간이 드러났다.

용의 아가리에 물어뜯긴 것처럼.

신의 낫이 공간 그 자체를 깎아버린 것처럼.

모든 것이, 산산이 날아가버렸다.

벽도, 바닥도, **소녀들도**, 형체도 없이.

"……………………에?"

류는 이해를 거부했다.

"…………………거짓말."

알리제는 얼어붙어 있었다.

"………………설마."

카구야는 악몽을 보았다.

"………………**자폭했어?**"

라일라는 그 누구보다도 빠르게 현실을 파악해버렸다.

벽에 달라붙어 있는 검게 그을린 선혈의 자국.

비틀어 짜낸 그림물감과도 같이 추하다.

폭풍에 날아가 너덜너덜해진 한손검.

멀리 떨어진 바닥에 널브러진 채 무참히 연기를 뿜고
있다.

짓이겨진『소녀의 흔적』은 그 불타버린 피와 검뿐이었다.

"── 햐하하하하하하하하하하하하하하하하하하
하하하하하하하하하하하하하하하하하하하하하하
하하하하하하하하하하하하하하하하하하하하하하
하하하하하하하하하!!"

절망의 순간을 때려 부수는『악』의 홍소.

넋이 나간 모험자들에게는 아랑곳 않고 바레타가 환희와 광희 사이에서 몸을 떨었다.

"보고 있냐, 빌어먹을 타나토스 자식아!! 네놈이 꼬드긴 꼬맹이가 모험자를 길동무로 삼았다고!! 하, 하하하하하하하하하하하하하하하하하하하하하하하하하하하하하하하하하하하하하!!"

이곳에는 없는 『어떤 죽음의 신』과의 계약.

『박살이 나면서, 모험자를 길동무로 삼으면, 죽은 부모님과 만나게 해줄게』.

가엾은 한 소녀가 『사신』과 맺었던 계약이 이행된 것을 지켜보고 바레타는 정말로 유쾌하다는 듯 웃어댔다.

"············아, 디?"

여자의 가가대소가 울려 퍼지는 가운데, 샥티가 목소리 한 조각을 떨구었다.

제대로 된 잔해조차 남지 않은 여동생의 말로에, 무릎이 풀리지 않았던 것은 그저 운명의 변덕이자 시시한 기적에 불과했다.

"······거짓말이야."

폭풍에 천이 찢겨 복면을 잃고 노출된 류의 입술이 경련했다.

"거짓말이야, 이런 건······ 거짓말이야."

경련은 부정의 충동으로 바뀌고, 몸을 떠밀어 폭주시켰다.

"아디?!"

튕겨 날아가듯 류는 친구가 있던 장소로 달려갔다.

"멈춰!! 리온!!"

그녀를 뒤에서 끌어안아 온 힘을 다해 제지하는 라일라.

"알리제, 카구야! 쓰러진 놈들한테서 떨어져!!"

무시무시한 힘으로 뿌리치려 하는 류를 온몸으로 막으면서 외친다.

울부짖는 것도, 이성을 잃는 것도 스스로에게 허용하지 않았던 파룸이 보인 행동은『경고』.

상황을 올바르게 감지하고 이를 전달했다.

"박살나버린다고!"

그녀의 말이 떨어지기 무섭게, 재기불능에 빠졌던 줄 알았던 적병이 꿈틀거렸다.

상처투성이 몸으로, 나자빠진 채, 품에 숨겨놓았던『스위치』에 손을 가져다댄다.

"" ─────────────?!""

알리제와 카구야가 땅을 박차고 좌우로 흩어진 것과 동시에.

"주여…… 이 목숨, 부디 사랑하는 자의 곁으로오오오오오!!"

비장한 외침과 함께 새로운 폭염의 꽃이 피어났다.

""으으윽~~~~~~~~~~~~~~~~~~~?!""

폭발의 여파에 얻어맞아 소녀들의 몸이 무시무시한 기세로 날아가 바닥을 깎아냈다.

맹렬한 불길의 연회는 그것만으로 끝나지 않았다.

전력에서 딸릴 줄로만 알았던 이블스의 병사는 두 눈에 핏발을 세우며, 눈물을 흘리며, 팔다리를 떨며 스스로를 『병기』로 바꾸어 잇달아 자신의 역할을 다했다.

"죽어라아아아아아아아아아아아아!"

"얌쥬, 기다리고 있어!"

"세계에 혼돈을——!!"

"타나토스 니임——!!"

멈추지 않는『폭사』.

단말마의 비명조차도 폭발의 연쇄에 묻혀버리는 가운데, 살의의 급류가 모험자들을 엄습했다.

대치하고 있던【가네샤 파밀리아】단원들 대부분이 말려들어 방어 행동을 취하고, 일부가 빈사 상태에 빠졌다. 샥티와 라일라도 예외가 아니었다. 사방팔방에서 발생하는 충격과 폭풍에 류도 한번은 쓰러졌다.

그곳에서 연주되는 것은 추하고도 덧없는『생명의 선율』이었다.

"『화염석』에『격철장치』! 이거 진짜 끝내주는데에!"

그 속에서 바레타는 혼자 희열에 가득 차 있었다.

"누구나 간단하게 쓸 수 있는『자결장비』가 완성된 거야!!"

폭발의 효과 범위를 미리 가늠하고 카고의 산 위에서 구경을 하던 여자의 얼굴에 새겨져 있는 것은 흉악하기 그지없는 회심의 웃음이었다.

"썩을! 빌어먹을!! 너 이 자식, 동료를 전부——!!"

피와 먼지에 찌든 뺨을 거칠게 팔로 닦은 라일라가 분노와 함께 욕설을 퍼부었다.

조그만 몸을 한껏 휘둘러 노성을 터뜨리는 그녀에게, 바레타는 그저 조롱으로 대답했다.

"이제야 알았어~? 시설을 제압해? 병사를 잡아? ——상관없거든?"

두 팔을 벌리며, 텅 빈 본거지를 가리키며, 악랄할 정도로 얼굴을 일그러뜨린다.

"왜냐하면 그놈들은『전력』이 아니거든—— 그냥『폭죽』이지!!"

폭음과 충격의 여운이 상자 형태의 상업 시설을 뒤흔들었다.

소녀의 목숨을 앗아간 첫 번째 폭발이 있었던 시점에서 건물 내의 곳곳에서 혼란이 발생했다.

"지금 그 폭발은 뭐지?!"

"단장님은 무사한가?!"

매장 2층.

샥티가 있던 본대와 헤어진【가네샤 파밀리아】의 단원들은 극심한 놀라움과 당혹감에 싸여 있었다. 이미 플로어를 제압한 상급 모험자들이 당혹감에 빠진 순간, 사로잡혔던 병사 중 하나가 상처투성이 팔로 의식을 끊은 동료의 옷을 더듬었다.

"——어? 야, 너, 뭘 하는——."

단원 중 하나가 알아차렸지만, 이미 늦었다.

짤깍, 하는 소리와 함께 격철이 움직이고, 『자결장비』를 가진 모든 병사—— 체포되었던 사신의 권속들은 적을 불태우는 업화로 전락했다.

유폭에 이은 유폭이 플로어를 통째로 날려버려, 상급 모험자들의 숨통을 끊어버렸다.

"이 목숨으로 죄의 청산을!!"

광신자 사내가 피와 눈물에 젖은 얼굴로 맹세의 고함을 질렀다.

"으윽?! 노잉, 아스타, 도망쳐——!!"

웨어울프 네제가 파벌 내에서도 뛰어난 오감과 짐승과도 같은 직감에 따라 땅을 박차고 있었다.

앞뒤 가리지 않은 절규와 동시에 후열에 있던 셀티의 팔을 붙잡고 덧문을 뚫은 그녀의 뒤에서【아스트레아 파밀리아】의 별동대가 즉시 따라왔다.

혼란과 전율 직후, 홍련의 꽃이 피어나 매장 3층에서 뛰어내린 소녀들은 폭풍에 얻어맞아 지면에 처박혔다.

"주위에서 폭발이 연쇄적으로……?!"

배틀클로스가 찢어지고 피가 뚝뚝 떨어지는 아래팔을

붙잡으며 카구야가 신음했다.

주위를 둘러보는 그녀의 시선을 따라가듯, 천장과 벽 안쪽에서 극심한 폭발이 이어지고 시설 전체를 뒤흔들었다.

먼지가 쏟아졌다가는 흩어지고 삐걱, 삐걱 주위에서 불길한 균열의 소리가 울렸다.

"첫 번째 폭발이 『신호』거든. 이젠 멈추지 않아. ——그럼 잘 있어. 잘 돼지고."

바레타는 입가를 틀어 올리며 순순히 몸을 돌렸다.

자신의 등 뒤에 남아 있던 퇴로. 뒷문의 통로로 도망쳤다.

그리고 앞을 향한 채 뒤로 던진 화염석으로.

——콰앙!

이제는 아무도 쓸 필요가 없는 통로를 파괴해 잔해로 만들었다.

'모든 적병의 **일제기폭**—— 시설이 버티지 못한다—— 우리를 건물과 함께 뭉개버리려고——!!'

주위의 정보를 가장 먼저 수집하고 분석한 알리제가 생각을 고속으로 회전시켜, 한순간에도 미치지 못하는 사이에 결단을 내렸다.

"샥티, 라일라, 카구야! 탈출!!"

온 힘을 다한 성량에 이의를 제기하는 자는 아무도 없었다.

하지만,

"알고 있어! 하지만…… 리온, 관둬! 멈춰!"

"아디! 아디!!"

"멍청아! 가지 마! 생매장당해!"

라일라가 류의 몸을 필사적으로 붙들며 제지했다.

달려온 카구야도 그녀의 팔을 붙들었지만 날뛰는 엘프 소녀는 퇴로 따위 남지 않은 공간의 안쪽으로 향하려 했다.

"하지만, 아디가!! 저기에! 아직 저기에, 혼자!"

이성을 잃은 류가 호소한다.

감정이 터져 나와 엉망진창이 된 표정으로, 하늘색 눈에서 슬픔의 눈물을 흘리며.

"알리제, 기다려! 라일라, 카구야, 기다려! 아디가, 아디가 아직, 저기 있어!"

그녀가 가리킨 곳에는, 아무것도 없었다.

잔해 옆에 무참히 남아 있는 것은, 더 이상 소녀라 말할 수 없는 혈흔뿐이었다.

"……큭!!"

알리제가, 카구야가, 라일라가 갈등으로 눈을 떨었다.

그리고 그들의 구속이 느슨해진 순간 류는 팔을 뿌리치고 달렸다.

바닥에 널브러진 소녀의 유품인 검을 손에 들고도 멈추지 않았다.

그녀의 앞에는 조금 전까지 전투를 되풀이하던 미녀가── 자폭을 막기 위해 적병의 숨통을 끊던 샥티가, 피에 젖은 모습으로 망연자실 서 있었다.

"샤티!! 아디가, 아디가아아⋯⋯!"

"⋯⋯⋯⋯⋯⋯⋯⋯⋯⋯⋯⋯⋯⋯⋯⋯⋯⋯⋯⋯⋯⋯⋯⋯⋯⋯⋯⋯
⋯⋯⋯⋯⋯⋯⋯⋯⋯⋯⋯큭."

반사적으로 류의 진로를 가로막았던 샤티는 떨리는 목소리를 냈다.

돌아보면 샤티는 멈출 수 없다.

자신의 뒤에 잠든 여동생의 곁에 이를 때까지, 그녀는 멈추지 않을 것이다.

여전히 이어지는 폭발, 당장이라도 무너지려 하는 천장, 뇌를 압박하는 붕괴의 초읽기.

그녀는 갈림길에 섰다.

언니로 있을 것인가, 전사로 있을 것인가.

사랑인가, 사명인가.

그녀의 옳은 판단은.

그녀의『정의』는────.

자신을 대신해 눈물을 폭포처럼 쏟는 엘프 소녀에게, 말문이 막혔다가──── 눈에 힘을 주고 외쳤다.

"────큭!! 알리제, **가자**!! 탈출한다!!"

눈썹을 곤두세우며 외쳤다.

류의 배에 팔을 감아, 어깨에 걸머지며, 눈물을 쏟으며 주저앉는 애정을 마음속에서 태워 없애버리며.

그녀가 선택한 것은『전사』.

그리고『사명』.

결코 돌아보지 않은 채, 작별인사도 내팽개치고, 샥티는 출구를 향해 질주했다.

"아디!! 아디이이이이이이이이이이이이이이이이이이이이 이이이이!!"

울부짖는 류만이 멀어져가는 광경을 향해 필사적으로 팔을 뻗었다.

흔들리는 시야, 점이 되어가는 소녀의 자리. 눈물 탓에 그녀의 따뜻한 웃음이 더 이상은 떠오르질 않았다.

주먹을 굳게 쥔 알리제도, 카구야도, 라일라도 등을 돌린 채 달려갔으며 살아남은 【가네샤 파밀리아】의 단원들이 그 뒤를 따랐다. 모두가 눈물 대신 붉은 피를 흘렸다.

그 직후, 마지막 폭발이 시설에 종지부를 찍었다.

몇 개나 되는 기둥이 쓰러지고, 균형을 잃은 이블스의 거점이 모험자들을 길동무로 삼고자 단말마의 포효를 터뜨렸다. 바로 뒤에서 밀려드는 잔해의 급류에서 도망치고자 그들은 땅을 박차며 출구에서 튀어나왔다.

붕괴의 음향. 흉악한 토사의 선율.

그 소리에 휩쓸리지 않은 채 얽혀드는 것은 소녀의 이름을 부르는 엘프의 외침뿐이었다.

"————!!"

아스트레아는 벌떡 일어났다.

홈에서 무릎을 꿇고 기도를 올리던 여신은 눈을 뜨고 중얼거렸다.

"……류? 얘들아……?"

시시한 신의 예감이 검으로 바뀌어 그녀의 가슴을 찔렀다.

술렁이는 가슴에 아스트레아가 아연실색하고 있으려니, 흔들렸다.

저택 바깥이.

도시 그 자체가.

여신은 별의 바다를 방불케 하는 짙은 남색의 눈을 크게 떴다.

🔥

"머고…… 무슨 일이 일어났는데! 저 연기는 먼데?!"

도시 북부, 『황혼관』.

길쭉이 저택이라고도 불리는 홈에서 뛰어나와, 탑과 탑을 연결하는 공중복도에서 몸을 내민 로키는, 보았다.

저녁이 지나 어둠이 찾아오는 가운데, 흔들리는 도시의 남쪽, 그리고 남서쪽에 걸쳐 시커먼 연기가 솟아나는 광경을.

"로, 로키! 도시에서 『폭발』이 일어나서……."

"머라꼬?! 설마 우리 애들이 쳐들어간 거점이가?!"

밤의 어둠이 방해가 되어 상황을 판별하기 힘들어 열심

히 눈에 힘을 주고 있으려니, 라울이 달려와 보고했다.

돌아본 로키가 소리를 지르자, 아직 열넷밖에 안 된 소년은 어깨로 숨을 쉬며 중얼거렸다.

"……………………아닙다."

"……라울?"

그저 핏기가 가신 얼굴로.

온몸에서 땀을 뻘뻘 흘리며.

소년의 그 이상한 모습을 알아차린 로키가 움직임을 멈추고 있자, 라울은 쥐어짜내듯 말했다.

"거점만이, 아닙다……."

🐾

귀를 찢는 듯한 폭발음이 건물을 꿰뚫었다.

충격과 진동이 아직도 지면에 남은 가운데, 남쪽에 위치한 도시 제5구역, 강검에 뚫린 벽 안쪽에서【프레이야 파밀리아】의 단원들이 속속 탈출하고 있었다.

"……피해는?"

두꺼운 벽을 지금 막 분쇄한 대검을 어깨에 걸머지고 유유히 이블스의 거점에서 걸어나온 오탈은 뒤를 돌아보며 물었다.

연기를 뿜는 적의 거점은 침입 당시의 모습은 어디에도 없었으며, 이제는 짓이겨진 나무통처럼 변했다.

주위에서는 힐러 소녀들이 치료와 상황파악의 소란을 연주하며 적지 않은 부상자에게 마법의 광채를 내려주고 있었다.

"다섯이 당했어. 쳇, 감히 그분의 소유물을……."

그의 곁에 착지해 대답한 것은 장창의 날을 붉게 물들인 아렌.

적의 간부가 도주하도록 내버려 두지 않고 해치우고 왔음에도 그의 미간에서는 짜증이 사라지질 않았다.

시설 내의 이블스는 한 명도 남김없이『전멸』. 문자 그대로『자폭』해, 정예인【프레이야 파밀리아】의 에인헤랴르들을 앗아간『악』의 사도에게 캣 피플 제1급 모험자는 분노를 느꼈다.

바위처럼 선 채 오탈이 녹슨 색깔의 눈을 가늘게 뜨고 있으려니 —— 고양이 귀와 멧돼지 귀가 동시에 쫑긋 움직였다.

자신들을 엄습했던 폭발음이 **다시 울리고, 멈추지 않는 것이다.**

"……? 이봐, 잠깐. 이『폭발』…… 언제까지 이어지는 거야?"

아렌의 눈이 크게 뜨이며 주위를 둘러보았다.

오탈 또한 두 눈에 놀라움을 머금고 있었다.

"——설마."

"부상자는 리베리아의 매직 서클로 이동! 치료를 마쳐라! 부대를 재편한다. 서둘러!!"

끊임없이 날아드는 핀의 지시.

돌입한 이블스의 거점—— 그곳에서 떨어진 광장 한 곳. 주위를 뛰어다니는 단원들의 발소리가 끊이질 않고 울렸으며, 그 중심에서는 영창을 이어나가는 리베리아가 있었다.

눈을 감은 그녀가 행사하는 것은 전체 회복 마법.

비취색 광채를 뿜어내는 매직 서클은 반경 6M. 그 범위 내까지 이동해 무릎을 꿇은 부상자들의 상처가 순식간에 치유되었다. 공격, 방어, 그리고 치료에까지 정통한 『도시 최강 마도사』의 이름은 허명이 아니었다.

그러나 그런 리베리아도 낯을 일그러뜨리지 않을 수 없었다.

"설마 『자폭』하다니. 자네가 적의 장비를 알아차리지 못했으면 위험할 뻔했네."

목숨을 『자폭병기』로 바꾼 이블스의 방식에 혐오감을 분출시키는 하이엘프를 곁눈질하며, 가레스는 너덜너덜해져 연기를 뿜는 대형 방패를 서포터에게 맡겼다.

핀의 통찰과 판단, 그리고 절묘한 호흡으로 전열 수비수를 맡은 가레스의 방어 덕에 【로키 파밀리아】의 사망자는 제로. 중경상자는 헤아릴 수 없지만 그것도 리베리아의 『마법』이 치유했다.

세 돌입부대 중에서 피해를 최소한도로 그치고 가장 먼저 전열을 재편성한 핀 일행. 하지만 그들의 옆얼굴에서는 초조함이 떠나가질 않았다.

　"하지만 핀…… 이건……!"

　"그래…… 도시의 분위기가 이상해!"

　그들의 귓전에 들려오는 것은 충격의 울음소리.

　오탈과 아렌이 들었던 것과 같은 폭발음에, 핀의 푸른 두 눈이 험악하게 일그러졌다.

　"적이 거점에 설치했던 건 『함정』이 아니었어…… 『봉화』다!"

　모든 것을 알아차린 【브레이버】는 총지휘를 맡았을 여자의 웃음을 뇌리에 떠올리고 내뱉었다.

　"놈들이 노린 건 우리가 아니야! 적의 표적은——!!"

　도시가 **불타고 있다**.

　지옥의 가마가 뚜껑을 연 것처럼, 무시무시한 폭염의 불꽃에 휩싸여 있었다.

　"적의 표적은…… 『도시』 그 자체?"

　아스피는 아연실색해 중얼거렸다.

　대로에서, 광장에서, 건물 안에서, 불이 솟아나와 주위에 파괴를 뿌려댔다.

일제봉기와도 같이 느닷없이 나타난 이블스의 병사들이 날뛰면서, 모험자들에게 반격을 당하면 망설임 없이 『스위치』를 눌러 생명의 불꽃을 피웠다.

오라리오가 타오르고 있었다.

번화가, 전망이 좋은 카지노의 옥상에서 주위의 경계를 맡고 있었던 아스피는 곁에 선 워타이거 팔거와 함께 전율을 드러내며 외쳤다.

"오라리오가——?!"

『악의 연회』가 시작되었다.

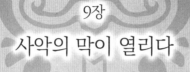

9장

사악의 막이 열리다

ASTREA RECORDS
evil fetal movement

Author by Fujino Omori Illustration Kakage
Character draft Suzuhito Yasuda

그것은 더할 나위 없는 처참한 음색과 함께 시작되었다.

"꺄아아아아아아아아아아아아아아아악?!"

터질 듯이 솟아나는 무고한 군중의 비명.

이리저리 도망다니는 그녀들의 등을 꿰뚫는 것은 독을 바른 화살, 혹은 눈물까지 태워버리는 마법의 화염구.

온갖 장소에서 흉흉한 기운을 해방시키는, 획일적인 로브를 걸친 어둠의 권속들.

그야말로 사신강림의 의식을 치르듯, 파괴와 흥분의 종복이 되었다.

"이, 이블스다아아아아아아아아아아아아아아아아아아아아아아아아아?!"

절규가 울려 퍼진다.

폭발이 태어난다.

살아있을 수 없게 된 주검이 굴러다닌다.

그것을 피에 젖은 병사들의 부츠가 짓밟고, 짓이기고, 넘어간다.

불똥이 피어나며 시커먼 그림자가 춤을 춘다.

그들을 맞이하는 것은『악』의 절정뿐.

"──자아, 여러분. 무대가 막을 열었습니다."

눈 깜짝할 사이에 화염으로 충만해 움직이는 자가 사라져버린 거리 한복판에서 비토가 고했다.

크게 벌어진 동공에서 눈물을 흘리는 엘프의 시체, 몸이 꿰뚫려 벽에 박힌 드워프가 뿌린 선혈의 흔적, 손을 잡은 채 숨이 끊어진 수인 모자.

가늘게 뜬 눈으로 그런 광경을 훑어보고, 웃음이 끊이질 않는 입술을 일그러뜨리며, 뚜벅뚜벅 세련된 발소리를 울리며, 불타는 거리를 홀로 걸어간다.

"혹은 평화라는 이름의 커튼콜. 어쩌면 우리 주신님은 『오프닝 세리머니』라고 할지도 모르겠군요."

과장되게, 연극적인 몸짓 손짓으로 말하는 사내의 눈에는 가학의 감정이 넘쳐났다.

노래하듯 말을 늘어놓고, 거무죽죽한 피의 색을 띤 머리카락을 찰랑거리며, 검은 옷에 싸인 두 팔을 벌린다.

"노래합시다, 춤을 춥시다! 처참한 가극을! 네, 저도 마음껏 즐길 테니까요!"

그리고 길을 하나 나가면, 조금 전의 메인 스트리트는 공황에 휩싸여 있었다.

지금도 이리저리 도망 다니는 민중을 바라보며 사내는 환희의 웃음을 흘렸다.

"도취될 수밖에 없는 이 피의 연회를! 흐흐흐…… 하하하하하하하하하하하하하하하하하하하하하하하하하하!!"

칼날이 살을 베는 소리에 이어 피의 꽃이 피어났다.

『선명한 붉은색』으로 점철된 광경에 비토는 등줄기를 오싹오싹 떨며 춤을 추기 시작했다.

도시 북서쪽.

『모험자 거리』에 인접한『길드 본부』.

잇달아 부상자와 피난민이 밀려드는 가운데, 광대한 1층 로비에는 정보의 급류가 몰려들었다.

"제6구역에서 지원요청! 이블스의 무차별 공격에 당하고 있다고 합니다! 그 외에 제1, 제2, 제4구역도 적의 세력과 충돌!"

"피해가 폭발적으로 확대 중⋯⋯ 전모를 파악할 수가 없습니다!!"

보고를 받아 정리하는 접수원들이 비명이나 다를 바 없는 고함을 질러댔다.

많은 직원들이 대혼란에 빠진 가운데, 길드장 로이만은 말을 잃은 채 손을 늘어뜨리고 있었다.

"뭐, 뭐야⋯⋯? 무슨 일이 일어난 거냐?! 이래서는 완전히 전쟁 아닌가?! 영광스러운 오라리오에서, 그런 일이⋯⋯!"

늘어진 턱살에서 비지땀을 흘리는 엘프는 무언가를 떠올린 듯 흠칫 어깨를 떨고, 낯을 창백하게 물들였다.

"서, 설마──."

"자아, 연회의 시작이다! 좋은 목소리로 울어봐라! 그리고⋯⋯ 죽어!!"

바레타의 고함이 미친 듯이 타오르는 도시에 메아리친다.

건물 옥상에 선 그녀의 눈 아래에 펼쳐진 것은 가차 없는 살육의 광경이었다.

"하, 하지마아아아아아아아아아아아?!"

"죽어라 무지한 죄인들! 사라져라 오라리오!"

그것은 분노에 사로잡힌 사내의 통곡이었다.

부족을 잃은 부조리에 의해 『악』으로 전락해 세계를 원망하게 된 수인의 흉흉한 칼날이 목숨을 구걸하는 목소리와 함께 동족 사내를 꿰뚫었다.

"살려줘어어어어어어!"

"내 생명의 불꽃에 재로 돌아가라!!"

그것은 숙명이라는 말에 놀아난 여자의 찢어지는 목소리였다.

사신을 숭배하는 엘프의 눈이 광기에 물들어, 너무나도 쉽게 자폭장치의 방아쇠를 당기고, 울부짖는 파룸 소녀와 함께 수많은 생명을 앗아가 버렸다.

"너, 너는―――― 끄아아아아악?!"

그것은 순수한 약육강식이었다.

힘으로만 휘둘러진 주먹이 『정의』를 표방하는 모험자들을 때려죽인다. 짓이겨진 토마토처럼 머리가 어이없이 함몰된다. 저항하려던 같은 모험자의 의지를 금세 꺾어버리고, 백발 사내는 자신이 짊어진 『악』의 어둠에 도취되었다.

이미 피에 젖은 글러브를 혀로 핥아 혈육의 맛을 본 올리버스는 눈을 야비함으로 가늘게 떴다. 겁을 먹은 주위의 하급 모험자들에게 덤벼들어 모조리 절명을 선언했다.

"해치워라. 오라리오에 진정한 절망을 가져다주는 거다!!"

"""예!!"""

숭고한 사명이라도 되는 것처럼 목숨을 거둬가는 백발귀【벤데타】는 고개를 들고 명령했다.

사내의 호령에 따르는 이블스의 병사들은 모험자라는 『방패』를 잃은 민중에게 덤벼들었다.

헤아릴 수 없는 비명과 노성, 한데 얽히는 살의와 공포. 미친 듯이 날뛰는 업화가 탐욕스럽게 물건도 사람도 집어삼키고 홍련의 갈채를 올린다. 길거리에 쓰러진 수많은 주검에 불길이 옮겨붙는 광경은 원통함과 굴욕의 화장과도 같았다.

재 따위 남지 않는다.

타오르는 도시의 폭풍에 휩쓸려, 울려 퍼지는 통곡과 짐승 같은 포효 속에서, 모든 것이 녹아내린다.

"멋진 코러스구만! 최고야! 계속 이걸 하고 싶었다고!"

바레타는 도취되어 목소리를 높였다.

이 최고로 미쳐버린 경치는 어떤가.

인간이 티끌처럼 죽어간다.

가학과 잔학의 외침이 끊이질 않는다.

그것은 질서 따위로부터 해방된 혼돈의 유린이었다.

이블스의 군세는 이성을 벗어던지고 폭주해 폭력에 도

취되었다.

세계에 대한 불평과 불만, 소중한 것을 앗아간 부조리에 대한 원한, 그런 재미난 대의명분으로 무장한 그들은 자신들의 『옳음』을 의심하지 않는다. 자신들이 가장 불쌍하다고 생각하는 남자들과 여자들은 그 행위가 어엿한 『악』임에도 자신들의 『정당성』을 주장한다.

『이 얼마나 아름다운가!』

『이 얼마나 우스꽝스러운가!』

『인간이란 얼마나 추악한가!!』

사신들은 그렇게 도시 여기저기에서 손가락질을 하며 깔깔 웃어댔다.

이것이 인간, 이것이 하계의 주민. 불완전하고 어리석은 아이들. 이렇게 서로를 상처입히는 행위가 악한 짓임을 알면서도 자신들을 위해, 언제나 역사를 반복한다.

이것이 바로 인간의 본질.

정사(正邪)의 경계.

역시 『정의』와 『악』은 표리일체라고.

자신들이 선동했던 사실 따위 깔끔하게 잊어버린 채 사악한 신들은 몇 번이나 손뼉을 쳐댔다.

"주신님들도 노래하고 춤추고 있어~? ──이러쿵저러쿵 시끄럽다고!! 네놈들의 오만한 의견 따위 아무래도 상관없다~ 이거야! 이 경치 앞에서는!!"

그런 사신들과 환희를 나누던 바레타는 신들이 비웃는 감정이니 철학이니, 인간이 가진 업 따위에는 관심이 없었다.

그녀가 그저 흥분을 느끼는 것은 이 『살육』이라는 현상 그 자체였다.

용납되지 않는 금기는 이렇게나 사람의 마음을 망가뜨린다. 이렇게나 피를 두근거리게 한다.

사상이나 동기 따위 사소하다. 그런 것은 불꽃을 피우는 장작에 불과하다. 지금 살육의 불길은 그녀의 눈을 형형히 빛내고 있었다.

그러므로 바레타는 【아라크니아】—— 살제(殺帝)라는 별명에 어울리는 흉악한 웃음을 머금은 채 진심으로 즐기고 있었다.

"한 놈도 놓치지 말라고! 민중도 모험자도, 신들까지도! 전부 몰살이다!!"

그렇기에 여자는 드높이 선언했다.

이리저리 도망치는 민중에게, 필사적으로 항전하는 모험자들에게, 질서와 중용 측의 신들에게.

지금도 낯을 창백하게 물들인 로이만을 향해 그 답을 집어던졌다.

"뭐가 됐든 이건 우리 악과 네놈들 정의의—— 『대항쟁』이거든~!!"

흉악한 웃음을 그리는 여자의 얼굴이 소리를 내며 타오르는 불꽃의 색으로 물들었다.

폭력, 약탈, 살육.

지금이 바로 『악』이 융성하는 순간이었다.

비명은 멈추질 않는다.

폭발은 끊이질 않는다.

탄식조차 잊은 민중은 고스란히 드러난 감정을 그대로 비명으로 바꾸며 차례차례 쓰러져갔다.

"아………… 아아아…………."

류는 선 채로 얼어붙어버렸다.

비분의 감정이 수습되지 않은 채 도시로 달려와야 했던 엘프는 자신을 에워싼 주위의 광경에 갈라진 목소리의 파편을 떨구었다.

"으아아아아아아아아아아아아!"

"그쪽으로 가면 안 돼! 이쪽으로──."

시야 오른쪽, 공황에 사로잡힌 휴먼 남성이 마구잡이로 달려갔다.

그리고 그를 말리던 노잉의 외침도 허무하게.

──콰직.

아연실색한 그녀의 시선 너머에서 튀어나온 이블스의 칼날에 허무하게 가슴을 꿰뚫렸다.

"살려줘요, 모험자님!"

"이쪽이다! 서둘러! 도시 중앙으로 가면──."

대각선 뒤쪽. 도움을 청하는 여성에게 말하며 라일라가 필사적으로 피난을 유도했다.

얼굴이 눈물과 땀에 범벅이 된 채 달려오던 그녀는 옆에서 후려치듯 발생한 자폭의 불길에 휩싸여, 몸을 멈춰버린 라일라의 시야에서 사라져버렸다.

"…………빌어먹을. 망할——!!"

라일라의 온몸에서 터져 나오는 포효. 다른 동료들도 마찬가지였다. 【아스트레아 파밀리아】의 멤버들이 결사의 방어와 구조 활동을 벌여도 손바닥에서 새어나가는 목숨의 모래에, 눈물을 이루지 못하는 고함과 피를 토해댔다.

"으아아아아아아아아아아아앙……!"

"누가, 누가 좀……!"

부모를 잃은 소녀가 울고 있다.

무너지는 건물에 말려든 상인이 도움을 청하다, 이내 잔해 속에서 조용해졌다.

질서에 구멍이 뚫리고 혼돈이 소용돌이친다.

그녀들이 지켜왔던 평화는 너무나도 쉽게 무너져버렸다.

타오르는 도시가 붉다. 불꽃의 색인지 피의 색인지도 이제는 알 수 없었다.

그야말로 지옥과도 같은 광경이 주위 사방을 가득 메웠다.

"아아아아…… 으아아아아아……!!"

주위를 둘러보기만 해도 넘쳐나는 죽음의 숫자에 류는 절망의 표정으로 얼어붙어 있었다.

그러자.

"멍청히 서 있지 마라, 얼간이!"

다가온 손이 멱살을 움켜쥐고 반대쪽 손이 류의 뺨을 때렸다.

"……카, 카구야……?"

"당장 검을 들어! 왜 넋이 나간 거냐! 지금 우리에게는 꾸물댈 틈도 허락되지 않아!"

이쪽으로 달려와 정면에 선 것은 극동의 휴먼 소녀.

카구야는 버들잎처럼 고운 눈썹을 곤두세우고, 평정 따위 내팽개친 채 노성을 터뜨려댔다.

두 눈에 이성의 빛을 되찾은 류는 그래도 혼란에 빠진 목소리를 냈다.

"하, 하지만, 그래도, 이건………… 이런 일은, 있어서는 안 될 일입니다! 이런 지옥과도 같은 광경은!!"

허용범위를 넘어섰다.

결벽한 엘프 소녀는 눈앞의 현실을 받아들일 수 없었다.

어디까지나 『정의』를 믿어왔던 류 리온에게 이 『악』의 대반역은 너무나도 무겁고 너무나도 끔찍했다.

"현실에서 눈을 돌리지 마, 천치 같으니!! 절망에 사로잡히지 마, 풋내기!!"

하지만 카구야는 그런 우는 소리 따위 용서하지 않았다.

멱살을 잡고, 이마와 이마가 붙을 것 같은 거리에서, 놀란 하늘색 눈에 격한 목소리를 터뜨려댔다.

"생각하지 마! 움직여! 싸워! 한 명이라도 많은 목숨을 구해!"

그리고 눈꼬리에 맺히는 눈물을 필사적으로 참으며 호소했다.

"이 이상—— 아디의 전철을 밟게 만들지 마!!"

그 이름과 애절한 마음이 방아쇠가 되었다.

류의 두 눈이 번쩍 뜨이고, 막을 수 없는 감정이 가슴속에서 넘쳐나 절망을 잊게 하는 극약이 되었다.

"크윽……!! 으아아아아아아아아아아아아아아아아아아아아아아아아아아아아아아!!"

목검 자루를 힘껏 움켜쥐고, 사람들에게 덤벼들려 하는 이블스에게 달려갔다.

카구야의 검광과 함께 적을 다짜고짜 베어버린 류는 격정에 사로잡혀 있었다.

맹렬한 불길의 울음소리는 그칠 줄을 몰랐다.

대량의 불똥이 오라리오에 피어나는 가운데, 동서남북, 도시 곳곳에서 울려 퍼지는 검극의 소리가 있었다.

사병(死兵)으로 변한 이블스를 상대로, 모험자들이 필사의 항전을 펼치고 있었다.

"적의 수가 너무 많아……! 어디서든 솟아나고 있어!"

"지휘체계가 마비됐다! 시민을 지켜야 해, 적에게 맞서 싸워야 해?!"

"내가 알아?! 모른다고?! 어떻게 하면 되는데 이거?!"

죽지 않기 위해 싸우는 모험자들의 대부분은 혼란의 극치에 빠졌다.

쓰러뜨려도 쓰러뜨려도 넘쳐나는 적의 군세. 어디서고 나타나 틈만 보이면 자폭을 노리는 이블스의 병사들 때문에 숨 돌릴 틈도 없어 상황파악이 이루어지질 않았다. 무턱대고 도망다니는 민중의 움직임도 이를 조장했다.

반격이냐, 방어냐, 피난유도냐. 지휘를 받을 수도, 주위 사람과 연계를 취할 수도 없다. 같은 【파밀리아】도 아닌 서로 다른 소속의 모험자들—— 피차 동료를 잃어 반쯤 강제적으로 맺게 된 임시 파티는 서로 욕설을 퍼붓는 일은 있어도 보조를 맞추기란 불가능에 가까웠다.

적의 접근을 허용하지 않고 간신히 한 무리를 무력화한 휴먼 아처, 마법을 다루는 하프엘프 여검사, 그리고 수인 전열수비수가 갈팡질팡하면서 서로에게 노성을 쏟아냈다.

"——침착하렴. 너희 모험자의 동요는 지켜야 할 자들에게까지 전염되니까."

그때.

불꽃의 혼돈을 한순간 없앨 정도로 맑디맑은 여신의 목소리가 그 자리에 울려 퍼졌다.

"다, 당신은……."

"【아스트레아 파밀리아】의……!"

긴 호두색 머리카락을 찰랑이며 아스트레아가 모험자들 앞에 나타났다.

그 때 묻지 않은 아름다운 모습은 그야말로 전장에 강림한 여신 그 자체여서 모험자들은 성별과 관계없이 눈길을 빼앗겼다.

별이 가득한 하늘을 방불케 하는 짙은 남색 눈으로 그들을 바라보던 아스트레아는 방황하는 아이들에게 필요한 『방침』을 제시했다.

"민중의 피난은 모두 『도시 중앙』으로. 『국면』을 부감할 수 있는 자들은 반드시 그곳으로 집결할 테니까."

섬세한 손가락이 가리킨 방향은 도시의 중심지, 센트럴 파크.

이들 세 사람 외에도 주위에서 싸우고 있던 다른 모험자들이 움직임을 멈추고 여신의 일거수일투족에 의식을 집중시켰다.

아스트레아는 주위에서 싸우는 모든 이들에게 들리도록 막힘없는 신의를 고했다.

"너희는 부디 여기서 힘없는 아이들을 위한 방패가 되어 주렴. ——나의 이름으로 별의 가호를 내릴 테니. 부디 견뎌주렴."

""""네, 네엣!!""""

극성(極星)이 보여준 별빛에 이끌리듯 모험자들은 일제히 고개를 끄덕였다.

갑자기 희망의 불빛이 밝혀졌다.

여신의 격려를 받은 상급 모험자들은 즉시 큰 목소리로 정보를 주고받더니, 전선 유지를 위해 이 거리에 남을 파티, 도시 중앙으로 민중의 피난을 유도하는 자들로 나뉘었다.

와해 직전에서 금세 전황을 재편한 모험자들에게 아스트레아가 미소를 지어보이고 있을 때, 새로운 신이 발소리를 내며 달려왔다.

"아스트레아, 무리하지 마. 신이 호위병도 없이 아이들을 고무시키러 오다니…… 너무 몸을 돌보지 않는 거 아냐?"

"어머, 헤르메스. 높은 곳에서 혼자 상황을 내려다보고 있을 줄 알았더니. 그러는 너는 왜 여기 있을까?"

열풍에 날아가지 않도록 모자를 붙든 채 나타난 헤르메스에게 아스트레아는 미소를 지은 채 농담을 하듯 되물었다.

마치 자신과 같은 형제자매를 바라보는 듯한 눈빛에 헤르메스는 어깨를 으쓱하며, 겨우 밉살맞은 소리로 대꾸했다.

"……난 여성의 편이니까. 하물며 아름다운 여신의 손실은 참을 수 없거든. 안 그러면 제우스 영감한테도 꼬랑지만 개라는 소리나 들을걸."

그리고 변덕스러운 바람 같은 말과는 달리, 진지한 표정으로 주위를 둘러보았다.

"그리고…… 나도 가네샤 흉내를 내보고 싶어져서 말이지."

대로 한복판에 선 헤르메스와 아스트레아의 주위, 길 양쪽의 건물에서는 예외 없이 불길이 타오르고 있었다. 시가는 무너지고 비명이 끊이질 않았다. 이 처참한 상황에『민중의 주인』을 들먹인 헤르메스가 이곳에 오기 전까지 무엇을 했을지는 명백했다.

신의 힘, 『아르카넘』을 쓸 수 없는 무능한 몸으로 시민들의 피난 유도나 정보수집에 힘쓰고 있었을 것이다.

자신과 마찬가지로 호위병도 거느리지 않고 온 남신에게 아스트레아는 고개를 끄덕여 대답했다.

"그럼 나랑 같네. 조금이라도 아이들의 등을 밀어주고 목숨을 구할 거야. 헤르메스, 에스코트 부탁해도 될까?"

"……이러지 마. 너와의 밀회를 꿈꾸기는 했지만 이런 데이트는 너무하다고."

더 위험한 곳으로 뛰어들려 하는 정의의 여신에게 헤르메스도 난색을 표하지 않을 수 없었다.

말만 번드르르한 조연 행세를 하면서 날카로운 시선으로 호소한다.

"애석하게도 우리 애들도 총동원됐어. 솔직히 말해 일손이 부족해. 무능한 신 둘이 불길에 휩쓸린다 해도 아무도 알아차리지 못할 거야."

지금 이 오라리오에 잉여전력을 보유한【파밀리아】는 없다고 해도 과언이 아니다.

모든 모험자는 이블스에 맞서 싸우기 위해 차출되고, 비전투원도 대부분 길드와 협력해 피난유도에 힘쓰고 있다. 그야말로 고양이 손이라도 빌리고 싶은 상태다.

스스로 싸움의 최전선에 서서 모험자도 민중도 고무시키고 있는 가네샤, 아이템 재고를 탈탈 털어 치료에 나선 미아흐와 디안 케흐트, 그리고 헤르메스와 아스트레아 같은 이들을 제외하면 많은 주신은 피난 매뉴얼에 따라 저마다 대피 루트에 올랐다.

그런 가운데에서도 아스트레아의 움직임은 『궁극』이었다.

전투의 참극으로부터 도망치기는커녕, 격화되기만 하는 전장의 중심으로 쭉쭉 나아간다.

몰래 정보를 수집하던 헤르메스의 행동 따위 빛이 바래버릴 정도였다.

괴상한 취향을 가진 신 중에서도 유달리 브레이크가 망가져 버린 모습이었다. 아니, 의도적으로 **망가뜨린 것이었다.**

헤르메스는 사양 않고 안쪽으로 안쪽으로 나아가는 정의의 여신을 보았고, 보다 못해 만류하러 온 것이었다.

"그러게. 네 말이 옳아, 헤르메스. 하지만 난 항상 생각해."

그런 헤르메스의 목소리에도 아스트레아의 미소는 흐트러지지 않았다.

"신들은 하계에서 아이들을 지켜보고만 있어야 해. 하지만 몸을 바쳐서 빛의 길을 제시해주는 정도는 허락되지 않을까, 하고."

아주 짧은 한순간, 눈을 감고 자신의 가슴에 한쪽 손을 엎었다.

"아이들의 성장을 바란다면 신의 등을 보여주는 것도 한 가지 방법 아닐까? 그러니까── 가자."

그렇게, 역시 웃음을 지으며 아스트레아는 발을 옮겼다.

청렴한 백합과도 같이 우아하게, 그러나 의연한 자세로, 신의 인도가 필요한 다음 국면을 향해 발을 돌렸다.

"……아아, 나 원. 하나도 안 닮았는데 당신은 아르테미스 같은『말괄량이』로군, 아스트레아."

그런 그녀의 등에 발키리와도 같은 처녀신의 모습을 겹쳐보며 쓴웃음을 지었다.

헤르메스는 체념하고 아스트레아의 뒤를 따라가기로 했다.

⊡

아비규환의 비명은 불꽃에 휩싸여 대지만이 아니라 머리 위로도 솟아올랐다.

별이 보이지 않는 어둠 속에도, 하늘을 찌르는『신의 거탑』에도 닿고 있었다.

"……모험자의 주요 전력을 3개의 거점에 모으고, 가장 좋은 타이밍에『일제 봉기』."

도시 중심에 우뚝 솟은『바벨』의 최상층.

평소에 앉는 여왕의 의자를 방치하고, 이음매가 전혀 없는 거대한 창문 앞에 선 프레이야는 아래를 내려다보고 있었다.

"전력은 불충분하고, 대응이 늦어지는 것도 확정되어 있었던 상태…… 게다가 도시 전역에『함정』을 설치해놓았으니, 어떻게 막을 수 있었겠어."

그 은색 눈동자로 까마득히 멀리 떨어진 대로에서 쓰러져가는 아이들, 적의 세력에게 밀리는 모험자들을 보며 미의 신은 눈썹을 기품 있게 찡그렸다. 어지간해서는 보이지 않는 표정을 지은 프레이야의 말에서는 언짢은 음색이 어른거렸다.

이블스의 전략, 무차별 공격에 혐오감을 내비치면서도 오라리오에서 가장 높은 위치에서『국면』을 부감한다.

"우리『미의 신』이 개입하면 전쟁은 끝나지……『매료』로 이블스 아이들을 무력화시키면 그만이니까."

하지만.

그렇게 중얼거리며 프레이야는 눈을 가늘게 떴다.

"이 포진…… 우리를 경계하고 있구나. 전장에 나간 순간 **목숨과 바꿔서라도 송환시키기 위해.**"

프레이야가 내려다보고 있었던 것은 센트럴 파크에 가까운 고지대.

무장한 이블스의 무리가 마치『바벨』의 동향을 살피듯 포진하고 있었다.

십중팔구 프레이야를 위한『암살부대』일 것이다.

『바벨』에서 나온다면 즉시 해치울 심산이리라. 방법은 저격, 폭격, 자폭, 뭐든 상관없다. 아이들은 기피감이 강해 『신살』을 범할 수 없다 해도 사신들이 집행하면 그만이다. 까마득한 머리 위에서 내려다보는 프레이야의 시선을 알아차렸는지, 무리 속에 있던 요란한 화장을 한 여신 하나가 입술을 틀어 올리며 이쪽을 향해 가운뎃손가락을 들어 보였다. 프레이야는 냉담한 시선을 보내주고 이내 다른 방향을 보았다.

고지대 이외에 시인할 수 있는 범위 내에서만도 건물 옥상에 3개 소대, 건물 내부와 삼림부에도 숨어있다. 대로를 비롯한 시가지의 공방전에만 매달린 모험자들은 지금 거기까지 손을 댈 여력이 없다.

적측은 이 『대항쟁』을 진압할 수 있는 『미의 신』을 최대한 경계하며 살생부의 최상위에 이름을 올려놓고 있었다.

"──이 상황에서는 프레이야도 거북처럼 틀어박히지 않을 수 없을걸."

『바벨』을 기준으로 도시 남서쪽, 환락가 중심지에 우뚝 솟은 『벨리트 바빌리』.

그곳에는 『미의 신』 이슈타르가 프레이야와 마찬가지로 이블스의 작전을 알아차리고 있었다.

홈의 홀에서 내려다보는 그녀의 시선 아래쪽에도 불길이 퍼진 환락가의 경치가 펼쳐져 있다. 아마도 인근의 건물에는 이블스의 암살자들이 잠복하고 있을 것이다.

짜증 난다는 듯 낯을 찡그리며 또 다른『미의 신』은 곰방대를 손에 들고 연기를 뿜었다.

"파리 같은 이블스 놈들이 꼬여서 뭐라 할 수 없을 정도로 짜증 나지만…… 암살의 위험성을 무릅쓰면서까지 나갈 의미도 없지. 오히려 프레이야가 인내심이 바닥나준다면 나한테는 잘된 일이고……. 꼴사납게 하늘로 돌아가면 무릎을 치며 실컷 웃어줘야지."

자신을 놔두고『가장 아름답다』고 칭송을 받는 여신에 대한 증오를 내비치며 이슈타르는 입가를 틀어 올렸다.

그리고 이내 발을 옮겨, 홈의 가장 깊은 곳에 칩거하기 위해 이동했다.

"탐무즈. 홈 주변의 수비를 강화해.『쥐새끼』가 숨어든 것도 바벨라들에게 전달해줘. 우리 영역만 수비하면 돼."

"하, 하오나 이슈타르 님! 이대로는 오라리오가……!"

"이 상황에서 남을 신경 쓸 여유가 어딨어. 됐으니까 냉큼 창부들이나 피신시켜. 이러다 능욕의 장난감이 될 거야. 내가 지키는 건 내 입김이 닿은 아이들뿐이야."

"웃……?! 부, 분부에 따르겠습니다!"

충언을 시도해본 종자 휴먼 청년은 여신의 담담한 명령에 말문이 막혀 신의에 따랐다.

숫제 냉혹할 정도로 지키는 자와 버릴 자의 선을 그은 이슈타르는 정확하게『국면』을 읽고 있는 신 중 하나가 분명했다.

"자비와 무모함을 혼동해서는 안 돼. 나는『정의』의 신이 아니니까."

신의 송환은【파밀리아】하나의 붕괴와 같은 의미를 가진다.

오라리오와 이블스의 세력관계를 붕괴시키지 않기 위해서라도 이슈타르는『적의 의도』에 따라 고분고분 수비에만 집중하기로 했다.

"이슈타르는 농성…… 당연하겠지."

방위를 다지는 대신 움직임이 없는 환락가 방면을 관찰하며, 자신도 꼼짝할 수 없는 프레이야는 중얼거렸다.

이쪽의 자멸을 바라는 그녀의 신의까지 눈치채고 두 눈을 가늘게 떴다.

"이 국면을 만들어낸 존재는 상당히 심술궂고…… 악랄한걸."

지금의 오라리오는 권속들의 국면일 뿐만 아니라, 신들이 몇 겹으로 허허실실의 수를 나누는『게임판』으로 변했다.

모험자들의 철저 항전 뒤에 숨은 신들 사이의 고도한 수 읽기가 지금도 펼쳐지고 있다. 여왕, 혹은 왕을 함부로 출진시켰다간 순식간에 목을 베일 정도로. 모두가 성가신 국면을 읽어내려고 장고에 장고를 거듭하지 않을 수 없었다.

──그리고 그런 가운데 아스트레아만이 **고의로** 분위기를 읽지 않고 있었다.

모두가 앞으로의 처신을 고민하는 국면에, 전장 한복판을 가로지르며 결과적으로 많은 모험자와 민중을 구하고 있었다. 헤르메스를 이끌고 나아가는 『정의의 여신』을 『바벨』 위에서 본 프레이야는 희미한 웃음을 흘렸다.

"정말이지, 평소에는 천하태평한 주제에……."

그 말에는 보기 드문, 그녀가 남에게 향하는 경의가 담겨 있었다.

"실례합니다! 결례를 용서해 주십시오!"

그때 문이 활짝 열렸다.

입실한 것은 【프레이야 파밀리아】의 단원이었다.

적의 것인지 아군의 것인지도 알 수 없는 피로 무기와 배틀클로스를 더럽힌 채 프레이야의 앞에서 무릎을 꿇었다.

"이블스의 파괴행위가 멈추질 않습니다! 도시의 혼란도 수습되질 않아서……! 부디 지혜를 내려주시기 바랍니다!"

"『바벨』을 방위…… 아니, 센트럴 파크에 병사를 포진시키도록 해."

숨을 헐떡이는 권속에게는 눈길조차 주지 않은 채 프레이야는 간결한 지시를 내렸다.

그녀의 눈은 『바벨』 밑에 집결하는 전력을 보고 있었다.

"로키의 아이들도 올 거야."

"로키, 안 되겠어! 피해를 막을 수 없어!"

주신의 눈앞에서【로키 파밀리아】의 단원이 고함을 질러 보고했다.

"사병을 아무리 쓰러뜨려봤자『자폭』으로 우리까지 길동 무로 삼는다고!"

"제 발로 뛰어다니는 살아있는『폭탄』……! 최악 아이가! 수단을 안 가린다 캐도 한도가 있는기라!"

전장의 소식에 로키는 한껏 욕설을 퍼부어댔다.

홈『황혼관』에 남아있던 로키는 거의 모든 단원을 데리 고 이곳 센트럴 파크로 이동했다. 그것은 어디까지나 그녀 가『국면』을 가늠하고 있기에 가능한 일이었지만, 그래도 여전히 그녀의 표정은 밝아지지 못했다.

"하지만…… 이 끝내주게 말도 안 되는 전황에서도 아직 까지『불길한 예감』이 든데이."

온갖 방향에서 울려 퍼지는 비명을 들으며 로키는 나직 한 목소리로 독백했다.

"이런 궁지조차『개막전』에 불과한 것 같은──."

비유가 아니라 정말로 활활 타오르는 도시의 열기 탓인 지 로키의 이마에 땀이 흘러내린 그때.

환호성과도 같은 술렁임과 함께 모험자들의 한 무리가 센트럴 파크에 도착했다.

"로키!"

"——!! 핀. 니 왔나!"

정예 상급 모험자들을 이끄는 파룸의 모습에 로키가 환호성을 질렀다.

무사한 모습에 안도한 것도 찰나, 즉시 정보를 공유했다.

"리베리아랑 가레스는?"

"부대의 반을 맡겨서 남쪽을 막기 위해 보냈어. 피난민 유도는 어떻게 돼가?"

"최대한 이 센트럴 파크에 모으고 있데이. 홈에서 델꼬 온 라울이랑 얼라들, 그리고 프레이야네 얼라들도 있제."

"잘 됐어."

로키의 설명을 들으며 핀이 시선을 돌리자 『바벨』 내부의 1층 및 거탑 주위에는 간신히 목숨을 부지해 도망쳐온 민중이 난민 캠프를 방불케 하는 모습으로 밀집해 있었다. 핀이 생각한 것보다도 많았다. 로키가 힘을 쓴 것 외에도 아스트레아나 【가네샤 파밀리아】를 비롯한 자들의 냉정한 판단이 있었던 덕이다.

이만한 숫자가 모였으면, 아마 **이블스의 적병**이 부상자와 피난민을 가장해 숨어들었을 터—— 그야말로 프레이야가 간파했던 것처럼 암살이 목적인 사신도 숨어있을 것이 틀림없다.

한쪽 눈을 뜨고 민중 한 사람 한 사람을 조용히 살피던 로키와 시선만으로 의사소통을 시도하고, 『스파이 색출』은 그녀와 【프레이야 파밀리아】에게 맡기기로 했다. 주신의 위기라면 그들도 모든 것을 내팽개치고 결탁할 것이다.

"──센트럴 파크 주위를 따라 방어선을 친다. 길드 본부와 이곳이 『요새』다. 지휘는 내가 맡는다!"

진 안팎에 적이 있는 것을 알면서도 한 점의 허점조차 보이지 않는 핀은 그야말로 『용자』였다.

이 포악한 전장에서 여전히 잘 울려 퍼지는 그의 목소리에 모험자들은 물론이고 심신이 너덜너덜해진 민중까지 고개를 들며 일말의 희망을 보았다.

자신의 파벌 단원을 중심으로 센트럴 파크의 바깥쪽을 따라 원진을 구축하도록 명령하고, 충분한 전력이 되지 못할 하급 모험자들에게는 바리케이드 설치를 지시했다.

잔해나 주점의 술통 등이 쌓여, 즉석에서 난잡하지만 확실한 『요새』가 만들어지기 시작했다.

"단장님! 각 방면에서 적의 공격이 격화되기만 합니다! 이블스가 센트럴 파크로도 몰려와서……!"

"적의 『폭격』에 현혹되지 마라! 전력은 우리가 우세하다! 피난민의 유도와 함께 자폭병에 철저히 대응해라! 마법 및 마검으로 공격하면 적의 『화염석』이 유폭해 자멸한다! 폭파에 말려들지 않도록 항상 거리를 두고 싸워라!"

"아, 알겠습니다!"

"저격수단이 없는 모험자는 적의 다리를 노려라! 무기든 건물 잔해든 뭐든 좋으니 집어던져! ──가라!"

뛰어온 여성 단원에게 핀은 빠르게 지시를 내렸다.

그녀 이외의 모험자들에게도 그 목소리가 들려, 물을 만난 고기처럼 움직이지 시작했다.

각 방면으로 흩어져 용자의 목소리를 전달해나간다.

"이 센트럴 파크가 최종방위선이다! 힘없는 자들을 지켜라!"

"""오오오오오오오오오오오오오오오오오오오오오오오오오오오오오오오오오오오오!!"""

조그만 파룸의 질타와 격려에 모험자들의 굵은 제창이 이어졌다.

핀의 지시는 빠르고도 적확했다.

이『대항쟁』속에서 싸우는 자들이 원하는 모든 것이 갖추어졌다.

뛰어난 지휘는 만군의 힘을 끌어올린다. 핀의 호령에 따라, 떨어지기만 하던 사기는 회복되고 길드 산하 질서의 군세는 이블스에게 반격을 개시했다.

"역시 핀이 오면 진형이 딱 잡히는군! 봐, 초상집 같이 어둡던 다른 녀석들 얼굴이 지금은 어엿한 전사 같잖아! 안 그래, 누아르!"

"그래, 열 받을 정도로 잘난 원군이야. 우리 앞에서는 아직 건방진 꼬맹이지만!"

"하하하하! 건방지지 않은【로키 파밀리아】는【로키 파밀리아】가 아니지!"

베테랑들이 아슬아슬하게 유지하던 전선은 갑자기 활기를 띠었다.

오래전부터 센트럴 파크로 쳐들어오려 하던 적병을, 방어 일변도였던【로키 파밀리아】의 모험자들이 도로 밀어냈다.

핀보다도 모험자 경력이 긴 드워프 다인, 휴먼 누아르, 아마조네스 바라는 원군에는 참가하지 않겠노라고 선배의 관록을 보이며 적들을 잇달아 무력화시켰다. 그것을 센트럴 파크 내부에서 바라보던 핀은 웃음을 짓고는 전폭적인 신뢰와 함께 그들에게 전선을 맡긴 채 자신은 지휘에 전념했다.

"도시 북부에는【프레이야 파밀리아】의 예비부대, 제1급 모험자들이 포진하고 있다! 길드 본부 및 공업지구의 방위는 전부 그쪽에 맡긴다!"

핀이 센트럴 파크에 도착하기 전, 로키의 지시에 따라 라울 일행을 비롯한 하급 모험자들이 정보전달의 역할을 맡아 분주히 뛰어다니고 있었다. 그 덕에 핀은 뇌리에 도시 내의 대체적인 세력도를 펼칠 수 있었다.

『길드 본부』는 물론이고 도시 북서쪽 지구의 『성 플루란드 대정당』 같은 역사적 건축물── 거대 시설 내에【프레이야 파밀리아】의 예비부대가 피난민을 속속 수용시키면서 핀과 마찬가지로 임시 『요새』를 만들고 있다고 한다.

【로키 파밀리아】와 함께 『미궁도시의 쌍두』로 비유되는 최대 파벌에게, 센트럴 파크 이북의 수비를 일임하기로 결

정을 내렸다.

그것을 좋은 말로 하면『신용』.

나쁜 말로 하면『떠넘기기』라고 한다.

"원군은 보내지 않는다! 만약 위급할 때는【힐드 슬레이브】의 명령을 받아라! 북쪽 지휘의 전권을 그에게 맡겼으니까!"

"단장님! 저기, 그, 이쪽의 지시를 내다본 것처럼【힐드 슬레이브】에게서 전령이!『이쪽에 부담을 전부 떠넘기는 후안무치한 파룸 나가 죽어!!』라고 합니다!! 완전 미친 듯이 화냈어요!!"

"그렇구나! 나도 죽을 각오로 열심히 할 테니까 귀하의 건투를 빈다고 격려해줘!"

"아, 난 죽었다……."

마치 핀의 판단을 내다본 것처럼 전령 역할을 맡은 단원이 하나 달려왔지만 파룸 용자는 상황이 상황이므로 신경 쓰지 않았다.

핀이 함부로 예측할 수 없을 만큼 대규모이면서도 격렬한 『전쟁』의 국면이다. 조금이라도 작업량을 줄이고 사고를 회전시킬 필요가 있었다. 그러므로, 떠넘겼다.

전령 내용을 복창하는【로키 파밀리아】의 단원은 먼 곳을 보는 달관한 표정으로【프레이야 파밀리아】가 포진한 곳을 향해 돌아갔다.

신들만이 아니라. 용자만이 아니라.

모든 이들이 오라리오의 위기에 맞서 함께 싸우고 분전
했다.

🔥

"이쪽에부담을전부떠넘기는후안무치한파룸에게전령을
보냈음에도불구하고어째서인지아무성과도없이『귀하의건
투를빈다』는웃기는헛소리를가지고돌아오는결과가되다니
대체얼마나무능한거냐네놈은죽을래죽고싶냐그런거구나
지금당장죽여주마!!"

"흐아아아아아아아아아아아악?! 죽이지 마세요오오오
오오오오오오?!"

도시 북서쪽.

【프레이야 파밀리아】가 포진하고 신시대 이전의 성당이
며 사원이 밀집한 『제7구역』에서, 핀의 『답변』을 전한 【로
키 파밀리아】의 전령 단원은 눈물을 펑펑 쏟으며 외쳤다.

그의 눈앞에서 단숨에 말을 쏟아내며 노성을 터뜨린 것
은 금색 장발을 가진 화이트 엘프.

【힐드 슬레이브】라는 별명을 가진 헤딘 셀랜드, 본인이
었다.

"도시 중앙에 못 가는 굼벵이 민중 놈들이 얼마나 많은
지 알기나 해? 네놈들 광대 파벌과 달리 우리 프레이야 님
의 권속들은 그 멧돼지를 필두로 근육뇌에 협조성 제로에

무연대 무협력주의에 목숨 아까운 줄 모르는 것들뿐이야. 앞으로 돌격하는 것 말고는 모르는 멍청이들이 거점 방어를 제대로 할 수 있겠냐고. 누가 그 바보 천치 놈들의 뒷감당을 한다고 생각해? ——바로 나다, 등신아!!"

'왜 이 사람은 단장님한테 화가 났으면서 자기 파벌 욕을 하고 있지⋯⋯?'

미녀와도 구분이 가지 않을 정도로 엄청나게 아름다운 엘프가 분노의 오우거가 된 광경은 솔직히 말해 오줌을 지려버릴 정도로 무서웠지만, 다시 단숨에 말을 쏟아내며 자기 파벌에 대한 저주라는 이름의 불평불만을 터뜨리는 모습은, 그가 폭군이기는 하지만 고생을 하고 있다는 사실을 알려주었다. 틀림없는 폭군이지만.

【프레이야 파밀리아】의 참모, 유일한 군사라 해도 좋을 헤딘의 고민거리를 이해하면서, 그래도【로키 파밀리아】의 단원—— 수인 오르바는 목숨을 걸고 핀이 전하라고 했던 내용을 전했다.

"어, 저기요, 그래서, 적의 자결병은 철저히 원거리 공격으로——."

"【영쟁하라, 불멸의 뇌병】."

——엥?

말을 끝내기도 전에 『주문』을 마쳐버린 헤딘에게 오르바는 얼빠진 표정을 지었다.

"【카우르스 힐드】."

그의 눈앞에서 솟아난 것은 눈이 타들어갈 정도의 번개.

현재 위치는『제7구역』의 일각에 세워진『성 플루란드 대정당』의 탑꼭대기.

헤딘이 본진으로 설정한 지상 약 100미터의 높이에서 가공할 번개의 탄막이 눈 아래의 거리에 작렬했다.

"에에에에에에에에엑————————?! 뭐 하시는 거예요?!"

"원거리 사격이잖아, 멍청아."

"……네?"

놀란 것도 찰나, 이쪽을 돌아보지도 않고 대꾸하는 헤딘의 말에 오르바는 눈을 휘둥그렇게 떴다.

"적이 자폭한다는 걸 안 시점에서 대응은 전환했다. 민중 놈들이 피난한 이 대정당, 그리고 다른 교회에 다가가는 적병에게 모두 내『마법』을 꽂아주고 있다."

헤딘의 말대로, 머리 위에서 쏟아지는 벼락의 비에 주위 일대에 침공하던 이블스의 병사들은 아비규환의 비명을 지르고 있었다. 되풀이된【랭크 업】으로 강화된 오감, 나아가서는『요정의 눈』이 엘프 사수와도 같이 정확하게 적 세력을 솎아내『자폭장치』를 장비한 자결병은 모조리 유폭을 일으켰다. 함께 있던 이블스 동료들을 길동무 삼아 또다시 유폭해 대지를 뒤흔드는 지옥의 풍경이 펼쳐지고 있었다. 밤이라 어둡고 거리가 먼데도 알 수 있을 정도로 **섬멸당하고 있었다.**

오직 혼자서 『철저한 원거리전』을 벌일 정도의 괴물이었다.

Lv.5── 제1급 모험자 헤딘 셀랜드의 무서움에 오르바는 아연실색했다.

"네놈의 말과 행동은 전부 열 걸음 느리다. 굼벵이."

그리고 다른 파벌의 간부에게 저평가를 받아, 마르지 않는 눈물을 흘렸다.

그러고 보니 센트럴 파크에서 번쩍번쩍 빛나는 번갯불을 본 것 같았지~ 하고 울면서 현실도피를 하던 오르바는 되풀이되는 원거리 사격──이 아니라 시내에 쏟아지는 융단폭격에 서서히 낯을 창백하게 물들였다.

"……시가전에서 『탄막포격』이라니…… 시내가 불타는 것보다 더 파괴되지 않을까……."

"적 쪽이 병사 수가 많다. 그럼 수단을 가릴 수 있겠냐."

"……만약 도망치지 못한 사람이 있었다면……."

"소수의 굼벵이들을 감싸다 자폭 당하고 싶냐? 그럼 맘대로 죽든가."

역시 냉혹한 폭군다운 모습을 발휘해 헤딘은 오르바의 호소를 내쳐버렸다.

그치지 않는 포격의 비는 무자비하게, 그러나 확실하게, 피난소로 변한 대정당을 방위하고 있었다.

"이래 봬도 절도는 지키고 있어."

어디가?

그렇게 생각한 순간, 시선조차 주지 않고 날린 발차기가 배에 꽂혀 오르바는 무릎을 꺾었다.

"원래 같으면 이 일대를 전부 황무지로 만들어 이블스 쓰레기 놈들을 철저하게 없애버리고 싶을 정도다."

발치에서 고통스러워하는 수인을 내버려 둔 채 헤딘은 혀 차는 소리와 함께 마법의 포격을 쏘아댔다.

그의 말에는 거짓이 없었다. 뛰어난 마력제어와 조준정밀도에 도시의 피해는 최소한도로 그쳤으며, 오르바가 말하는 도망치지 못한 민중은 확인되지 않은 없는 지점에 포격을 꽂고 있었다. 원래 이블스가 활개치는 에어리어인데 피신이 늦은 시점에서 그 무고한 민중은 학살당해 말 못하는 주검으로 변했을 것이다. 눈에 들어오는 범위 내에서는 배려하겠지만 그 이외에는 여력을 할애해봤자 소용없다고 헤딘은 답을 도출했다. 그리고 핀도 그 결정에 간섭하지 않을 것이다.

손해득실을 계산하는 현실주의자라는 일면에서 핀 디무나와 헤딘 셀랜드는 매우 닮았다. 그렇기에 그들은 서로가 내세울 작전과 방침을 미래 예지와도 같이 공유할 수 있었다.

"반, 교회 남쪽에 회그니 부대를 전개해! 사원이 난립해서 내 마법으로는 닿지 않는다! 지상전력으로 섬멸해!"

"아, 알겠습니다!"

아래쪽의 지상을 향해 목소리를 높였다.

잘 울리는 헤딘의 목소리에 반이라 불린 하프 파룸 단원은 두말않고 따랐다.

지금 헤딘 및 【프레이야 파밀리아】가 지키고 있는 것은 『성 플루란드 대정당』 외에 세 곳의 대교회. 주위에 집중된 네 개의 고대유산에는 많은 민중이 피난하고 있으며 지금 도 요란하게 울리는 폭음에 겁을 먹은 채 몸을 맞대며 서로를 끌어안고 있을 것이다.

냉혹하면서도 자긍심 강한 엘프로서 헤딘은 이 네 곳의 피난소를 사수하고자 했다.

"【카우르스 힐드】!"

"잠깐, 에에에에엑——?! 부대를 전개하라던 남쪽에 제대로 포격이 꽂혔는데요?! 거기 아군 있는 거 아니었어요?!"

가시범위에 포격을 펼치고 있으려니, 겨우 부활한 오르바가 비명을 질렀다.

【로키 파밀리아】에게는 있을 수 없는 광경에 혼란스러워하며 소란을 떨어대는 수인을 슬슬 죽여버릴까 하고 귀찮게 생각하면서, 헤딘은 시시하다는 듯 내뱉었다.

"그 머저리들이 이 정도 폭격에 죽겠냐고."

"끄아아아아아아아아아아아아아아아악?!"

칠흑의 검광이 이블스의 병사를 베었다.

자폭조차 용납되지 않은 그의 말로는 두 팔의 기능불능, 그리고 머리 위에서 쏟아지는 번개의 탄환에 휩싸이는 것이었다.

충격과 섬광, 그리고 거듭되는 유폭. 모험자들의 발을 묶기 위한 부대를 헤딘의 포격으로 없앤 다크엘프는 아직까지 이어지는 폭발의 소용돌이 속을 누비고 지나갔다.

"아아, 너무해. 진짜 너무해. 이런 건 지긋지긋한 고향 햐드닝의 전투보다도 처참하잖아……. 오라리오에서 이런 『전쟁』이 일어나다니…… 아아, 정말로『전쟁』은 싫어."

머리 위에서의 포격에도, 이블스의 자결병에게도 말려들지 않은 채 격렬한 포화의 전장을 누비고 나아가는 것은 회그니 라그날.

헤딘과 같은 Lv.5이며【다인 슬레이브】라는 별명을 받은 제1급 모험자.

정예만이 모인【프레이야 파밀리아】내에서도 폭격을 개의치 않는 그의 질주를 따라올 수 있는 사람은 아무도 없어 회그니는 선봉에 선봉을 거듭해 어둠 속에 녹아들었다.

도시를 불태우는 불꽃으로도 지울 수 없는 그림자와 일체화해 헤딘이 저격하지 못한 지점에 있던 적병을 모조리 급습했다.

"다,【다인 슬레이브】?!"

"끄아아아아아아아아아아아아악?!"

칠흑의 애검은 예외 없이 적을 몰살시켰다.

회그니가 말한 대로 오라리오는 이미『전쟁』의 무대가 되어 적은 피와 살육에 취한『짐승』으로 변했다. 그리고 『짐승』에게는『정의』도『악』도 상관이 없다. 그렇다면 보통은 심약하고 남의 낯빛이나 살피던 회그니가 말이 없어지고 살육에 망설임을 보이지 않는 것도 당연하다.

시민들의 주검은 애써 보지 않으려 하면서, 그저 『짐승』들을 사냥하고 다녔다.

"북쪽만 해도 이 꼴이잖아……? 오탈이랑 아렌이 갔던 적의 본거지…… 남쪽은 괜찮을까? 오탈이랑 아렌은 딱히 어떻게 돼도 상관없지만…… 프레이야 님은 무사하실까……. 아아, 불안해. 무서워서 견딜 수가 없어."

밤이라는 어둠이 타인의 시선으로부터 지켜주는 만큼, 회그니의 혼잣말에는 박차가 가해져 말수가 많아졌다——그때.

"괜찮아, 회그니!"

"목숨 포기하면 그런 불안은 안 느껴도 돼!"

어둠을 뚫고 돌아오는 높은 목소리가 있었다.

"으아, 나왔다……."

소녀와 다를 바 없는, 귀에 거슬리는 그 목소리들에 회그니는 진저리를 쳤다.

목깃을 세우고 입가를 가려, 사랑하는 여신이 칭송해주셨던 그 미모를 『오물』놈들에게 될 수 있는 한 드러내지 않고자 노력했다.

"껍질 벗긴 다음에 우리의 귀여운 인형으로 삼자, 디나 언니! 내가 끔찍이 좋아하는 (끔찍이 싫어하는) 헤딘이랑 나란히 세워서 방에 장식하는 거야!"

"어머나, 그거 좋은 생각이다 베나! 목졸라 죽이고 싶을 정도로 엉망진창으로 죽이고 싶은 (사랑하고 사랑하고 사랑하고 싶은) 나의 회그니도 분명 마음에 들어할 거야!"

"후훗, 언니는 차암! 본심이 다 드러났잖아!"

"어머나, 어떡해! 나도 참! 아하하하!"

노래하듯 거리에 울려 퍼지는 웃음소리는 천진난만하고 추악한『자매』의 것.

그들이 입은 옷은 무희처럼 노출도가 높았으며, 둘이 합쳐 좌우대칭의 구조를 이루었다.

긴 머리카락은 하나 혹은 둘로 묶어 외견상의『앳된』인상에 한몫을 더했다.

죄악 따위 모르는 아기처럼 매끄럽고 하얀 피부와 금단의 과실을 방불케 하는 요염한 갈색 피부. 하지만 사실은 욕망의 분출구로 삼은 순간 남자를 잡아먹는 식인꽃이라는 사실을 오라리오의 모험자들이라면 누구나 다 안다.

디나라 불렸던 언니는 금발을 가진 화이트 엘프.

베나라 불렸던 동생은 은발을 가진 다크엘프.

각각 오른쪽과 왼쪽에 눈물을 본뜬 기괴한 문신을 새겼으며, 지금도 서로 맞잡은 두 손의 손가락을 얽으며 무구한 요정처럼 꺄악꺄악 떠들어댄다.

——아니, 같은 엘프라 부르기에 놈들은 너무나도 모독적이다.

회그니는 마음속으로 그렇게 내뱉었다.

© KAKAGE

"나타났나…… 나타나겠지…… 디이스 자매."

"응, 나타나지! 그야 이렇게 멋진 연회가 열리는걸!"

"지각해버리면 아깝잖아! 이 아이도 저 아이도 전~부 디나 언니랑 내가 죽여줘야지! 안 그러면 신에게 받은 목숨이 아까운걸!"

회그니가 부른 디이스 자매——디나 디이스와 베나 디이스는 사악한 말을 멈추지 않고 깔깔 웃었다. 회그니가 구역질을 느낄 정도로 가련하게 웃었다.

잔혹무도한 이블스 중에서도 특히『과격파』라 불리는 파벌이 둘 존재한다.

그중 하나【알렉토 파밀리아】.

디이스 자매는 그곳의 단장과 부단장이다.

그녀들을 한마디로 표현하자면,『망가졌다』.

쾌락과 엽기의 포로가 되어, 무고하게 사람을 죽이는 것을 최고의 기쁨으로 여기게 되고 만, 엘프로서는 있을 수 없는 악마들이다. 바레타와 함께 이 자매가 가장 많은 모험자와 죄 없는 시민들의 목숨을 앗아갔다는 사실은 틀림이 없었다.

"제발 우리 좀 그만 따라다녀…… 아니 진짜로. 헤딘한테는 상관없고 내 앞에는 나타나지 말아줘……."

"무리야!"

"응, 무리야! 왜냐면 우린 너희를——."

""누구보다도 사랑하는걸! 죽이고 싶을 정도로!""

인정하고 싶지는 않지만 『숙적』이라 해야 하리라. 회그니와 헤딘에게는.

오라리오에서 처음 만나 처절한 무승부를 연출했을 때부터 그녀들은 두 사람에게 집착했다.

헤딘은 동족이라고는 생각할 수 없는 그녀를 사갈처럼 혐오했으며, 회그니는 이해할 수 없을 정도로 망가진 언동으로 대하는 두 사람이 정말로 질색이었다.

『회그니, 우리가 진정한 바로 진정한 중2야!』

『신님들이 그렇게 말씀하셨어! 그러니까 회그니는 가짜!』

『회그니 멋없어~~~!』

그런 소리를 들었을 때는 스스로도 영문을 알 수 없을 정도로 분노에 사로잡혀 어떻게든 없애버려야겠다고 생각했을 정도였다.

헤딘과 함께 몇 번이나 이 자매를 죽이려다 실패했는지 알 수 없었다.

아무리 쓰레기라 해도 디나와 베나의【스테이터스】는 Lv.5 —— 이블스의 최상위다.

키는 둘 다 150C 정도고, 외견 연령은 휴먼으로 환산하자면 14, 15 정도지만 사실은 70년 가까이 살아온 회그니와 헤딘보다도 더 나이가 많은 엘프다.

소녀 같은 외모가 제아무리 천진난만하고 가련해도 뱃속은 시커멓고 교활하다는 것을 회그니는 잘 안다.

"봐봐, 베나! 오늘 회그니는 중2가 아니야!"

"정말이네, 디나 언니! 웬일이람! 오늘은 역시 좋은 일이 있으려나봐! 분명 이 지옥 같은 낙원이 계~속 이어질 거야!"

목깃을 다시 한번 끌어올리며 회그니는 생각했다. 『마법』을 써둘 것을 그랬다고.

어둠 속에 숨어 싸우면 남에게 겁을 먹지 않아도 된다고 생각했던 것이 화근이었다. 설마 이 대규모 전투에서도 자신과 헤딘에게 집착할 줄은 예상도 못 했다, 고 하면 생각이 너무 얕았던 걸까.

『전왕(戰王)』의 가면을 착용할 틈도 주지 않으리라고, 회그니는 이미 달관했다.

그런 한편 놈들이 상대라면 아무래도 상관없겠다는 생각도 들었다.

극도로 낯을 가리는 회그니는 그녀들 앞에서는 원래의 성격이나 어조를 드러낼 수 있다.

그것은 결코 디이스 자매가 익숙해졌다거나, 미운 정이 들었다거나, 그런 이유가 아니었다.

쓰레기, 혹은 『인간이 아닌 무언가』가 쳐다본다고 수치심을 느끼는 이상한 감성은 가지고 있지 않을 뿐이다.

"그만 됐다. 죽이자. 너희가 두 번 다시 나타나지 않도록 나도 애쓸 테니까—— 냉큼 뒈져라, 『요마』."

누군가가 말했다.

디이스 자매는 『요정』 따위가 아니라고.

마물보다도 더 추악한 『요마』라고.

""——감히 그 말을 했겠다.""

웃음이 얼굴에서 떨어지고, 섬뜩할 정도로 크게 벌어진 두 눈과 동공이 회그니만을 쏘아보았다.

"우리도 어엿한『요정』인데!!"

"다른 엘프하고 우리가 뭐가 다르다는 거야?! 너무해!! 너무해!! 너무해!!"

——엘프들 사이에서는 드물게, 자긍심 강한 종족의 『반동』이기라도 한 것처럼, 다른 종족과는 비교도 되지 않는 무법자가 태어나는 경우가 있다.

디이스 자매는 그런 자들의 극단적인 예다.

일족에게서 나타나는『숙명의 반동』.

그런 것을 한 몸에 짊어진 것은 아닐까 싶어질 정도로, 깨끗하고 아름다운 엘프에게 강렬한 콤플렉스를 품었으면서도『요정』이라는 정의에서 일탈하지 않을 수 없는 모순덩어리.

그녀들의 과거에 무슨 일이 있었는지 회그니는 알지 못한다.

박해일지, 차별일지, 구별일지.

어린아이들이 망가지지 않기 위해 필사적으로 자신을 억눌렀던 탓인지.

회그니는 그녀들의 사정을 전혀 알지 못한다.

그러나——관심도 없다.

연민조차 품지 않는다.

왜냐하면 망가지기 전의 놈들에게 아무리 비장하고 고상한 이유가 있었다 한들, 이『요마』들은 사람도 물건도 지나치게 많이 망가뜨렸기 때문이다.

""죽여줄게 회그니!! 멀리 있는 헤딘이랑 같이!!""

오늘에야말로 그 악연을 끊을 수 있기를.

회그니는 그것만을 바라며 막대한『마력』을 해방시키는 자매를 향해 달려들었다.

"또 나왔다."

"신들 말로는『사이코패스 자매』."

"네놈들은 중2 아니거든?"

"저것들에 한해선 정말로 회그니랑 헤딘이 불쌍해."

네쌍둥이 파룸은 나란히 늘어선 채 같은 목소리를 네 번 울렸다.

자폭병을 제거해나가는 다른 단원들이 숨을 멈추고 얼어붙어 버릴 정도로 장절한 전투가 회그니와 디이스 자매 사이에서 펼쳐진 가운데,【브링가르 4전사】, 걸리버 4형제는 조용히 동정했다.

『제7구역』중앙부에서 약간 남쪽으로 내려온 곳.

주위에는 역사적인 건축물이 서 있는 사거리에서 알프릭, 드바린, 베링, 그레르 형제가 잡졸들을 전부 물리친 참이었다. 헤딘의 포격도 닿지 않는, 불꽃이 일렁이는 길모퉁이에서 조용히 이블스를 사냥해, 이제는 숨통이 끊어진 악마들이 발밑에 널브러져 있었다.

네 개의 길 중 하나, 그곳 안쪽에서 벌어진 회그니와 자매의 치열한 전투를 흘끔 쳐다본 걸리버 4형제는 그들에게서 등을 돌렸다.

"""""근데 너희는 뭐야?"""""

네 쌍의 눈이 비춘 것은 열 명이 넘는, 모험자로 보이는 집단이었다.

휴먼, 수인, 드워프. 강인하다는 말이 잘 어울리는 장한들. 거무스름한 피부를 가진 자가 많았지만 장비도 종족도 제각각이었다.

유일한 공통점이 있다면, 그것은 모두가 **흰자위를 까뒤집고**, 입에 문 구속구에서 침이며 거품을 줄줄 흘려, 아무리 봐도 제정신 따위 내팽개쳐버린 듯하다는 것이었다.

"후욱— 후——우우욱……!!"

"이것들 뭐야."

"징그러운데."

"암만 봐도 약 했는데."

"약이나 저주를 사용한 강제 신체강화는 이블스의 상투 수단…… 이번에도 소모품 병졸인가?"

짐승처럼 으르렁거리는 소리를 내는 집단을 보며 동생 셋이 질겁하고, 장남 알프릭이 관찰했다.

"소모품이라니, 터무니없는 말씀을. 그들은 우리 【아파테 파밀리아】의 전사이자 『히든카드』랍니다."

알프릭의 의문에 대답하는 목소리는 전사들의 뒤에서 들렸다.

덩치가 큰 수인이었다.

초로의 영역에 들어선 남성이었으며 수염이 덥수룩하고, 검은색과 보라색이 섞인 사제복을 입었다. 지금도 가늘게 구부러진 채 웃고 있는 두 눈은 수상쩍은 정도가 아니라 숫제 불쾌할 정도였다.

손에 든 것은 **피에 물든** 석장(錫杖).

입이 비뚤어져도 『성직자』라 불러서는 안 될 인종임은 확실했다.

"아파테의 신관 영감탱이."

"바슬람이군."

【알렉토 파밀리아】와 쌍벽을 이루는, 이블스에서 가장 흉포한 전력. 【아파테 파밀리아】.

그곳의 신관 바슬람을 보고 4형제는 얼굴에 장비한 투구 안에서 싸늘한 시선을 보냈다.

이제 와서 그들의 잔학성을 언급해봤자 의미는 없다. 말할 것이 있다면 【아파테 파밀리아】의 단장 부단장 및 간부는 예전 전투에서 【프레이야 파밀리아】가 전멸시켰다.

참모인 그가 전선에 나와 있다는 것 자체가 아파테의 전력이 저하되었다는 증거.

그러나 눈앞의 집단과 그가 말한 『히든카드』라는 단어에 알프릭은 눈을 가늘게 떴다.

"『히든카드』라니 무슨 소리야. 죽고 싶지 않으면 설명해, 바슬람."

"하하하, 설명하지 않아도 죽일 거면서요? 게다가 제가 말하지 않아도 **곧 알게 될 텐데요.**"

웃음을 지우지 않는 바슬람의 앞에서 적의 단원이 임전 태세에 들어갔다.

이제나 저제나 하며 몸을 앞으로 기울이는 그들에게 세 동생이 혐오감을 보였다.

"치사한 너구리 자식."

"약 빤 놈들이랑 같이 박살을 내주지."

"아파테는 오늘 끝난다."

해머, 도끼, 대검을 각각 겨눈다.

『히든카드』라는 말이 진짜라면 이제까지 전력을 아끼고 있었다는 건가? 예전 단장이나 간부진을 잃은 상황에서 도? 게다가 저놈들의 얼굴, 어디선가…….'

장창을 든 알프릭만은 방심하지 않고 적을 노려보았으 며, 이심전심인 동생들에게 다시금 목소리를 내 호소했다.

"방심하지 마라."

북서쪽에서 격렬한 전투의 음향이 몇 번이나 울려 퍼졌다.

붉게 물든 어둠 속에서 번쩍이는 빛은 번개의 궤적이었 으며, 쩌렁쩌렁 울려 퍼지는 것은 자폭의 꽃이 아니라 가 공할 마력의 진동. 귀를 기울이면 지금도 격렬히 무기를 부딪치는 선율이 들려오는 것 같았다.

도시 중앙 못지않은 격전지가 된 도시 북서쪽 방향.

먼 곳에서 그쪽을 바라보는 이들이 있었다.

"요란하게 붙고 있네…… 정말 지루할 틈이 없다니까, 오라리오는."

지금 막 적을 갈라버린 대검을 어깨에 걸머진 것은 한 아마조네스.

한데 묶은 검은색 장발에, 향기가 풍길 정도의 미모와 남자라면 침을 흘릴 만한 몸을 가지고 있었다. 한편으로는 길고 나긋나긋한 팔다리는 잘 단련되었으며, 몸길이에 육박할 만한 대형 무기와도 맞물려 『여걸』이라는 말을 연상케 했다.

피부를 대담하게 노출한 의상에 새겨져 있는 것은 【이슈타르 파밀리아】의 엠블럼.

"어떡하지, 아이샤?"

그녀의 주위에는 그녀를 흠모하는 아마조네스들이 몇 명이나 있었다. 하나같이 고집 세기로는 알아주는 동료들이다.

그중에서 회색 머리의 아마조네스가 이름을 부르자, 아이샤 벨카는 어리석은 질문이라는 양 코웃음을 쳤다.

"뻔한 걸 물어. 우리도 여기, 환락가에서 나가서 다른 전장으로 가자."

"이슈타르 님은 홈의 수비를 다지라고 했다던데?"

"알 바 아냐. 게다가 이슈타르 님도 입단한 지 얼마 안 되는 우리한테 활약을 기대하진 않을걸."

아이샤의 말대로, 지금 그녀들은 미궁도시에서도 파벌 내에서도 눈에 뜨이는 전력이 아니었다. 전투창부『바벨라』중에서는 **말단이었다.**

【이슈타르 파밀리아】에는 프뤼네를 비롯한 유력한 바벨라가 얼마든지 있다.

그렇다면 자신들이 마음대로『설치는』정도는 아무 문제도 되지 않으리라── 아이샤는 어린아이 같은 명분으로 자신의 욕망을 채울 생각을 했다.

"싸우지 못하는 창부들은 다들 홈으로 피신시켰지?"

"물론이지. 유곽 쪽도 문제없어."

"그럼 가자, 사미라! 고향 카이오스의 사막에서도 못봤던 위험한 놈들과의 전투니까 최대한 즐겨보자고!"

와아아아아!

여전사들의 거친 목소리가 달려나가는 여걸의 뒤로 이어졌으며, 경악하는 이블스의 병사들에게로 향했다.

"츠바키 단장님! 모험자들이『마검』을 내놓으라고 쳐들어왔어요!"

"그래, 넘겨주게 넘겨줘! 그냥 검이든『마검』이든 누가 써줘야 검이지!"

방위를 맡은 거점 측에서 차출되어 나온 하이 스미스에

게 【헤파이스토스 파밀리아】 단장 츠바키 콜브랜드는 시원
시원하게 대답했다.

정면의 대로에서 포효와 함께 밀려드는 자결병을 향해
"으랏차!" 하며 자신도 『마검』을 날려 적의 돌격을 폭염 속
에 묻어버렸다.

"자결병의 대처에 『마검』이 유용하다는 건 알지만……!
홈에 온 놈들이 적인지 아군인지도 모르겠는걸요! 소속
【파밀리아】를 확인하려 해봤자 엠블럼도 속이려고 생각하
면 다 속일 수 있고!"

"그럼 눈을 잘 보시게! 무기를 훔치려 하는 이블스가 아
닌 것 같은 놈들에게만 무기를 주면 되지!"

"말도 안 되는 소리 하지 마시고요!!"

스미스로서의 실력은 초일류지만 단장으로서의 능력은
전혀 없다시피 한 츠바키의 막무가내에 스미스가 고함을
질러 대답했다.

그러는 사이에도 츠바키는 미리 주위에 꽂아놓았던 예
비 『마검』을 뽑아선, 적의 제2진에 포격을 날렸다.

"게다가 신용할 수 있는 놈들에게 맡긴다 쳐도, 『마검』이
든 다른 무기든 바닥이 나버렸다고요! 적의 공세가 장난
아니에요! 이대로 가다간……!"

"아~ 몰라몰라!! 일손이 딸리는 건 어디나 마찬가지 아
닌가! 그대는 이쪽에서 어떻게 좀 해보게!"

단원이 호소하지만 귓구멍에 손가락을 꽂은 츠바키는

『적재적소』라는 양 고함을 질렀다.

"뒤쪽은 주신님 일행에게 알아서 하게 놔두시게!"

──네가 말할 필요도 없지.

그렇게 말하듯, 같은 시각. 【헤파이스토스 파밀리아】의 홈『불카 공방』에서는『불의 마이스터』가 목소리를 높이고 있었다.

"지금 홈의 창고를 열었어! 재고도 포함해서 모든 무기를 가지고 나와!"

"그, 그래도 되나요, 헤파이스토스 님?! 그건 다시 말해 파벌 자산을 전부……?!"

"이대로 도시가 멸망하는 게 더 큰일이잖아! 그리고 바깥에 있는 모험자들한테는 **전부 내가 무기를 나눠줄 거야!** 거짓말을 한다는 걸 알면 신호를 보낼 테니까 그 아이는 제압해!"

하계의 주민은 신에게 거짓말을 할 수 없다.

거짓말을 간파하는 신의 눈으로 잠입한 적을 판단하겠다는 주신의 적확한 지시에 스미스들은 흠칫했다.

"자, 어서! 움직여!"

그 말에 등을 떠밀려 황급히 움직이기 시작했다.

"그러면…… 고브뉴, 너는 어떻게 할 거야?"

"이 상황에서는 내 대장간으로 돌아가는 것도 고생이겠지. 여기 있게 해주게. 그리고……."

헤파이스토스의 곁에 있던 것은 몸집이 작은 노신(老神)

이었다.

각 파벌에 대한 무기 공급의 증감에 대해, 마침 오늘 같은 대장장이 신끼리 이야기를 나누고자 찾아왔던 고브뉴였다. 도시 북서쪽에 홈을 둔 그는 전황을 살펴 귀찮은 일을 늘리지 않기 위해 대기하기로 결심했다. 그리고.

"화로를 빌려줘. 네가 귀찮은 일에 휘둘리는 동안 내가 무기를 만들 테니."

"……그래. 고마워."

무뚝뚝한 노신이 어지간해서는 보이지 않는 웃음에 헤파이스토스도 슬쩍 웃었다.

대장장이 신들 또한 현재의『국면』을 읽고 있었다.

이『대항쟁』의 행방이 어디로 굴러가든, 물자는 물론이고 무기도 반드시 고갈되리라고.

그렇다면『신업』으로 모험자들을 지원할 무기를 지금부터 양산해야만 한다고, 그렇게 읽어냈다.

"실력 있는 아이들도 금방 보내줄게. 모든 화로에 불을 지펴도 좋으니까 그쪽은 부탁해!"

"그래, 내가 맡지."

이날, 【헤파이스토스 파밀리아】의『화로』가동률은 역대 최고를 기록했다.

"버크스! 헤파이스토스 쪽에서『마검』받아왔어!"

"잘했어, 로피나!"

참호전을 방불케 하는 태세로 잔해 뒤에 몸을 숨기고 있던 파티에게 묘령의 엘프가 무기를 욱여넣은 자루를 들고 달려왔다.

그것은 어떤 【파밀리아】였다.

모래먼지와 그을음에 찌든 그 무리는 지금도 포격을 가하고 있는 다리 너머의 이블스를 상대로 반격에 나서기 위해 계속해서 『마검』을 받고 있었다.

"피르비스, 넌 쉬어! 아까 마인드 다운 일으킬 뻔했잖아!"

"큭…… 아닙니다! 저도 싸울 수 있습니다! 싸우고, 말 겁니다!"

버크스라 불린 정한한 휴먼 단장에게, 땀을 뻘뻘 흘리는 소녀는 고개를 가로저었다.

아직 어린 엘프 소녀였다.

다른 종족을 상대해도 어리다고 놀림을 들을 열두 살이라는 나이지만, 눈에 깃든 자긍심은 어느 엘프에게도 결코 뒤지지 않는다. 젖은 까마귀 깃털처럼 싱그러운 머리카락도, 보석처럼 붉은 눈도 전혀 때묻지 않아 그저 아름답기만 했다. 이대로 성장하면 누구보다도 고결한 요정이 될 것 같은 엘프였다.

무녀를 방불케 하는 하얀 배틀클로스를 찰랑이며, 고향의 대성수 가지로 만든 단장을 쥐고 필사적으로 호소한다.

"오라리오를 지키는 싸움에 저만 쉬고 있을 수는 없어요! 디오니소스 님도 분명 이 싸움에 마음 아파하고 계실 거예요! 지원이든 장벽이든 뭐든 해내겠어요!"

그들의 이름은 【디오니소스 파밀리아】.

소녀의 이름은 피르비스 셜리아.

주신을 숭배하며 오라리오의 질서를 위해 싸우는, 자긍심 강한 모험자들.

"……좋아. 가자, 피르비스."

"……! 로피나 언니!"

"나 원, 로피나는 너무 응석을 받아준다니까. ……발목 잡지 마라, 피르비스!"

"네!"

언니처럼 흠모하는 부단장 엘프의 미소에, 피르비스의 얼굴에도 웃음이 피어났다.

함께 웃음을 나누고, 그리고 누구보다도 빠르게 전장으로 달려가는 단장의 등을 따라, 소녀는 하얀 번개를 불러내고, 소중한 이들을 지키는 빛의 방패를 만들어냈다.

"【치유의 물방울, 빛의 눈물, 영원한 성역. 이곳에 약초를. 삼백하고도 예순다섯의 선율】── ."

성구(聖句)와도 같은 신성한 주문을 자아낸다.

상처투성이 모험자들이 고통에 신음하는 가운데, 소녀는 마력을 해방시켰다.

"【신의 이름으로 나 치유하노라】── 【디어 프라텔】!"

전개된 **규격 외**의 광역회복마법이 매직 서클 내에 있던 모든 이들을 고통으로부터 구해냈다.

"오오오오……?! 엄청나, 그렇게나 다쳤는데 순식간에 나았어!"

"앞으로는 진짜 『성녀님』이라고 숭배해야겠다!"

완전히 회복된 모험자들에게서 환호성이 솟았다.

장소는 북서쪽 메인 스트리트. 북동쪽 지역의 마석 제품 공장이 오라리오의 심장부라고 한다면, 이 대로에 인접한 『길드 본부』는 도시의 머리. 이블스 측의 격렬한 공세에 드러난 전장 중 하나에 그 『소녀』가 있었다.

파벌의 엠블럼은 빛의 구슬과 약초.

도시에서 1, 2위를 다투는 제약계 파벌 【디안 케흐트 파밀리아】.

그들이 비장의 권속이자 히든카드인 『성녀』, 아미드 테아사나레였다.

"덕분에 살았다, 아가야!"

"아가 아니에요."

"당하면 또 치료해줘, 꼬마야!"

"꼬마 아니에요!"

장난을 치며 전장으로 돌아가는 무뢰배들에게 아미드는 버럭버럭 고함을 질렀다.

하얀 법의, 그리고 긴 은발과 보라색 눈은 신비로워서 어딘가 인형 같은 아름다움을 풍겼다. 장래에는 틀림없는 미녀가 되리라고 만인이 수긍하리라.

그러나 그것도 먼 미래의 이야기.

120C도 안 되는 작은 키는 소녀, 아니, 파룸으로 착각해도 이상하지 않을 정도다. 필사적으로 애용하는 성은(聖銀) 지팡이는 아무리 봐도 작은 몸에는 맞지 않는다. 아무리 새침하게 있어도 열심히 발돋움하는 어린아이를 보는 듯한 흐뭇함이 앞서는, 아직은 미숙한 『성녀님』이었다.

하지만 아미드는 주장하고 싶다.

자신은 어엿한(?) 열두 살. 『레이디』라고.

앞으로 7년이면 신장도 쭉~쭉 자랄 예정이라고.

절대로. 반드시. 분명.

"으──."

다시 전장으로 나가는 모험자들을 비난하듯, 그리고 걱정하듯 바라보던 아미드는 갑자기 몸을 휘청거렸다.

싸울 수 있는 자, 싸울 수 없는 자를 막론하고 실려 오는 사상자를 그 조그만 몸으로 계속 치유했다. 소모는 전선에서 싸우는 모험자들 이상이라고 할 수 있었다.

힘을 잃기 전이 쓰러지려 하는 그런 그녀의 뒷덜미를 뒤에서 뻗어 나온 손이 붙잡아주었다.

"꾸엑."

"이제 못하겠으면 쉬지? 자, 포션."

"어푸."

"장식 인형은 방해돼 방해돼."

뒷덜미를 붙들려 목이 조이는가 싶었더니 퐁 소리와 함

께 달달한 용액이 머리 위에 쏟아졌다.

마인드 포션을 머리부터 뒤집어쓴 아미드는 피로감이 완화되는 것을 느끼면서 몸과 함께 긴 머리를 탈탈 좌우로 흔들었다. 그리고 옆에 선 소녀를 째릿 올려다보았다.

"뭐 하는 건가요, 에리스이스."

"방해된다고 했잖아. 네가 쓰러지면 여러 가지 의미에서 성가셔. 저 주신 영감탱이도 소란 피울 거고."

아미드보다도 머리 하나는 큰 시앙스로프.

다른 파벌의 나자 에리스이스였다(참고로 아미드가 한 살 연상 이다).

"미아흐 님의 호위로 나도 전장에 나갈 거니까. 꼬마에 겁쟁이인 넌 여기 얌전히 있어."

활을 들고 어딘가 으스대는 표정으로 나자는 손을 살랑 살랑 흔들었다.

자신에게 등을 보이는 소녀에게 아미드는 부루퉁 볼을 부풀리더니 지팡이를 내팽개치고는 두 손으로 시앙스로프 의 꼬리를 힘껏 움켜쥐었다.

"깨앵?!"

"이렇게 꼬리를 부들거리는 주제에! 사실은 당신도 무서 운 거 아닌가요!"

"시, 시끄러워! 나하고 미아흐 님은 이제부터 공동작업 을 하러 갈 거니까! 어려움을 넘어서서 둘만의 사랑을 불 태울 거니까!"

"두, 둘만의 사랑?!"

"아무리 어른스러운 척해도 넌 미아흐 님의 연애대상이 아니니까!"

"그, 그렇지 않아요!"

"애초에 다른 파벌 주신에게 추파 던지지 마, 이 음란한 것!!"

"다, 닥쳐――!!"

"이럴 때 무슨 말다툼을 벌이는 게냐, 너희는!"

""미, 미아흐 님!""

이마를 맞부딪치고 꽥꽥 와와 떠들어대는 소녀들에게 신의 일갈이 떨어졌다.

얼굴을 새빨갛게 물든 그녀들에게 미아흐는 예단을 불허하는 얼굴로 외쳤다.

"디안! 우리는 지금부터 센트럴 파크로 간다! 이곳은 네게 맡긴다!"

"건방진 소리 마라, 미아흐! 그럼 우리도 전장의 중심지로 가자―!"

"그대까지 대항하면 어쩌자는 건가!"

금세 미아흐에게 대든 신은 흰 머리와 수염을 기른 노신 디안 케흐트였다.

나자와 아미드처럼 서로에게 대항심을 불태우는, 천계 때부터 이어져 온 악연. 미아흐는 단어를 고르지 않고 호소했다.

"이곳 북서쪽 전장에도 힐러와 허벌리스트는 필수다! 우리가 연계하지 않으면 어쩌자는 건가! 서로 으르렁댈 시간조차 아까워!"

"으윽……! 일리가 아니라 오리 정도는 있군! 그럼 어쩔 수 없지. 그쪽에서도 확실하게 치유하거라!"

"그 말 그대로 반사해주지! 가자, 슬레인 단장!"

"네, 미아흐 님!"

미아흐의 질타에 디안 케흐트가 마지못해, 그러면서도 기운차게 몸을 돌렸다.

아이들 같은 싸움을 해버린 아미드와 나자가 어깨를 축 늘어뜨리는 가운데, 【미아흐 파밀리아】는 호위하는 모험자들과 함께 남하했다.

동서남북, 오라리오의 모든 구역에서 전투가 발발했다.

하늘의 신들과 하늘을 날아가는 새들만이 볼 수 있는 도시의 조감도는 그야말로 『불의 침략』이었다. 홍련의 선이 마구잡이로 내달리고 지금도 대로와 건물을 태워나간다. 거대 시벽에 에워싸인 대형 도시는 마치 지옥의 가마, 혹은 명부로 이어지는 문과도 같았다.

"……오라리오 끝장이다옹."

어떤 암살자 캣 피플 소녀가 중얼거렸다.

종루 안에서 기적을 숨긴 채, 그 불꽃의 광경을 바라보며.

"……오라리오 끝장이네."

어떤 현상금 사냥꾼 휴먼 소녀가 중얼거렸다.

옥상 위에서 덤벼드는 이블스의 병사들에게 반격을 가해 쓰러뜨리고, 타오르는 도시를 내려다보며.

수인의 증거인 꼬리를 흔들흔들, 하는가 싶더니 피이잉! 털을 곤두세우며 부풀린다.

피에 젖은 글러브를 낀 오른손을 버릇처럼 벌렸다 쥐었다 한다.

우연히도 나란히 이 도시에 막 도착한 두 소녀는 다른 장소에서 같은 심정을 품은 채 자신의 판단을 저주했다. 하필 이런 시기에 도시에 들어오고 말았다고.

""아무튼 전쟁 의뢰는 받지 말자.""

마음속으로 그렇게 결심하고, 자신이 살아남기 위한 행동을 재개했다.

"──시끄러워어어어어!!"

"끄아아아아아아아아아아아아아아아악?!"

그런 도시 내에서, 모험자들에게 보호를 받지 못하고 있음에도 무사한 건물이 있었다.

동쪽 메인 스트리트에 세워진, 『풍요』라는 이름을 건 주점.

무리를 지어 몰려온 이블스의 병사들을 주먹 하나로 잠재운 드워프 여주인은 그야말로 신물이 난다는 듯 콧방귀를 뀌었다.

"나 원, 도시에 불을 질러선 엉망진창으로……. 진짜 못 쓰겠다니까, 이 자식들은."

주점 주인 미아는 주위를 둘러보았다. 큰 대로는 곳곳이 불타 잔해의 무더기며 쓰러진 마차가 있었다. 그 속에서 그녀의 등이 지키는 멀쩡한 주점은 이채를 띠었으며, 주위에서 밀려드는 불길을 수인 점원들이 필사적으로 끄고 있었다.

"……한계가 왔구만, 이건. 우리도 센트럴 파크로 갈 수밖에 없겠어."

가게 안을 보면 미처 도망치지 못한 채 몸이 그을음투성이가 된 사람들이 몸을 맞대고 있었다.

다들 미아의 완력을 의지해 도망쳐온 일반 시민이다. 완전히 피폐해진 그들을 위해서라도 주점에서 농성 비슷한 짓을 할 생각이었던 미아도, **모험자였던** 감이 이 이상은 위험하다고 말해주고 있었다.

"무슨 일이 일어날지 모르니……. 게다가 불길한 예감도 들고."

만약 이 주점을 부수기라도 한다면 가만두지 않겠다고.

그런 험악한 표정을 지으며, 민중을 이끌고 이동을 개시했다.

그녀들을 습격하려던 이블스의 피해는 현재의 전장 내에서도 가장 컸다.

──운이 나빴던 거라고, 소녀는 생각했다.

왜냐하면 자신의 운이 나쁜 것은 늘 있는 일이었으므로.

부모는 고사하고 친구도 없었으며, 비호를 받을 곳도 없었다. 살아가기 위해서는 자신 혼자서 어떻게든 할 수밖에 없었으며, 그때마다 조그만 자신은 학대를 당했다.

그리고 지금의 오라리오에서는 운이 좋거나 나쁜 자가 확실히 갈라졌다.

주위에 강한 모험자가 있었거나, 모두가 골고루 목숨을 빼앗기는 이 상황에서도 여전히 『위선자』로 있으려 하는 자와 만났거나. 싸울 수 없는 자나 약한 자의 운명을 바꿀 수 있는 것은 오직 그것뿐이었다.

많은 이들은 죽음에 사로잡히고 말 것이다.

불과 폭력의 참화는 그만큼 가혹했으며 무자비했으므로.

『악』에 속한 자들의 대부분이 자신보다 약한 존재를 노렸다.

살육이야말로 질서를 붕괴시키는 마중물이라고, 사신들이 그렇게 설파했던 것처럼.

그러므로.

"죽어어어어어어어어어어어어어!"

"아——."

이렇게 약자인 자신에게 악의 칼날이 밀려드는 것도, 운이 나빴던 것이다.

길가에서 꼴사납게 주저앉아 있었던 파룸을, 피가 듬뿍 묻은 단검이 죽이려고 했다.

"네놈이나 뒈져!!"

"끄허억?!"

하지만 그것을 가로막는 그림자가 있었다.

너무나도 빨라 무슨 일이 일어났는지도 알 수 없었다.

다만 웨어울프인 것 같은, 분노에 찬 포효가 메아리쳤던 것만 느꼈다.

그것이 이블스의 도당을 전멸시키려 하는 것도, 천천히 이해하게 되었다.

"썩어빠진 것들이! 피라미들만 노리고 앉았어……! 얼마나 사람 열받게 만들어야 직성이 풀리겠냐!"

"진정해, 베이트! 또 【브레이버】한테서 지시가 왔어! 도망치지 못한 사람들을 얼른 구해야 해!"

"나도 안다고!"

거듭되는 폭발로 고막이 상했는지 잘 알아들을 수가 없었다.

옆얼굴은 조금 보였다. 뺨에 새겨진 『송곳니』와도 같은 푸른 문신이 분노로 일그러져 있었다.

"세레니아! 네놈은 저 파룸을 센트럴 파크로 데려가!"

말다툼을 하던 웨어울프 남성은 부단장으로 보이는 휴먼 여성에게 무언가를 말하고는 동료와 함께 달려갔다.

갈색 머리카락의 휴먼은 가만히 자신에게 손을 내밀었다.

"괜찮니? 설 수 있겠어?"

……네.

고개를 끄덕였다.

입술의 움직임으로 간신히 알아들을 수 있었다.

"너, 이름은? 서포터인 것 같은데…… 어디 소속이야?"

……네.

고개를 끄덕였다.

자신을 무섭게 하지 않기 위해 지은 웃음이 가짜가 아니란 것을 느꼈으므로.

"릴리…… 【소마 파밀리아】……."

손을 잡으며 일어나려 했지만, 무리였다.

꼴사납게 비틀거리는 자신을, 그녀는 역시 웃으면서 안아주었다.

자신은 운이 나쁘다.

하지만 악운 같은 것은 있는 모양이었다.

술의 마력이 빠져나가지 않은 릴리루카 아데는, 지금 있었던 일이 꿈인지 생시인지도 판단하지 못한 채 천천히 잠에 빠져들었다.

"기다려, 적이 아니야! 【비다르 파밀리아】의 세레니아! 피난민을 데려왔어!"

바리케이드를 통과해, 또 새로운 피난민이 센트럴 파크로 실려왔다.

계속해서 늘어나, 이제는 바벨 주위를 가득 메우려 하는 사람의 숫자를 보며 이블스의 스파이는 잘 됐다고 내심 웃고 있었다.

그는 민중 속에 섞여 있었다.

필사적으로 도망치는 피난민을 가장해, 센트럴 파크에 구축된 오라리오 본진에 고스란히 숨어들었던 것이다. 거의 프레이야나 핀이 예상했던 대로. 그밖에도 몇 명이나 되는 스파이가 이 본진에 잠복하고 있다.

스파이 사내는『신호』를 이제나 저제나 기다리고 있었다.

그들의 최대 목적은 미의 신 프레이야의 암살.

다음으로는 적 본진에 통렬한 타격을 가하는 것.

마찬가지로 잠복하고 있는 그들의 주신이 손을 대기 전까진『신살』은 불가능하지만, 품에 숨겨놓은 폭탄으로 민중과 함께 모험자들을 해치울 수는 있다.

『악』에 충성을 맹세한 사내는 빨리 그 순간이 찾아오기를 바랐다.

"실례합니다. 여기 앉아도 될까요?"

"……! 그러세요."

새로운 피난민이 온 모양이다.

어디나 사람으로 넘쳐나는 가운데, 사내는 완전히 초췌해진 일반시민을 가장하면서 어쩔 수 없이 옆자리를 내주었다.

"무섭지 않나요? 오라리오가 이렇게 돼버리다니."

"……네, 그러게요. 앞으로 어떻게 될지……."

불안에 떠는 것은 후드를 뒤집어쓰고 있어도 알 수 있을 만큼 미인인 아가씨였다.

전장에 어울리지 않을 정도로 좋은 냄새를 풍기는 회색

머리카락.

그리고 머리카락과 같은 색의 눈으로 이쪽을 빤히 바라보고는──.

"그런데 당신과 같은 '친구들'은 어디에 있나요?"

그『은색 광채』를 본 순간, 사내의 충성은『그녀』의 것이 되었다.

"……동쪽에 셋. 북쪽에 다섯. 서쪽에는, 우리 주신이……."

공허한 눈으로 떠들어대기 시작한 스파이 사내에게 회색 머리카락의 아가씨는『명령』에 추가항목을 더했다.

"소란 떨지 말고, 조용히. 이쪽 보지 말고, 아무에게도 들키지 않도록, 내 질문에만 대답하세요."

"네……."

헤아릴 수도 없는 민중이 연주하는 불안과 피로의 술렁임 속에 섞인 두 사람의 대화를 알아차리는 사람은 아무도 없었다. 아가씨는 담담히, 사내에게서 필요한 정보를 이끌어내고 있었다.

이윽고 모든 작업을 마치자, 이제는 아무 것도 할 수 없는 사내를 내버려두고 조용히 그 자리를 떠나갔다.

그녀가 향한 곳은 바로 후방에 대기한 남녀가 있는 곳이었다.

"『매료』를 통한 꼭두각시화……. 정말로 산뜻하게 구사하게 되었군요. **시르 님.**"

아가씨를 기다리던 남녀 ── 시민으로 변장한 모험자와

힐러 속에서 회색 머리카락을 양쪽으로 묶어내린 소녀가 입을 열었다.

"고마워요, 헤이즈 **씨**. 하지만 처음 한 사람을 발견하는 게 힘들었어요. 우리를 지켜봐주시는 여신님의 안력을 빌려서 겨우 성공했지 뭐예요."

『시르』라 불린 회색 머리카락의 아가씨는 『바벨』을 올려다보았다.

보일 리 없는 까마득한 최상층의 창가에 서 있는 미의 신과 마치 **마음을 나누고 있는 것처럼** 기쁨의 미소를 지으며.

그러자 빠악! 소리와 함께 뒤에서 지팡이로 머리를 가볍게 때리는 자가 있었다.

"뭐 하는 거예요!"

"……어서 빨리 정보를 공유해주시죠, 시르 님."

머리를 움켜쥐고 뒤를 돌아보니 회색 머리 소녀── 헤이즈가 눈을 흘기고 있었다. 어조는 공손하지만 마치 여신과 마음이 통하는 아가씨를 질투하는 것처럼 보이기도 했다.

『시르』는 비난하는 듯한 시선을 보내면서 표정과 함께 마음을 다잡았다.

"잠복한 이블스의 정보는 이 메모에 전부 적어뒀어요."

"그거 다행이군요. 이로써 프레이야 님의 암살 같은 웃기지도 않은 짓은 저지할 수 있겠어요."

받아든 메모를 즉시 변장한 모험자에게 넘긴 헤이즈는 곧바로 동료와 정보를 공유했다.

그들은 『미신의 신봉자』이자 『숭배자』다. 미신에게 다가오는 불온한 그림자를 즉각 제거하기 위해, 지옥의 불길 따위는 미지근하게만 느껴질 정도의 집념을 마음속으로 불태우고 있었다.

그들의 맹세는 오직 하나. 『주신을 해치는 자는 반드시 처치한다』.

이 순간, 여신 암살을 꾀한 『악』의 첩자는 남몰래 처분당할 운명과 의무가 주어졌다.

"가능하다면 피해를 내지 않고 무력화하고 싶지만……다른 스파이도 『매료』할 수 있겠어요?"

"권속까지라면요. 하지만 신을 상대로는 무리예요. 제 그릇 정도로는 초월존재인 데우스데아를 『매료』할 수는 없어요."

이곳 센트럴 파크에는 스파이의 주신도 숨어있다는 정보를 얻었다. 그쪽까지는 무력화할 수 없다고 금방 선을 긋는 『신들의 아가씨』에게 헤이즈는 그럴 거라며 고개를 끄덕였다.

"상대측의 주신에 관해서는 로키 님이나 다른 신들에게 부탁하죠. 그 이외의 귀찮은 것들은 전부 저희가. 왜냐면……."

흘끔 등 뒤로 시선을 보내고 헤이즈는 어깨를 으쓱했다.

"……저쪽은 우리와 비교도 안 될 정도로 힘들 테니까요."

"도시 남쪽의 공세가 극심하다! 이슈타르 파벌의 바벨라, 헤파이스토스의 츠바키도 보내! 남쪽에서 남서쪽에 걸쳐 전력을 집중시킨다! 【비다르 파밀리아】에는 그 구멍을 메우도록 전령!"

"비다르네 웨어울프가 아주 싱싱하다 카데! 돌격대장 맡기도 되지 않겠나!"

전령 이외에도 도망쳐온 모험자들이 사태를 알려, 살인적인 정보량에 깔려 죽을 지경이었지만 핀은 이를 모두 처리하며 끊임없이 명령을 내렸다.

이따금 로키가 핀도 파악하지 못한 좋은 정보를 알려주고 보조해주는 데 감사를 느끼면서, 머릿속에 현재의 전력 분포도를 펼쳤다.

북쪽은 【프레이야 파밀리아】와 『마검』을 공급하는 【헤파이스토스 파밀리아】를 중심으로 철저항전 중이다. 그들이 미치지 못하는 장소도 다른 유력 세력이 지시에 따라, 때로는 알아서 움직여 구멍을 메우고 있었다. 온갖 【파밀리아】와 모험자들이 연계해 재앙을 물리치고 『악』의 침략을 막아냈다.

세력이 맞버티고 전황이 고착상태에 빠진 것을 정확하게 느끼던 핀은 엄지를 핥았다.

지시의 목소리와 병행하며, 여기서 처음으로 『장고』에 들어갔다.

'이쪽의 피해는 이미 심각하다. 하지만 **재건할 수 있어.**

제1급 모험자를 중심으로 전개하면 전력 차이를 뒤집을 수 있다.'

그것이 핀의 결론이었다.

아군의 과대평가도 아니고 적의 과소평가도 아니었다. 평소에는 서로 싸우기 바쁜 다수의 【파밀리아】가 한덩어리가 된 것의 의미를 핀은 올바르게 이해하고 있었다.

'이곳은 오라리오다. 도시 전체를 말려들게 하려다 총전력을 상대하게 되면 당해낼 세력은 존재하지 않아. 이블스도 그 점은 알고 있을 터…….'

그러므로 이해할 수 없었다.

기습적인 수단으로 오라리오 전체를 전장으로 바꿔놓았다. 여기까지는 좋다. 결코 용납할 수는 없지만 도시의 기능에 타격을 주고자 하는 적의 의도는 이해할 수 있었다. 그러나 아무리 잔혹한 수단으로 공포와 살육을 뿌린다 해도, 서서히 불리해지는 것은 확실히 상대 쪽이다.

『자결장치』를 가져와도 핀이 대책을 강구했듯, 언젠가 아군은 적응한다. 그것이 모험자라는 자들이다.

적에게는 바레타가 있다. 이쪽의 제1급, 혹은 상급 모험자 전체의 전력을 파악하지 못할 리가 없다. 그녀는 승산이 없는 게임에 절대 손을 대지 않는다.

다시 말해 이블스에게는 『히든카드』가 있다.

'손가락이 점점 강하게 시큰거려……. 적에게는 뭐가 있지? 대체 뭘 시작하려는 거냐!'

날카로운 눈빛으로 핀이 도시 남쪽을 둘러보던 그때였다.

"다, 단장님!"

창백해진 라울이 강한 초조감과 함께 그 소식을 들고 온 것은.

"남서쪽에 배치됐던 【파밀리아】가 **궤멸**! 상급 모험자가…… 전원, 당했습니다……."

"……! 바레타인가!"

주위에서 차례차례 정보를 가져오던 척후들도, 눈만 움직여 『스파이 색출』을 하던 로키도 화들짝 돌아보았다.

경악을 드러낸 핀이 이내 되묻자, 라울은 창백하게 질린 표정 그대로 뻣뻣하게 고개를 떨었다.

핀은 처음에는 그것이 고개를 가로젓는 동작인 줄 알아보지 못했다.

"아닙니다……."

다른 상급 모험자에게 비호를 받으며 도망쳐와, 공포에 질린 나머지 목의 근육이 경련을 일으킨 휴먼 소년은 자신이 보고 들은 것을 말로 바꾸었다.

"대검을 든 전사랑…… 여자 마도사에게…… 순식간에…… 겨우 둘에게, 당했습니다……."

엄지가 비명을 지르듯 욱씬거렸다.

핀은 그 파란 눈을 한껏 뜨고 숨을 멈추었다.

10장

패자(霸者)

ASTREA RECORDS
evil fetal movement

Author by Fujino Omori Illustration,Kakage
Character draft Suzuhito Yasuda

© KAKAGE

한 걸음을 내디뎌 모든 것을 부순다고 했을 때.

한 차례의 공격이 모든 것을 박살 낸다고 했을 때.

한 번 휘둘러 모든 것을 절단한다고 했을 때.

그러한 『하나』는 『둘도 없는』 존재가 되어, 저지를 거부하는 위광이 된다.

둘도 없는 존재가 나아가는 길이란 다시 말해 『패도(覇道)』

그리고 패업의 길을 나아가는 존재란──『패자(覇者)』일 수밖에 없다.

그것은 천 년 전부터 정해져 있다시피 한, 절대적인 진리.

불꽃에 휩싸인 도시에서 『칠흑』의 검광이 굉음을 울렸다.

"끄아아아아아아아아아아아아아아아아아아아악?!"

"다, 다리가…… 내 다리가아아아아?! ──끄허억?!"

그 『검은색 덩어리』 앞을 가로막으려 했던 모험자들은 예외 없이 파괴되었다.

아무 저항도 허락받지 못하고 절단되는 자, 검광의 궤적이 스치기만 했는데도 팔다리가 날아가고 다음 공격에 산산조각으로 짓이겨진 자. 말을 할 수 없게 된 무참한 전사들의 주검, 그리고 살덩어리가, 아이러니하게도 좌우로 정렬되어 개선과도 같이 『패자』가 지나갈 길을 만들어냈다.

『검은색 덩어리』의 정체는 폭식의 악마에게서 도려낸 것과도 같은, 눈을 의심할 만큼 거대한 대검이었다.

『검은색 덩어리』를 든 『패자』는 칠흑의 풀 플레이트 아머를 입은 한 남자였다.

키는 가뿐히 2M을 넘는다. 머리에는 바이저가 달린 커다란 투구를 장착했으며 목 아래도 포함해 노출된 피부는 입매밖에 없었다. 설령 갑옷 안이 보인다 해도 그의 근골은 하나같이 우락부락하리란 것을, 대지를 진동시키는 걸음이, 바위도 조약돌처럼 짓밟아 부수는 무게가 전부 말해주고 있었다. 일반인이라면 입은 순간 쓰러져버릴 풀 플레이트 아머를 솜털처럼 다루며, 검은색 대검과 함께 휘둘러 적을 분쇄하는 모습은 사내가 힘의 화신임을 상징했다.

한 걸음을 내디딜 때마다 불꽃이 떨렸다.

강렬한 검광을 펼칠 때마다 시체가 흩어진다.

『패자』를 막을 수 있는 자는 없었으며, 사내는 패도——아니, 파도(破道)를 나아갔다.

"약하군. 너무 물러. 언제부터 모험자가 썩은 과일이 되었지?"

불똥의 바람을 머금어, 괴물의 혀와도 같은 심홍색의 외투가 펄럭거렸다.

듣는 이의 뱃속에 울려 퍼지는, 무겁고도 냉엄한 목소리가 타오르는 도시를 모멸했다.

"쓰다듬어줬을 뿐인데? 먹지도 않았고. 얼마나 나를 실망시킬 거냐, 오라리오."

대답하는 목소리는 없었다.

그 대신 **내리꽂힌 것은** 유성과도 같은 고속의 은창이었다.

완벽하게 사각에서 내리 찍힌 필살의 공격에, 사내는 그저 손목을 까닥거렸을 뿐이었다.

"——?!"

창날과 대검을 들지 않은 왼팔의 건틀렛이 불꽃을 뿜었다.

마치 문을 노크하는 듯한 몸짓으로 측면을 향해 휘두는 왼손의 건틀렛이 은색 일격을 미끄러뜨렸다. 갑옷 사내가 보기에 왼쪽 후방, 풀 플레이트 아머의 이음매가 있는 왼쪽 어깨를 노렸던 아렌은 기습공격에 실패한 데에 경악했다.

"너는 괜찮군. 바람처럼 빨라."

그때까지 앞을 가로막는 모험자들을 쳐다보지도 않았던 사내는 포석을 깎으며 착지하는 아렌에제 처음으로 눈길을 보냈다.

그리고 바이저 너머로 바라보는 납빛 두 눈에 캣 피플의 털이 오싹 곤두섰다.

"하지만 산들바람처럼 너무 가볍군."

다음 순간.

사내의 손이 잔상을 일으켰다.

그것만으로도 아렌은 날아가 버렸다.

"~~~~~~~~~~~~~~~~~~~~~~~~~~~~~~~~~
~~~~~~~~~~~~~?!"

짐승의 본능이 지는 포효에 따라 몸 앞에 내밀었던 은창과 함께 튕겨져 날아갔다.

팔꿈치의 뼈에까지 울린 충격에 눈을 크게 뜨며, 포석 위를 미끄러져 즉시 물미를 바닥에 꽂아 10M 이상 떨어진 위치에서 겨우 정지했다.

"……장난하나. 무슨 짓을 한 거야?!"

아렌은 온몸이 심장으로 바뀐 듯한 착각을 느끼며 고함을 질렀다. 얼굴에서 흘러내리던 땀방울이 튕겨져 날아갔다.

보이지 않았다.

아니, 그것이 아니다.

예비동작이 없었다.

마치 종이연극에 쓰이는 그림이 한 장 빠져버렸던 것처럼, 그저 가만히 서 있던 자세에서 느닷없이 시커먼 무언가가 아렌의 시야를 가득 메우고 있었던 것이다.

"그러니까 **쓰다듬었을 뿐이다.** 일일이 놀라지 마라. 모험자라면 냉큼『미지』를『기지』로 바꿔봐라."

동요하는 아렌과 달리, 갑옷 사내는 깎아지른 바위산처럼 유유히 대답했다.

이쪽을 돌아본 사내의 몸을 보고, 아렌은 겨우 깨달았다.

본인의 말대로, 적은 검은색 덩어리 같은 대검을『옆으로 치웠을』뿐이었음을.

"그렇지 않으면 그 머리를 쳐서—— 내가 먹어버린다."

"……!!"

아렌 프로멜은 만인이 인정할 정도로 흉포하다.

그는 무리를 짓지 않으며, 굴하지 않는다. 들고양이라 불리기에는 어울리지 않을 정도로 강하고 고고하다. 그의 송곳니와 발톱은 호랑이도 죽이며, 전차를 끌면 지평선까지 질주할 수 있다. 제1급 모험자로 올라갈 만한 실력을 가진 그를 신들도 여신의 전차——【바나 프레이아】라 칭송했다.

그런 아렌이, 『미지』의 괴물을 앞에 두고 처음으로 전율을 느꼈다.

"너——."

그때 제삼자의 목소리가 들렸다.

그가 든 대검은 수많은 적을 분쇄했음을 알 수 있을 만큼 피에 젖어 있었다.

그런 한편, 그의 녹슨 색깔 눈은 경악으로 물들어 있었다.

단 한 명의 진군을 가로막지 못하는 대로로 달려온 오탈은 시야 안쪽에 자리잡은 사내의 모습을 보고, 시간이 얼어붙은 것처럼 멈춰버렸다.

"아아, 드디어 아는 얼굴을 발견했군. 그렇다면 저 고양이는 네 후배인가?"

『패자』가 건넨 말을 듣고 확신했는지, 오탈의 얼굴이 균열을 일으킨 빙산과도 같이 일그러졌다.

그리고 굵은 땀방울을 쏟아냈다.

오라리오의 모험자가 봤다면 자신의 눈을 의심할, 【맹

자)가 조바심을 내고 있다는 증거.

아렌과 마찬가지로, 아니, 아렌 이상으로 도시 최강의 보어즈는 충격에 사로잡혀 있었다.

"………아렌, 프레이야 님께 가라."

이윽고.

그에게서 나온 것은 부상당한 짐승이 으르렁거리는 소리를 방불케 할 정도로 무겁고 고통스러운 지시였다.

"그분을, 지켜라."

"아앙?! 뭔 개소리를 하고 앉았어! 이 갑옷 자식은 내가 쳐 죽일 거다! 네놈이야말로 방해하지 마!"

감정에 불이 붙어버린 아렌은 전율을 짓이겨버릴 정도의 분노를 터뜨리며 외쳤다.

하지만,

"——내 말 들어!!"

"!!"

오탈은 이를 웃돌 정도의 노성으로 그의 말을 막았다.

처음 보는 보어즈 무인의 표정에 아렌이 움직임을 멈추었다.

평소에는 미동도 하지 않는 바위산 같던 무인의 얼굴은 눈을 크게 치켜뜨고 있었으며, 다음으로는 씁쓸한 표정을 지었다.

"……나를 조금이라도 단장으로 인정한다면, 제발 가다오. 나를 위해서가 아니라 여신을 위해…… 내 말을 들어줘."

처음으로 자신에게 탄원하는 오탈의 태도는 아렌의 불길을 꺼뜨리기에 충분했다.

언젠가 아렌이 반드시 쓰러뜨리겠다고 결심한 무인의 애원은, 누구보다도 여신의 몸을 걱정하고 있었으며, 무엇도다도『의구심』으로 가득했다.

수인들의 눈빛이 교차했다.

"…………쯧!"

이윽고 아렌이 물러났다.

지금의 상황과 오탈의 애원을 저울질해, 자신의 감정을 묵살하고 긍지도 압살한 채, 모든 것은 여신을 위해서라고 자신을 타이르며, 사내의 뜻을 받아들였다.

도시 중앙으로 향하는 캣 피플의 뒷모습을 지켜보던 오탈은 얕게 숨을 토하며 시선을 앞으로 되돌렸다.

"변하지 않았군, 그 여신 지상주의는. 아직도 젖을 떼지 못한 거냐, **애송이.**"

"큭……!"

천천히 다가오는 적의 목소리에 담긴 것은 이해할 수 없는 중압감.

자신을 젖먹이 취급하는 갑옷 사내에게 오탈은 지금도 동요를 채 억누르지 못하는 기색으로 목소리를 쥐어짜냈다.

"그럴 리가 없어…… 왜 네가 거기 있나!"

그『패자』의 이름을 외쳤다.

"자르드!!"

고막을 찢는 듯한 폭음이 그치지 않고 울려 퍼진다.

길이란 길이 모조리 연소하고 열풍이 소용돌이친다.

『악마의 바람이다.』

누군가가 속삭였다.

하늘을 날아다니는 수많은 불똥은 언뜻 환상적으로 보였으며, 하염없이 잔혹했다.

홍련의 불길을 온몸에 두른 모험자가 비틀비틀 헤매는가 싶더니 힘이 다한 것처럼 허물어졌다. 다른 곳에서는 쓰러진 형의 몸을 흔들며 우는 소년이 있었다. 누군가의 손에서 떨어진 너덜너덜한 곰 인형이 잔해 위에 널브러진 채 불타 쓰러지는 건물을 무기질적인 눈으로 올려다보고 있었다.

폭격과 무기의 소리, 비명과 노성.

지옥의 모퉁이에 울려 퍼지는 음향은 결코 사라질 줄 몰랐다.

"......................."

그런 지옥의 풍경 속에, 단 한 사람.

마치 바깥세상과 단절된 듯 정적을 두른 『여자』가 있었다.

로브를 머리부터 뒤집어써 얼굴을 가린 그녀는 눈을 감은 채 귀를 기울이고 있었다.

가공할 파괴와 살육 속에서, 꼼짝도 하지 않고, 그저 가만히 선 채.

주위를 오가는 절규의 소용돌이에 몸을 맡겼다.

"뭘 하고 있지?"

저벅.

잔해의 파편을 밟는 소리가 들렸다.

비취색 장발을 찰랑이며 나타난 하이엘프, 리베리아였다. 여자는 전혀 자세를 흐트러뜨리지 않고 대답했다.

"기피해야 할 잡음, 그러나 두 번 다시 들을 수 없는 선율. 거기에 귀를 기울이고 있지."

그 음성은 이 상황에 어울리지 않을 정도로 평온했다.

"내 나름의 경청이자 묵도다. 아무리 시끄럽다 해도 막상 사라져버리면 아쉬우니까……."

불꽃의 맹위 따위 아랑곳하지도 않는 것처럼, 잔잔한 바다와도 같은 말을 늘어놓는다.

"그게 사람 아닌가?"

후드를 출렁이며 돌아본 여자에게, 리베리아가 눈썹을 곤두세웠다.

틀림없는 분노를 담은 그녀는, 사실을 들이댔다.

"——네놈의 소행은 사람의 것이 아니다."

잇달아 터져 나오는 목소리와 안광이 붉은 감정에 흔들렸다.

"——네놈의 발밑에 펼쳐져 있는 것, 그것은 무엇이냐?"

여자의 발밑이란, 몇 겹으로 켜켜이 쌓여 **철저히 파괴된 모험자들**이었다.

"잡동사니."

그 무감정한 대답에, 한껏 팽팽해졌던 리베리아의 분노는 끊어지고 말았다.

"그만 됐다. 사라져라. 자신의 목숨으로 그 외도의 소행을 갚아라!"

격앙한 하이엘프가 지팡이를 들고 즉시 영창을 시작했다.

여기에 담긴 방대한 마인드와 전개되는 눈부신 매직 서클.

그리고 모두를 떨게 할 정도로 가공할 『마력』의 여파.

"【휘몰아쳐라 세 차례의 엄동── 나의 이름은 알브】!"

이를 앞두고.

대치한 여자의 표정은 그저 서늘하고 조용했다.

"【윈 핌불베트르】!!"

뿜어져 나가는 세 줄기의 눈보라.

모든 것을 얼려버릴 맹렬한 얼음의 파도에, 여자는 로브 자락을 펄럭이며 한쪽 팔을 들어올리고── 한 마디.

"【아타락시아】."

단지 그것만으로, 필살의 눈보라는 **소멸했다**.

"아니──?!"

리베리아의 두 눈이 한계까지 커졌다.

울려 퍼진 것은 파도가 가시고 소리 그 자체가 멀어져가는 듯한 굉음.

발생한 것은 『마법』의 완전소실.

마치 눈에 보이지 않는 장벽에 닿은 순간 공간 그 자체가 뭉텅 도려져나간 것처럼 모습을 감춰버린 포격마법에, 경악이 온몸을 침범했다.

동시에 리베리아의 뇌리에 떠오르는 것은 현저한 **기시감**이었다.

"상쇄―― 아니, 『무효화』?!"

리베리아의 입에서 초조함이 터져나온 것과 동시에.

마력의 소용돌이를 감지하고 서둘러 달려온 가레스가 지붕 위에서 여자의 머리 위로 뛰어내렸다.

"오오오오오오오오오오오오오오오오!"

가차 없이 내리꽂힌 배틀액스의 일격에 여자는 꼼짝도 하지 않고, 다시 한 마디.

"【가스펠】."

온몸으로 쩌렁쩌렁 퍼지는 중저음이 울린 순간, 가레스의 몸이 봇물 터진 듯한 기세로 날아가버렸다.

"끄어어어어어어어어어어어어어어어어어어어어어어어어억?!"

"가레스?!"

포탄이 되어 자신의 옆을 스치고 날아가 벽에 격돌하는 동료의 모습에 리베리아가 목소리를 높였다.

건물의 일각을 분쇄하고 드워프 대전사는 무수한 잔해를 뒤집어썼다. 도끼를 지면에 꽂고 어떻게든 일어나는 가운데, 여자는 역시 유유히 대치한 자들을 내려다보았다.

"여전히 시끄러운 녀석들이군. **8년 전부터 전혀 달라진 것이 없나 봐.**"

그 말에, 그 중압감에, 그 능력에.

리베리아와 가레스의 전율은 처절한『절망』으로 바뀌었다.

마력의 여파를 이기지 못한 듯 여자의 얼굴에서 후드가 흘러내렸다.

"이 마법의 파괴력……! 설마!"

그리고 나타난 것은 회색 머리카락.

"그 유일한 이능……! 네놈은!"

드러난 것은 여전히 감겨 있는 두 눈.

여자의 아름다운 맨얼굴을 본 순간, 가레스와 리베리아의 목소리가 겹쳐졌다.

""【정적】의 아르피아!""

여자는 그야말로 정적으로 무언의 긍정을 보였다.

"신시대 이후의 권속 중에서도 가장『재능』에 사랑받았던 여자……!『재능의 화신』이자『재앙의 괴물』!!"

"살아있었나, 【헤라 파밀리아】!"

기도문과도 같이, 혹은 저주와도 같이, 타오르는 도시에 그『전설』의 이름이 쩌렁쩌렁 울려 퍼졌다.

헤라. 최강의 이름을 단『정적의 마녀』는 미친 듯이 날뛰는 마력의 입자와 불똥을 두르고 오라리오에 돌아왔다.

"내가 왜 여기 있느냐고?"

철그럭.

소리를 내며, 사내의 한 손이 투구를 벗었다.

시야에 들어온 얼굴에 오탈은 숨을 멈추었다.

눈꺼풀을 거쳐 두 눈에 내달린, 짐승의 발톱에 찢겨나간 듯한 깊은 흉터.

처음 해후했을 때 혈육의 색처럼 보였던 진홍색 머리카락.

모든 것이 기억 그대로였다.

오탈에게 압도적인 힘을 가르쳐주고, 『부조리의 강함』을 새겨주었던, 과거의 무인이 다시 눈앞에 나타났다.

"【제우스 파밀리아】가 사라졌다. 그렇다면 그에 어울리는 전장을 찾을 뿐. ……그걸로 납득하지 못하겠나?"

엄청난 혼란으로 마음속이 노도의 소리를 냈다.

동요와 필사적으로 싸우던 오탈이 쥐어 짜낸 것은, 전해 들었던 사내의 말로뿐이었다.

"베히모스와 싸운 후 일선에서 물러나, 죽었다는 소문까지 들렸던 네가, 왜 지금 와서……!"

오탈이 마지막으로 자르드를 보았던 기억은 과거의 전장에서 끊어졌다.

세상의 종말과 분간이 가지 않는 검은 사막 속에서, 『위

© KAKAGE

대한 괴물』 중 한 마리에게 마지막 일격을 꽂던 자르드는 마치 사명을 다한 영웅처럼 지평선의 아침놀을 받으며 숨이 끊어져 있었다.

모래바다의 한복판에서, 묘비와도 같이 꽂혀 있던 그의 대검이, 지금도 오탈의 눈에 새겨져 있었다.

"망령으로 보이나? 두 다리는 붙어 있지 않나. 아니면 악몽에 잡아먹히는 게 소원인가?"

자르드가 건넨 말은 있는 그대로의 현실뿐이었다.

지금 자신이 이 장소에 서 있는 것이야말로 유일한 답이라는 듯, 한 손으로 무기를 고쳐든다.

"그렇다면 검을 들어라. 한입에 머리를 씹어먹는 것도 재미없지. 꼼꼼히 씹어서 내 혈육으로 만들어주마."

검은색 덩어리의 날끝을 들이댄 사내에게, 오탈은 낯을 일그러뜨릴 대로 일그러뜨렸다.

"……모르겠군."

"뭘 말인가?"

"나는 무식하다. 하지만 그걸 차치하고서라도, 모르겠다."

그것은 이해할 수 없는 존재에 대한 당혹감이었다.

"과거에는 융성의 극에 달해 도시를 지켰던 최강자의 일원이었던 네가, 왜 지금, 이블스에 붙어서 오라리오를 위협하는지."

8년 전까지—— 그야말로 약 천 년의 세월에 걸쳐 오라리오의 수호자로서 군림해왔던 것은 다른 이도 아닌 제우스와 헤라의 파벌이었다. 로키와 프레이야, 현재의 양대 파벌은 말하자면 후발주자다.

과거의 수호자가 뒤집혀 『침략자』가 되었다는 사실.

오탈은 그 사실을 앞에 두고 의구심과 혼란을 폭발시켰다.

"그 모순은…… 대체 뭐냐!"

목을 떨며 터뜨린 대음성에.

자르드는 그저 지독히 재미없다는 듯 눈을 가늘게 떴다.

"나는 이미 검을 겨누고 있다. 그럼에도 적의 동기를 알아야만 싸울 수 있다는 거냐?"

전투의 섭리를 설파하는 진정한 무인에게, 오탈은 말문이 막혀버렸다.

자르드는 저주와도 같은 ──과거의 미숙한 자신에게도 건넸던── 말을 입에 담았다.

"이렇게 나약할 수가. 이렇게 취약할 수가."

그것만으로도 오탈의 심장 박동은 완전히 엇나가버렸다.

"파벌은 다를지언정 너의 『우직함』은 높이 평가했다만…… 내가 사람을 잘못 봤군."

"큭……!"

확실한 환멸의 눈빛에 오탈은 이때 처음으로 동요했다.

최소한도의 저항으로 마주 노려보고 있을 뿐이었다. 그러자 자르드는 잠시 검을 지면으로 향했다.

"뭐, 됐어. 겸사겸사 들려주지."

용의 변덕과도 같이, 보어즈 무인의 물음에 대답해주었다.

"내 모순이란 지금의 네게 품었던 것처럼── 모두『실망』의 연장선상에 있다."

"도시를 습격한 이유가,『실망』이라고……?!"

같은 시각, 다른 장소에서 갑옷 사내와 같은 말을 입에 올린『정적의 마녀』에게 리베리아가 아연실색했다.

"그렇다.『실망』이야말로 우리를 다시 영웅의 도시로 이끌고, 쟁란을 불렀지."

회색의 장발이 흔들렸다.

시선 너머에 서 있던 아르피아는 한 손으로 가슴께를 훑고, 이제는 쓸모가 없어진 로브를 땅에 떨어뜨렸다.

그녀가 몸에 두른 것은 전장에는 어울리지 않는 칠흑의 롱드레스.

그러나 그 드레스가 과도할 정도의 마력내성을 가진『마법복』임은 마도사라면 한눈에 알아볼 수 있었다.

그리고 그것은 결코 외부의 공격을 막아내기 위한 장비가 아니다.

지나치게 강력하기에 여파나 반동만으로도 방어구가 너덜너덜해지고 마는 자신의『마법』으로부터 몸을 보호하기 위한 의상이다.

"무슨 소릴 하나! 무엇에 실망했다는 게냐, 네놈은!"

유린을 위한 옷을 입은 여자를 바라보며, 곤혹감을 노성으로 바꾸는 가레스.

아르피아는 여기에 선선히 대답했다.

"모든 것에 대해. 그리고 그중에는 오라리오도 포함되지. 그뿐이야."

머리에 피가 솟구친 것은 엘프도 드워프도 마찬가지였다.

눈꼬리를 곤두세운 리베리아의 입에서는 분노의 외침이 터져나왔다.

"웃기지 마라……. 네놈이 아무리 강대하더라도 낙담 하나 때문에 도시를 파괴할 이유가 될 줄 아나!!"

"지저귀지 마라, 엘프. 이곳은 잡음이 너무 많아. **그렇다면 솎아낼 수밖에.**"

리베리아와 가레스의 감정을 헤집어놓을 정도로 그녀는 부조리의 여왕이었다.

한 점의 아쉬움도 느껴지지 않는 음성. 그러나 여기에는 단 하나, 탄식이 담겨 있었다.

"가증스러운 제우스와 헤라가 기고만장하도록 용납하고, 이 현세에 달콤한 꿈을 꾸게 했지. 그렇다면 권속인 우리에게 일말의 책임이 있지 않겠나. 그러니, 짓밟는다."

여자의 말을 이어받듯 오탈의 앞에서 무인이 고했다.

"신의 시대는 곧 끝난다. 우리가 끝내겠어."

리베리아와 가레스의 앞에서 마녀가 고했다.

그리고 두 명의『패자』는 동시에 선고했다.

""그러므로 사라져라, 모험자.""

""————————웃?!""""

그 의지에, 살의에.

오탈이, 리베리아가, 가레스가 전율의 소용돌이로 곤두박질쳤다.

"모든 것을 정적으로 되돌려주지. 끊어져라."

그 직후 일렁이는 마력.

앞으로 내민 아르피아의 오른팔과 호응해『마법』이 울부짖었다.

마치 거인이 하늘의 종을 울린 것처럼 세계가 흔들린 직후—— 빛의 포효가 태어났다.

"으윽?!"

도시 남서쪽 방향에서 발생한 가공할 진동과 마력의 충격.

오탈이 경악의 시선을 돌린 한편, 자르드는 투구를 다시 썼다.

"아르피아가 시작했군. 우리도 붙어보자. 여자에게 한 발 뒤처진 채 남자라고 나설 수는 없지."

"아르피아……【헤라 파밀리아】까지……!"

그가 말한 여자의 이름에 오탈의 표정은 마침내 초조함으로 가득 차버렸다.

【제우스 파밀리아】와【헤라 파밀리아】.

이 미궁도시에서 오래 살아왔던 자들 중 이들 양대 파벌이 얼마나 위대하고 말도 안 될 만큼 압도적이었는지 모르는 이는 없다.

"너도 정말 운이 없군, 프레이야의 애송이. 이렇게 또 나에게 쓰러지다니."

그 중에서도 오탈은 그야말로 제우스와 헤라의 힘을 몸으로 알고 있는 자였다.

그는 지고 또 졌다.

영웅이라 불리기에 어울리는 제우스의 전사들에게.

그 무엇보다도 부조리한 헤라의 여걸들에게.

그리고 눈앞을 가로막고 있는『폭식의 화신』그 자체에게.

이 오라리오에서 오탈이 그동안 맛보았던 것은―― 패배와 굴욕의『흙탕물』이었다.

"큭……!!"

오탈이 바위 같은 주먹을 움켜쥐었다.

녹슨 색깔의 눈이 패배의 기억이라는 이름의 몽환을 보며 흔들렸다.

과거 한 번도 넘어선 적이 없었던 높은 경지에 마음이 떨렸다.

"울부짖어라. 와라. ――내게 잡아먹히고 싶지 않다면."

사내가 요구하는 것은 그것뿐.

질릴 줄 모르는 전의를 탐하는 칠흑의 갑옷이 대검을 겨누었다.

어금니를 부서져라 악물고 있던 오탈은 자신도 무기를 들고, 온몸에서 공포를 떨쳐내려는 듯 부르짖을 수밖에 없었다.

"——으으으으으으으으으으으으으으으으으으으으으으으으으으으으으으!!"

저돌의 포효.

대검을 뽑아, 겨누고, 검은 갑옷을 향해 약진했다.

온갖 것들을 분쇄하는【맹자】의 돌격. 하지만————
그 사내를 부수는 것만은 불가능했다.

"미지근하군."

한 차례의 공격.

그뿐이었다.

"————."

오탈이 속도와 기세, 그리고 모든 체중을 실은 혼신의 일격이 검은색 덩어리의 한 차례 공격에 튕겨져 날아갔다.

정교한『기술』.

무엇보다도 탁월한『완력』.

돌진의 기세를 상쇄당한 정도가 아니라, 무기가 튕겨져 날아가며 꼴사납게 나자빠진 오탈은, 보았다.

정지한 시간 속에서, **이미 되돌아와 자신을 향해 내리꽂히고 있는 검을**, 보고 말았다.

모든 것이 분쇄 당하기 직전.

찰나의 틈바구니.

바이저 안에서 이쪽을 바라보는 사내의 두 눈이 무자비하게 선고했다.

약하다, 고.

"———?!?!?!?!"

온갖 감정이 작열이 되어 오탈을 불태우기 전, 내리꽂힌 새까만 검광이 모든 것을 끝내버렸다.

그때.

대지가 통곡했다.

"""""우웃?!"""""

지면 정도가 아니라 도시 그 자체를 뒤흔드는 터무니없는 충격에, 전투를 지속하던 류는 카구야나 샥티와 함께 말문이 막혀버렸다.

"지진?!"

"아니야! 이건……!"

"터무니없는 일격——!!"

넘어질 뻔했던 랴나가 갈팡질팡하고, 그녀의 동요를 라일라가 부정했다. 그리고 알리제는 경악의 눈빛을 충격이 발생한 방향으로 돌렸다.

『패자』의 일격이 타오르는 미궁도시에 공백을 새겼다.

각자 전황을 지원하던 아스피와 팔가가.

사병을 상대로 분전하던 바벨라들이.

몇 자루나 되는『마검』을 휘두르던 애꾸눈 스미스가.

하얀 번개를 뿜어내던 요정이.

동료를 이끌던 웨어울프가.

정신을 차린 파룸 소녀가.

그리고 도시 중앙에서 지휘를 맡던 【로키 파밀리아】와 핀이, 아연실색해 움직임을 멈추었다.

"…………오탈?"

땅속에서 퍼져나온 진동처럼 길고 낮게 울리던 충격의 파도가 가라앉을 무렵.『바벨』최상층에서 프레이야는 눈을 크게 뜬 채 닿지 않는 중얼거림을 흘리고 있었다.

여신의 시선이 쏠린 장소, 강력한 참격의 여파에 불바다가 날아가버린 장소에, 서 있는 자는 하나뿐이었다.

칠흑의 갑옷을 걸친, 진정한 무인뿐이었다.

"…………, …………, …………커억."

빈사의 신음.

흐려지고 희미해진 시야의 초점.

몇 겹이나 되는 벽을 부수고, 근육이란 근육, 뼈라는 뼈를 모조리 파괴당한 보어즈의 거구가 무참히 지면에 가라앉았다.

의식이 티끌이 되어 사라지기 직전, 얼마 남지 않은 힘을 긁어모아 안구를 움직였다.

자신을 꿰뚫고 있는 것은 『실망』의 눈초리.

굴욕의 『흙탕물』을 뒤집어쓰고, 【맹자】 오탈은, 패배했다.

"……오탈?"

도시 중앙으로 열심히 달려가던 아렌의 발도 그때 정지했다.

거짓말처럼 조용해진 정적이 짐승의 귀를 꿰뚫어, 건물 옥상 위에서 돌아보았다.

이미 멀리 떨어진 저편.

자신이 남기고 온 전장은 더 이상 전장이 아니었으며, 한 보어즈가 쓰러진 묘지로 변해버렸다.

"…………야. 웃기지 마. 뭐 하자는 수작이야. 쳐 자고 있을 때냐고."

시선 너머의 광경을 보고 동요에 빠져, 미친 듯이 날뛰는 폭풍으로 변했다.

손에 쥔 은창을 부들부들 떨던 아렌은 온 성량을 다해 외치고 있었다.

"오탈!! 뭐 하고 자빠졌어! 냉큼 일어나아아아아아아아아아아아아아아아아아아!!"

여신의 곁으로 향하던 다리가 명령을 위반하고 충동에 사로잡히면서 보어즈의 곁으로 돌아갔다.

"흐흐흐, 하하하하하하……! 해냈다, 【맹자】가 쓰러졌어어―――!!"

홍소를 터뜨리는 『악』의 권속들.

고지대에서 이 모습을 처음부터 지켜보았던 올리버스가 환희를 터뜨린 순간, 이블스의 병사들이 일제히 환호성을 올렸다.

"과거에는 대신 제우스의 권속이었으며 지금은 이블스의 사도! 자르드가 최강의 모험자를 꺾었다! 칭송하라, 동지여! 그리고 오라리오를 절망에 빠뜨려라아아아아아아아아아아아아아아아아아아!!"

"""우와아아아아아아아아아아아아아아아아아아아아아아아아!!"""

"""자르드!! 자르드!! 자르드!! 자르드!!"""

두 팔을 벌린 올리버스를 우러러보며 병사들이 열광의 소용돌이를 만들어냈다.

주먹을 치켜드는 자, 무기를 드는 자, 목이 터지도록 광열의 음색을 외치는 자.

승자이자 『패자』의 이름을 연호하며 포효의 폭력을 한데 겹쳤다.

그것은 시간이 얼어붙은 것처럼 멈춰버린 모험자들을 비웃는 『승리의 함성』이었다.

"오탈이…… 당했어……?"

울려 퍼진다. 전해지고 말았다.

도시 최강의 상징이, 패배했다는 사실이.

"거짓말이야…… 안 믿어! 그 자식을 쓰러뜨리는 건 나라고, 우리라고!!"

파문이 퍼져갔다. 심각할 정도로 영향을 미치고 말았다.

『악』의 함성에 가장 크게 희롱당하는 에인헤랴르들 중에서 회그니는 동요해 고함을 지르고,

"――회그니, 피해에에에!!"

"우읏?!"

그리고 붙들리고 말았다.

체면이고 뭐고 내팽개쳐버린 헤딘의 고함도 허무하게 『요마』 자매의 마수에.

""회그니 못써! 한눈팔면 못써!""

"――커어억?!"

""봐봐, **몸에 구멍이 뚫려버렸네!!**""

파룸 4형제도 궁지에 몰려 있었다.

"그 멧돼지가 당할 리가 있냐!!"

"죽여도 안 죽는 놈인데!!"

"웃기지 마!!"

"정신줄 놓지 마라! 드바린, 베링, 그레르!!"

몸에 걸친 갑옷은 이미 너덜너덜해진 채 알프릭이 외쳤다.

"이 자식들 전부 Lv.5다!!"

이성을 잃은 『홍전사』들의 포효가 【맹자】의 패배를 축복한다.

"오탈이 쓰러졌다니…… 거짓말이지?!"

"제1급 모험자가?!"

"……이제 어떻게 하라고……."

끊어지지 않는 혼돈의 포효는 금세 질서의 전의를 찢어 발겼다.

오라리오 곳곳에서 솟아나는 이블스의 승전가에 모험자들은 말문이 막히고, 낯을 새파랗게 물들이고, 손에서 무기를 떨어뜨렸다.

도시 최강의 모험자가 꺾였다는 정보는 해일처럼 퍼져나가, 낭떠러지에서 싸우던 그들의 사기를 현저히 떨어뜨렸다.

"【맹자】가, 쓰러졌어……?!"

"그럴 리가……! 게다가【제우스 파밀리아】라니?!"

류와 카구야도 마찬가지였다.

이성을 잃지 않도록 노력하는 것이 고작이라, 격진하는 오라리오 내에서 그대로 굳어버렸다.

저울은 계속 기울어져만 간다.

흉보를 거듭하듯 심대한 충격이 다시 피어났다.

"""?!"""

화들짝 돌아본 류와 카구야의 시선 너머에서 작열한 것은『마법』의 폭음.

장소는 그녀들에게서 몇 구역 떨어진 대로.

주위의 건물이 옆으로 쓰러지며 일그러지는 가운데, 엘프와 드워프가 동시에 허물어지고 있었다.

"────크, 아."

장벽을 분쇄당한 리베리아가 먼저 쓰러지고, 방패를 잃은 가레스도 뒤를 따르듯, 박살이 나버린 포석으로 빨려 들어갔다.

"시시하군……."

그 광경을 본 아르피아는 무감정하게, 그리고 초연하게 중얼거렸다.

"【나인 헬】, 【엘가름】까지……?!"

그 광경을 누구보다도 빠르게 관측해버린 것은 아스피.

오탈에 이어 격파당한 【로키 파밀리아】 간부진의 모습에, 전황을 지켜볼 수밖에 없었던 그녀도 마침내 절망에 물들었다.

"——제1급 모험자가 쓰러졌다. 도시 최강전력이! 이렇게나 덧없이!!"

어둠의 웃음소리는 그치질 않는다.

주위에서 울려 퍼지는 이블스의 포효——『악』의 갈채에 바레타는 미칠 듯한 환희로 가득 차올랐다.

지면을 향해 부르짖고, 그런가 하면 고개를 들며 악을 썼다.

"하하하하하하하하하! 이제 총력전의 전제는 뒤집어졌지롱, 핀~! 이제 네놈들은 끝장이야!"

오라리오를 상대할 때 최대의 장애, 제1급을 포함한 상급 모험자들.

그런 강대한 모험자의 수도, 질도 모두 분쇄해버리는

『왕』과 『여왕』이 나타나면서 국면은 완전히 이블스 측으로 기울어졌다.

　아마도 바레타가 내다본 대로.

　그리고 『흑막』이 그려놓은 예정대로.

　"자아, 참극의 『본방』이 시작된다아!"

　바레타의 선언에, 타오르는 도시를 조용히 나아가던 『신』은 고개를 끄덕이고 있었다.

　――――그래. 『최고의 악극』을 열어보자――――.

『사신』은 혼자 웃고 있었다.

11장

절대악

ASTREA RECORDS
evil fetal movement

Author by Fujino Omori Illustration Kakage
Character draft Suzuhito Yasuda

중후한 장갑에 싸인 사바톤(정강이받이)이 철저히 파괴된 대로를 따라 나아간다.

금세 지진 같은 소리가 들려올 듯한 걸음으로 나아가는 자르드는 무참히 쓰러진 보어즈 앞에서 발을 멈추었다.

그리고 내려다보았다.

"이 정도인가…… 기대가 과했군."

툭 떨어뜨린 것은 말 그대로 『실망』.

희미한 목소리의 조각은 막이 씌워진 것처럼 들려오고 있음에도, 오탈은 움직이지 못했다. 의식이 각성과 암흑의 경계에서 흔들리기는 하지만 손도 쓰지 못할 정도로 철저한 패배를 맛본 육체의 지배권을 되찾을 수 없었다. 분노로 몸을 떨면서도, 분을 못 이겨 죽지도 못한 채, 손끝을 떠는 것이 고작이었다.

그런 오탈의 모습에 자르드는 동정도 연민도 품지 않았다.

그저 실망을 준 후배를 저버리듯, 대검을 한 손으로 쳐들었다.

"일어나지 못하겠다면 그뿐이지. ──끝나라."

단두대와도 같은 거대한 칼날이 오탈의 목을 향해 빨려 들어갔다.

"쯧──!!"

"!"

그때였다.

머리가 떨어지기 직전, 사선으로 변한 검은색 그림자가

보어즈 무인의 거구를 앗아간 것은.

무기인 은창을 내팽개치고 얻은 최대 가속.

자르드의 눈이 약간이나마 커질 정도의 속도.

아렌이 오탈의 거구를 난폭하게 붙잡고 아슬아슬하게 구해냈던 것이었다.

"망할!"

그러나 그도 멀쩡하지는 못했다. 대가를 치러야 했다.

오탈 대신 베인 왼팔을 축 늘어뜨린 채, 피를 뿌리면서, 그래도 아렌은 바람이 되어 그 자리에서 이탈을 시도했다.

비참한 꼬락서니의 오탈에게도, 후퇴밖에 할 수 없는 자신에게도 분노를 느끼며 『패자』에게서 도망쳤다.

"……도망쳤나. 뭐, 상관없지."

혼자 남은 자르드는 뒤를 좇지 않았다.

추격에 나서 그의 등을 찔러버리는 것도 가능하지만, 아렌과 오탈을 놓아주었다.

"다시 굴욕의 흙탕물이라도 곱씹고 있거라, 애송이."

진홍색 망토를 펄럭이며, 그 말을 내뱉었다.

"크윽——!!"

같은 시각.

아렌이 목숨을 걸고 오탈을 구해낸 것처럼, 아스피 또한 몸을 날리고 있었다.

아직 시제품 단계인 『비행 샌들』.

미완성인 그것을 사용해, 비행이 아니라 『허공에서의 가속』을 낳았다.

폭탄을 뿌려 폭풍의 벽을 만들어내며, 정적의 마녀에게서 리베리아와 가레스를 회수했다.

"상관없어. 어차피 아무도 벗어나지 못해."

그리고 아르피아도 역시 낯빛 하나 바꾸지 않았다.

두 사람의 몸을 끌어안고 하늘 높이 도약한 아스피에게서 관심을 잃고, 발을 다른 방향으로 돌렸다.

"그 신의 『시나리오』로부터는, 결코."

지금부터 시작될 『악극』에게로.

✦

"보, 보고! 도시 남서쪽 방면의 아군, 모험자가 전멸했습니다!"

울부짖는 피난민과 부상을 입은 모험자가 속속 모여드는 센트럴 파크.

그곳에 뛰어든 【로키 파밀리아】의 단원에게 핀이 경악한 목소리를 터뜨렸다.

"전멸?! 모든 모험자가?!"

"네, 네엣! 후퇴한 사람도 있는 것 같지만…… 지금 남서쪽 구역에 서 있는 모험자는 없습니다!"

그 소식으로 그치지 않고, 또 다른 단원이 숨을 헐떡이며 달려왔다.

"로키, 단장님! 리, 리베리아 씨와 가레스 씨가…… 패배했다는, 소식이……."

"머라꼬?! 갸들은 무사하나?!"

"【페르세우스】가 구출했지만…… 중상이라, 의식이 돌아오지 않는다고 합니다……!"

낯을 창백하게 물들인 단원의 절망감은 안색이 바뀐 로키만이 아니라 주위에 있던 젊은 단원들에게도 전염되었다.

"그럴 수가…… 리베리아 씨와 가레스 씨가………… 졌어?"

라울이 망연자실해 중얼거렸다.

오탈의 격파에 이어 날아든, 아군 파벌 간부의 패배.

도시 최강 마도사로 명성이 자자한 리베리아와 어떤 공격을 받아도 결코 쓰러지는 일이 없었던 대전사 가레스. 그 두 사람이 패배했다는 소식은【로키 파밀리아】의 사기를 꺾어놓기에는 충분한 위력이었다.

젊은 단원들을 중심으로, 전의가 덧없는 모래성처럼 허물어지려 했다── 그러나.

이를 용납하지 않는 자가 있었다.

핀이었다.

"적의 정보는!!"

라울과 젊은 단원들의 어깨가 흠칫 떨릴 정도의 성량으로, 마음을 잠식하려던 절망을 날려버렸다.

발파와도 같은 용자의 목소리가, 설령 한순간에 불과하다 해도 모두가 비관을 잊게 만들었다.

　"회, 회색 머리카락의 마도사로, 묘령의 여성! 초단문영창을 구사하고, 공격력도 어마어마했지만 마법의 포격도 듣지 않았다고 합니다!"

　핀의 목소리를 정면에서 뒤집어쓴 단원은 차렷 자세로 대답했다.

　핀은 아직 포기하지 않았다. 역경에 굴하지 않는 지휘관의 모습은 전의를 상실할 뻔하던 말단 단원들의 동요를 막아주었다. 냉정함을 되찾은 단원들은 어떻게든 마음을 다잡고 일단은 발을 움직였다.

　절망의 조각상이 되는 것을 거부하며, 피난민의 유도나 바리케이드의 증설 등 자신이 할 수 있는 일에 분주했다.

　'회색머리 마도사, 게다가 마법의『무효화』…… 아르피아인가! 제우스의 자르드만이 아니라 헤라의 권속까지!'

　한편, 사기가 떨어지는 것을 막았던 핀의 마음속은 잔잔하지 못했다.

　자신의 의구심은 결코 입 밖에 내지 않은 채, 생각을 풀 가동시켰다.

　'8년 전부터【스테이터스】에 변동이 없었다 해도 둘 다 Lv.7! 지금 상황의 그 어떤 제1급 모험자를 투입한다 해도 당해낼 수 있을지 알 수 없는 상대!!'

　정보와 상황을 대조해보고 도출된 것은『최악』이라는 두

글자.

과거의 최강── 그 누구도 범접할 수 없었던 절대부동의 군림자들이, 더할 나위 없는 위협이 되어 오라리오에 돌아온 것이다.

"전장을 장악당했다……! 이게 『히든카드』였나, 이블스! 바레타!"

최악의 비밀병기에 자기도 모르게 말을 내뱉었다.

그만큼 오탈, 리베리아, 가레스의 패배는 핀이 국면 위에 쌓아올렸던 진형에 치명적인 균열을 일으켰다는 것을 의미했다. 제1급 모험자가 함락되면 다른 전장에도 적지 않은 영향이 미치고 만다.

아군이 후퇴한다는 의미에서도, 『악』의 사기가 올라간다는 의미에서도.

"제1급 모험자들의 패배로 인해 각 【파밀리아】의 사기가 떨어졌습니다! 남쪽을 중심으로 적의 유린을 밀어내지 못하고 있습니다!"

"다, 단장님! 하다못해 지원군이라도! 리베리아 씨와 가레스 씨가 있는 곳으로……!"

보고를 거듭하는 단원들의 곁에서 라울까지도 호소하고 있었다.

아직 오라리오에 온 지 1년밖에 안 된 모험자는 다른 단원들과는 달리 당장 움직이지 못한 채 리베리아와 가레스를 걱정한 나머지 증원을 진언했다.

"안 돼! 우리는 센트럴 파크를, 『바벨』을 사수한다!"

그러나 핀은 그것을 받아들이지 않았다.

두 친구를 걱정하면서도 강철 같은 의지로 호소를 밀어냈다.

"이 전쟁에서 적의 노림수는 틀림없이……!"

신들과 마찬가지로 적의 『목적』을 간파하고 있는 핀은 망설임을 끊어버리는 힘찬 태도로 명령을 내렸다.

"방어선 남쪽을 포기한다! 잔존세력은 도시 중앙에 집결하도록 지령을 내려! 북쪽의 【프레이야 파밀리아】와도 연계를 취한다! 가라!!"

""네, 네엣!""

그 호령에 라울과 단원들은 등을 떠밀린 것처럼 명령을 전하기 위해 뛰어갔다.

그 후로 파룸의 지시와 고무의 목소리는 끊이지 않았다.

명확한 열세에 몰린 상황에서도, 모험자들의 지주가 되어 『용자』로서 존재하는 핀은 자신의 오른손을 내려다보았다.

'최악이 틀림없는 이 상황에서도──── 엄지가 계속 시큰거린다. 이것조차 아직도 『개막전』에 불과하다는 건가?'

제육감이라 부를 만한 것이 핀에게 경종을 울려대고 있었다.

그 푸른 눈과 함께 낯을 일그러뜨리며 중얼거린다.

"……뭐가 오는 거지? ……뭐가 있지?"

수습되지 않는 맹렬한 불길.

어둠을 붉게 물들이는 도시를 둘러보며, 핀은 허공을 향해 물었다.

"대체 **거기 있는 것은———.**"

"**———누구냐.**"

헤르메스가 중얼거렸다.

사방에서 아직도 비명이 끊이지 않는 대로에서——— 도시의 참상을 둘러보며, 마치 핀의 물음을 이어받듯, 날카로운 눈빛으로 독백을 떨군다.

"대체 누구냐? 이『시나리오』를 쓴 신이."

헤르메스는 확신하고 있었다.

이『대항쟁』의 경치를 그려낸『흑막』이 존재한다는 것을.

"이블스가 정성스럽게 만들어낸 도시 파괴 계획? 멍청한 소리. 돌아가도 너무 잘 돌아가고 있잖아."

그것은 단언이었다.

반감이며, 혐오이며, 전율이었다.

인간이 아닌 존재에 대한 정당한 평가였다.

"시기, 안배, 치고 빠질 타이밍. 모든 요소가 하계 아이들이 생각할 수 있는 지혜의 범주를 넘어섰어. 반드시 뒤에서 모든 것을 획책한 신이 있다."

"맞아. 그리고 그건 지금도 우리를 비웃으면서 더 큰『절망』에 빠뜨리려고 하고 있지."

그 곁에서 고개를 끄덕인 것은 아스트레아.

그녀 또한 몸을 엄습하는 예감으로 한쪽 손을 가슴에 얹고 있었다.

"끔찍한 사악의 태동…… 아직도 무언가가 기다리고 있어!"

여신의 말을 긍정하듯, 하늘로 솟아나는 검은 연기가 악마의 흉흉한 웃음처럼 일렁거렸다.

✦

"!!"

그때.

알리제는 고개를 홱 들었다.

"알리제! 왜 그래?!"

진격의 기세가 늘어난 이블스와 맞서 싸우던 라일라가 목소리를 높였다.

"……아스트레아 님이 위험해."

"뭐?"

"이유는 모르겠어. 하지만, 직감! 아스트레아 님에게 위험이 닥치고 있어! ──찾아야 해!"

스스로도 설명할 수 없었던 알리제는 마음의 경종에 따라 외쳤다.

모험자가 아닌 동물의 본능이라 해야 할 만한 그녀의 초조함에, 라일라는 놀라서 그녀의 옆얼굴을 빤히 바라보았다.

"기, 기다려봐, 알리제! 찾는다니, 여길 떠날 여유는……!"

"맞아! 시민들은 어떻게든 피신시켰지만 적의 공격이 아까부터 계속 위험해지고 있어! 일타도 한계고!"

낯이 창백해져 반론하는 수인 네제와 아마조네스 이스카.

【아스트레아 파밀리아】의 현재 위치는 적의 공세가 가장 격렬한 도시 남쪽. 센트럴 파크에 직결된 도로 중 하나였다. 총지휘관 핀이 센트럴 파크 남쪽의 수비를 포기했다고는 하지만 이곳이 뚫리면 도시 중앙에 더 많은 적군이 밀려들게 된다. 센트럴 파크에 최종방어선을 펼친 【로키 파밀리아】의 부담을 줄이기 위해서라도 이곳은 사수해야만 했다.

주위에서는 이스카와 같은 붉은 머리의 아마조네스 일타가 적의 피를 뒤집어쓴 채 악귀 같은 모습으로 싸우면서 【가네샤 파밀리아】를 이끌고 있었다. 이곳에서는 보이지 않지만 건물 한 블록 너머 남쪽 메인 스트리트에서는 카구야와 류가 샥티와 함께 분전하고 있을 것이다.

【가네샤 파밀리아】와 연계해 어떻게든 적을 막아내고 있는 지금, 결코 전력에 여유는 없었다.

"……아냐, 괜찮아. 네제, 이스카. 알리제랑 같이 가."

"라일라?!"

하지만 라일라는 알리제의 등을 밀어주었다.

네제가 놀라 외쳤지만 라일라는 센트럴 파크 방향을 흘끔 보았다.

"우리 바보 단장도 핀처럼 『예감』을 느끼는 체질이잖아. 만약 정말로 아스트레아 님한테 무슨 일이 생기면 우리는 그걸로 끝장이야."

주신 아스트레아가 만약 송환되기라도 한다면 권속인 그녀들은 일시적으로 【스테이터스】가 봉인되어 싸울 수 없게 되고 만다. 이 자리를 돌파당할 위험성과 저울질을 하고 내린 판단이었다.

라일라는 알리제의 직감을 믿는 것이다.

"이쪽은 가네샤 애들이랑 같이 어떻게든 해볼게."

"미안해, 라일라! 부탁해!"

"만약 뒈져버리면 천계에서 마구 침 뱉어줄 거다."

알리제와 시선을 나누며 억지로 웃어주자,

"안 돼! 죽는 건 안 돼! 너덜너덜해지는 한이 있어도 내가 용서하지 않을 거야!"

알리제는 뜬금없을 정도로 밝은 웃음으로 대답했다.

"단장 명령! 버텨! 그리고 살아!!"

그 웃음에 라일라만이 아니라 네제와 다른 단원들까지도 눈을 동그랗게 떴다.

파룸 소녀는 태양을 올려다보듯 눈을 가늘게 뜨고 입술을 틀어올렸다.

"……빨랑 가기나 해, 바보야."

다시 전장으로 뛰어드는 라일라의 등에 고개를 끄덕여주고 알리제는 뛰어나갔다.

"아스트레아 님은 전선에 나가서 지시를 내리고 계셔! 접촉한 모험자의 정보를 따라가면서 찾아보자!"

"알았어!"

금방 뒤를 따라오는 네제, 이스카에게 지시를 내리면서, 지금도 치밀어오르는 불안에 시달리면서 알리제는 경애하는 주신의 이름을 불렀다.

"아스트레아 님……!"

♨

밤하늘의 별이 점점 보이지 않고 있었다.

대량의 불똥, 방대한 연기, 그리고 먹구름이 하늘을 뒤덮어 도시를 비추어주던 별의 광채를 완전히 가리고 말았다.

별의 인도를 잃은 도시에서 모험자들은 궁지에 몰려 있었다.

헤딘 또한 예외는 아니었다.

"＿＿＿＿＿."

대정당 탑 위에 선 그의 시야.

북서쪽『제7구역』의 전황이 **붕괴되었다.**

"회그니, 어딜 가는 거야! 그런 구멍 뚫린 몸으로는 죽어!"

"도망치지 마! 이리 와! 우리한테 안겨서 죽자!"

"큭, 커억……?!"

기습을 당해 디이스 자매의 스틸레토에 치명상을 입은 회그니.

귀에 거슬리는 높은 웃음소리가 말한 것처럼, 단검의 찌르기 공격에 꿰뚫린 다크엘프는 필사적으로 추격을 회피하면서 항전하고는 있지만 두 개의 바람구멍에서 흘러나는 피의 양은 심상치 않았다. 다른 에인헤랴르가 필사적으로 그를 구하고자 했지만 『마검』의 포격을 날려대는 동생 베나가 지원도 접근도 방해했다. 그러는 동안에도 언니 디나가 집요하게 회그니를 노렸다.

두 자루의 스틸레토를 교묘히 다루는 접근전의 디나, 마법과 마검을 구사하는 원거리와 중거리전의 베나.

이것이 바로 【알렉토 파밀리아】의 두령 디이스 자매가 주특기로 삼는 살육의 연계였으며 『요마』들의 진수였다.

"끄으으으으아아아아악?!"

"그레르?!"

하지만 진짜로 위험한 것은 그쪽이 아니었다.

죽음의 낭떠러지에 몰린 것은 몸에 구멍이 뚫린 회그니가 아니라, 도합 12명의 Lv.5에게 포위당한 알프릭 4형제였다.

"우워어어어어어어어어어어어어어!"

"죽, 주긴……! 주긴다!!"

【아파테 파밀리아】가 투입한, 모험자들인 것으로 보이는 집단이 파룸 4형제를 유린하고 있었다. 믿겨지지 않는 광경에 눈을 크게 뜨고 불꽃의 전장을 살피던 회딘은 깨닫고 말았다.

"구속구를 착용한 저 흉도(凶徒)……! 저것들 【오시리스 파밀리아】인가?!"

입에 걸린 구속구 때문에 확실하지 않았지만, 틀림없다.

이블스와 싸우기 위한 작전을 짜기 위해 과거 모험자들의 교전 기록을 길드에서 조사하면서 회딘, 그리고 알프릭은 우연히 본 적이 있다. 아직『암흑기』에 돌입하지 않았던 20년도 전의 옛날, 제우스와 헤라의 항쟁에 패배한【오시리스 파밀리아】단원들의 인상을.

【제우스 파밀리아】에 기습을 가하기 위해, Lv.6과 Lv.7에 도달했던 여러 명의 권속을 보고하지 않고 숨겨두었던 옛 강호들이다.

"애석하게도 Lv.7 단장인 멜티 자라를 비롯해 제1급 모험자급 전력은 항쟁에 패해 사망 혹은 행방불명되었습니다만…… 복수에 타오른『제2급 모험자들』이 있었죠. 그들이 오시리스의 준전력이었습니다."

이제는 린치를 방불케 하는 유린에 시달리는 걸리버 형제를 바라보며【아파테 파밀리아】의 신관 바슬람은 웃음을 짓고 있었다.

"그들은 당시 지하조직이었던 우리에게 접촉해, 도시에서 추방당한 주신 오시리스에게서 신 아파테로 컨버전했지요. 그리고 스스로를 단련시켜 이빨을 갈면서 제우스와 헤라에게 설욕할 날을 기다렸던 겁니다만…… 그날은 영원히 찾아오지 않았습니다."

3대 퀘스트의 실패.

『흑룡』에게 패배한 제우스와 헤라는 복수자의 재도전을 기다리지 않고 사라져버렸다.

넋이 나간 채 싸울 목적을 잃은 옛【오시리스 파밀리아】의 권속들을,【아파테 파밀리아】는 **놓아주지 않았다.**

싸울 동기를 잃었다면 대신할『광기』를 부어주면 된다면서.

"약과 저주를 구사해 광화병(狂化兵)을 만들어내기는 했지만…… 그들에게는 새로운 실험을 했지요. 사로잡은『**정령』을 주입**한 겁니다."

바슬람의 시선 너머, 입에서 뒷머리에 걸쳐 구속구를 장착한 전사들의 연수(延髓) 위치에는『단검』이 깊이 박혀 있었다.

그것이 바로 바슬람 일당이 사로잡았던『정령』의 말로였다.

"『정령』을 주입해……?! 무슨 소릴 하는 거냐?!"

"동화에 자주 등장하지 않습니까? 아직 신들이 없었던 아득한『고대』에, 영웅의 곁에 다가섰던 힘 있는『정령』들이. 옛날 영웅들에게 승리의 축복을 가져다주었던『정령의 가호』를 우리도 재현해본 겁니다."

귀에 날아든 단어에 대해, 투구가 깨져 이마에서 피를 흘리며 알프릭이 되묻자, 바슬람은 정중히 대답해주었다.

단검의 정체는 사교의 가르침에 따라 억지로『무기화』된 정령들.

【아파테 파밀리아】는 전사와 정령을 써서 억지로 실험해, 말하자면『정령병』을 만들어냈던 것이다. 그리고 그것은 의심할 여지도 없는『외법』이었다.

울부짖는 정령의 비명에도 귀를 기울이지 않은 채, 몸부림치는 전사들을 붙들어놓고, 이 외도의 전력을 만들어냈다.

"과거의 영웅과 비교할 수는 없지만, 폭발적인 『마력』의 상승에, 특정한 개체는 자연치유능력도 발현되었지요. 『대정령』 같은 것은 없고 하위정령으로밖에 시도해보지 못했던 것이 아쉽지만…… 우리 『교리』의 성과는, 보시다시피."

"큭……?!"

"길드 놈들에게 들키지 않도록 오늘날까지 던전에서 실험과 전투를 반복하고…… 바로 얼마 전에 겨우 Lv.5에 도달해서요. 전설이 시작될 이 『대항쟁』의 날에 투입하기로 결정이 됐지요."

——정말 힘들었답니다.

아연실색한 알프릭에게 바슬람은 미소를 지으며 그렇게 말했다.

제정신도 이성도 잃어버린 『정령병』을 묶어놓고 【스테이터스】를 갱신하는 것도 고생.

거듭되는 융합실험과 던전의 강화 원정으로, 처음에 있었던 정령 마흔둘과 전사 서른넷은 이제 『정령병』 열둘까지 줄어들었다.

사람과 정령의 존엄 따위 돌아보지 않는 『교리』는 그야말로 『사교』였다.

모든 것은 바슬람을 비롯한 권속들의 광신과 여신 아파테의 신의에 의한 것.

그녀가 관장하는 사상은『부정(不正)』.

정도를 나아가는 오라리오의 영웅들을 비웃고 정의를 짓밟는 외도의 화신이다.

"그렇습니다. 우리는 아파테의 사도!『부정』으로 세상을 덧칠하는 신성한 사교의 무리지요!"

"크, 으아아아아아아아아아아아아아아아?!"

붉고 탁한 두 눈을 크게 뜨고 흉흉한 웃음을 짓는 바슬람이 한손에 든 지팡이로 땅을 내리친 순간, 소리굽쇠와도 같은『빛의 공명음』이 발생하고,『정령병』이 포효를 질렀다.

그들의 두 팔에 주문을 거치지 않은 불꽃이며 전류가 발생하더니 스스로의 피부까지 태우면서 알프릭 일행을 공격했다. 통제가 되지 않는 열둘의 폭력에, 4형제의 연계는 갈기갈기 찢기고 하나둘씩 벽이며 잔해 속에 처박혔다.

"제1급 모험자급 전력이 열둘……?!"

디이스 자매를 포함하면 **열넷**.

바닥에 나뒹군 알프릭 형제를 본 헤딘은 찰나 자신의 심장이 꼴사납게 마구잡이로 뛰는 것을 자각했다.

이『제7구역』의 전장에서 Lv.5에 오른 것은 헤딘과 회그니뿐. 알프릭 형제조차 Lv.4였으니 다른【프레이야 파밀리아】의 단원들로는 감당할 수 없는 것도 당연하다.

【아파테 파밀리아】의 사악하기 그지없는『교리』에 의해, 죽음을 두려워하지 않는 에인헤랴르들조차 궁지에 몰려버렸다.

"자아, 영혼을 해방하시지요! 아파테의 의식을 통과한 정령병들이여!

바슬람의 호령이 떨어질 동안, 혜딘은 순식간에 결단을 내렸다.

"【영쟁하라 불멸의 뇌병】!"

그 자리에서, 대도약.

"히, 【힐드 슬레이브】?!"

탑에서 경악하는 오르바를 남겨놓은 채 허공으로 몸을 날려 사선을 확보한다.

그리고.

"【카우르스 힐드】!"

"""!!"""

매직 서클을 전개해 허공에 뜬 채 장절한 연속폭격에 나섰다.

까마득한 상공에서 쏟아지는 노도의 뇌탄에 디이스 자매와 바슬람은 재빨리 반응했다.

회그니의 숨통을 끊으려 하던 디나는 뒤로 뛰어 물러나고, 에인헤랴르를 태우려 하던 베나는 공격을 중단했다. 미리 안전지대에 있었던 바슬람은 물러날 때라 판단했으며, 『정령병』 열둘도 짐승 같은 움직임으로 미친 듯이 날뛰는 번개를 회피했다.

중력에 이끌려 강하하는 동안에도 혜딘의 맹렬한 사격은 끊이질 않았다.

"반! 노가!! 회그니와 걸리버 4형제를 회수해!!"

""네, 네엣!""

포성에 지지 않는 엘프의 고함소리를 듣고 【프레이야 파밀리아】의 단원들이 일제히 움직였다.

번개의 비를 피해 적에게서 구해낸 간부들에게 달려와, 신속히 이탈을 시도했다.

"【영벌하라, 불멸의 뇌장】── 【바리안 힐드】!!"

벼락이 미친 듯이 날뛰는 가운데, 시야 가장자리로 단원들의 모습을 확인한 헤딘은 100M 이상의 고도에서 사거리 한복판에 착지하며 즉시 대화력을 펼쳤다.

카우르스 힐드와는 달리 대로를 가득 메울 정도의 위력은 말 그대로 특대 뇌포.

『몬스터렉스』의 상반신조차 집어삼켰다는 어마어마한 벼락의 섬광에 이번에야말로 디이스 자매와 『정령병』은 이탈하지 않을 수 없었다. 미처 도망치지 못한 이블스 병사들의 말로는 굳이 언급할 필요도 없으리라.

"쯧……!"

적을 멀리 밀어내는 데 성공했지만 헤딘은 낯을 찡그렸다.

적이 지휘관인 자신을 움직여버렸다는 사실을 그는 올바르게 이해하고 있었다.

회그니와 걸리버 4형제를 구출하기 위해 본진을 이탈하고 말았다. 적어도 헤딘이 떠난 동안 『제7구역』에 전개했던 아군 세력은 혼란에 빠질 것이다. 피난민을 수용한 대정당을 비롯해 이블스에게 파고들 틈을 내주고 말았다.

하지만 그것을 알면서도 헤딘은 **선택했던 것이다.**

통제를 잃어버린 아군도, 위기에 빠진 피난민도 저버리고 전력의 중심인 간부들을 선택했다.

우선순위를 확실하게 가늠하고, 앞으로의 역습을 꾀하기 위해 전력확보를 우선시했다.

그 판단은 그가 일류 지휘관이라는 증거였다.

민중에 대한 책무, 갈등, 정 따위를 순식간에 죽여버린 현실주의자라는 증거였다.

누가 뭐라 하든 헤딘의 결단이 신속했던 것은 칭송을 받아 마땅했다.

그리고 『요마』들은 그 결단을 조롱했다.

"아군과 민중을 버리고 간부들을 선택했구나, 헤딘!"

"정말 잔혹하네! 하지만 난 좋아해! 사랑해!!"

뇌포의 형상으로 뻥 뚫려 전류의 물보라가 퍼져가는 사거리 저편에서 디이스 자매는 무구한 웃음으로 경멸을 보냈다.

──닥쳐!!

그런 어리석은 노성을 터뜨리지는 않았다.

상관할 시간조차 아깝다. 쓰레기들의 소음 따위 귀에 담지도 않은 채 헤딘은 회그니와 걸리버 4형제의 완전철수를 확인하고 즉시 몸을 날렸다.

발을 향한 곳은 대정당의 본진. 지금 당장 가면 피해도 최소한도로 억제할 수 있다. 그는 어디까지나 냉철했다.

"못써, 헤딘."

"너는 이미 **선택했잖아?**"

하지만.

『요마』들은 두 눈을 실처럼 가늘게 뜨며 추악하게 웃었다.

""그러면 결과도 받아들여야지.""

막대한 마력.

다크엘프, 여동생 베나에게서 발산되는 강력한『마력』의 여파에 헤딘의 시간이 얼어붙었다.

꽃이 피어나듯 거대한 매직 서클.

수는 넷.

독살스러운 검은색과 보라색의 매직 서클이 나타난 곳은『대정당』과『세 개의 교회』바로 위.

헤딘이 선택하고, 선택받지 못했던 민중의 피난소.

"【열려라 제5의 정원! 울려라 제9의 노래】!"

베나의 드높은 영창이 **순식간에 끝났다.**

그것은 초단문영창도 아니거니와 고속영창에 의한 빠른 기술도 아니었다.

마법의『대기상태』.

회그니와 걸리버 4형제가 적과 교전하기 전에 주문을 외워두고 발동 직전의『마법』을 유지하고 있었다.『요마』들은 헤딘이 자리를 잡은 본진에 미리 임계 직전의 포문을 조준하고 있었던 것이다.

베나가 조금 전까지『마검』만으로 에인헤랴르의 발을 묶

어놓았던 것은 이때를 위해서.

두 손을 마주 잡고 손가락을 서로 얽어 언니 디나의 『마력』을 주입받은 여동생 베나는 그 마법명을 고했다.

"【디알브 디이스】!!"

합계 넷.

천공의 매직 서클이 타오르며 바로 아래의 대정당과 교회에 작열의 업화를 퍼부었다.

헤딘은 조건반사적으로 한쪽 팔을 들며 속공으로 초단문영창을 외웠다.

"【바리안 힐드】!!"

포효하는 벼락이 발사된 업화의 기둥과 충돌했다.

번개와 불꽃 사이에서 무시무시한 섬광이 발생하고 맞버티다. 다음에는 완전히 상쇄되었다. 오르바 일행이 남아 있는 대정당을 지켜냈다.

그러나 그것도 하나뿐.

발사된 포뢰(砲雷)는 한 발뿐. 남은 세 줄기의 업화는 멈추지 않은 채 홍련의 폭포가 되어 쏟아지고—— 세 개의 교회에 작렬했다.

"——————."

크게 뜬 헤딘의 눈 너머에서, 교회에 불이 붙고, 타오르고, 절규를 질렀다.

그들을 의지해 도망쳐왔던 무고한 민중이 울부짖고 타들어 가며, 서로 뒤얽히는 지옥의 비명을 연주했다.

"아하하하하하하!! 아름답지, 헤딘! 정말 아름다워!"

"귀를 기울여봐. 자, 너한테 선택받지 못했던 사람들이 저렇게나 울고 있잖아!"

무시무시한 열기와 열파가 밀려들고 막대한 불똥이 치솟는 가운데, 대로의 중심에 우두커니 서 있던 헤딘의 등 뒤에서 디이스 자매가 웃음을 지었다.

시민을 지키지 못했던 고독한 『왕』의 등이 사랑스러워 미치겠다는 듯 웃음소리를 쏟아냈다.

"나 들은 적 있어! 너 옛날에 왕이었다면서! 회그니랑 같이!"

"아아, 무서워 디나 언니! 헤딘은 백성도 태워 죽여버리는 잔혹한 임금님이야!"

헤딘은, 알고 있었다.

이 지저분하고 어리석고 저열하고 품성이라곤 한 점도 없는 추악한 돼지들의 가학심 따위가 아니라, 자신이 움직였던 것의 의미를, 알고 있었다.

지휘관인 자신이 적의 의도에 따라 움직였던 시점에서 그는 제대로 이해하고 있었다.

저 디이스 자매에게 『양자택일』을 강요당했던 것을.

한쪽을 선택하면 회그니와 걸리버 형제를 죽게 놔둬야 하며, 반대쪽을 선택하면 눈앞의 광경과 같이 민중에게 피해가 생긴다. 적에게 유리한 양자택일을 강요당해, 헤딘은 선택하지 않을 수 없었던 것이다.

찰나, 속공, 한순간.

빠른 판단과 움직임으로 놈들의 의도를 뒤집으려 했으나 그것도 허사로 그쳤다.

지금도 깔깔 웃어젖히는『요마』들은 결코 그렇게 되도록 허락하지 않았다.

"우리의 선물, 마음에 들었을까? 우린 아주 만족했어!"

"너의 그런 쓸쓸한 뒷모습은 처음 봤어! 지금 당장 안아주고 싶어, 헤딘!"

""하지만 안 돼! 벌써 시간 다 됐거든!""

몸을 맞대고 서로를 끌어안은 자매는 최고로 행복한 순간에 휩싸인 채 함께 도약했다.

"위대한 사신의 왕이 그랬어! 나머지는 또 다음에 하라고!"

"다음에는 꼭 죽여줄게, 헤딘, 회그니! 기대하고 있어!"

사악하고도 무구한 웃음소리를 허공에 울리며『요마』들이 사라졌다.

【프레이야 파밀리아】에 충분한 타격과『굴욕』을 입힌 이블스는 결코 욕심을 부리지 않고, 최적이라 할 수 있는 시기에『제7구역』에서 철수했다. 분노로 날뛰는 용에게 불타 죽지 않도록.

메아리치는 자매의 웃음소리에, 지면에 드러누운 채 치료를 받던 회그니는 주먹을 떨었다. 그 누구에게도 보이지 않도록 한쪽 팔로 눈가를 가리며, 분노와 분통함이 담긴 한 줄기 물방울을 떨구었다.

그리고 헤딘은.

" ……………………………………………………………………
……………………………………………………………
………………………………………………죽여버린다."

감정의 격진에 경련하는 손으로, 자신의 눈에서 안경을 떼어내려다, 그만두었다.

미친 듯이 날뛰는 분노에 등을 떠밀린 채 안경을 쥐어 으스러뜨리고 격정의 포효를 지르려 하는 어리석은 본능을 강철 같은 정신으로 자제하고, 그 대신, 절대적인 살의를 담아 맹세했다.

"네놈들은, 반드시………… 내가, **죽여버린다.**"

지금도 타오르는 굴욕을, 이 불길 속의 광경 앞에서, 자신에게 새겼다.

그날, 【프레이야 파밀리아】는 【맹자】와 함께 모두 패배를 맛보았다.

별은 이미 보이지 않는다.

붉게 타오르는 하늘만이 비분과 굴욕에 불타는 모험자들을 내려다보았다.

별의 인도를 잃은 도시는 『명부로 가는 문』에 손을 댔다.

전조는 없었다.

"――아스트레아, 멈춰."

다만 눈을 크게 뜨고 어둠을 응시하던 헤르메스의 경고가 『그것』의 도래를 알렸다.

"!!"

좁은 골목, 울려 퍼지던 무기 부딪치는 소리에서 멀리 떨어진 전장의 한구석.

아무것도 없었어야 할 어둠 속에서 희미한, 그러나 확실한 발소리가 들려왔다.

날카롭게 그곳을 노려보는 헤르메스의 곁에서 아스트레아는 숨을 멈추고 눈을 응시했다.

무언가가 온다고.

헤르메스가 그렇게 중얼거린 순간―――― 어둠이 꿈틀거렸다.

도시를 불태우고 비명을 일으키는 업화로는 결코 비출 수 없는 암흑의 안쪽에서, 무언가가 준동했다.

출렁이고, 일그러지고, 뒤틀리며.

뿌득뿌득, 깔깔. 속박하듯, 비웃듯, 소리를 내며.

그 칠흑의 눈빛으로 신들을 꿰뚫어 보았다.

찰나, 번뜩였던 것은 은흑색의 빛.

마치 살을 가르는 송곳니를 보여주듯, 그 무언가는 어둠에서 기어 나와 아스트레아의 곁으로——.

"——아스트레아 님!"

"웃!! ……알리제?"

그때였다.

아스트레아가 응시하던 어둠과는 정반대 쪽, 오렌지색 불길이 일렁이는 후방에서 알리제가 나타났던 것은.

그와 동시에 어둠에서 기어 나오려 하던 존재가 우뚝 발을 멈추었다.

"무사하세요?! 어쩐지 몸이 굉장히 추워져서, 아스트레아 님을 찾아야 할 것 같아서, 전……!"

네제, 이스카와 함께 알리제는 숨을 헐떡이고 있었다.

불안에 사로잡힌 채, 전장을 몇 번이나 종단하고 몇 번이나 강행돌파했을 것이다. 알리제 일행이 몸에 걸친 방어구와 배틀클로스는 너덜너덜했다.

달려와 준 권속들에게 아스트레아가 놀라움을 드러내고 있으려니——.

짝, 짝.

""!!""

이 자리에는 전혀 어울리지 않는 박수 소리가 울렸다.

아스트레아가, 헤르메스가, 알리제가, 네제가, 이스카가.

그 자리에 있던 전원이 소리가 어둠 안쪽을 보았다.

『자기를 돌보지 않고 몸을 바쳐온 정의의 여신. 그렇기에 발견하는 데 시간이 걸려버렸지.』

속삭였다.
깊은 어둠이, 또렷하게,『신의 음성』으로.

『정의를 관장하는 너만은 가장 먼저 없애고 이 땅을 혼돈과 어둠으로 물들이고 싶었지만——.』

자아내는 말과는 달리.
조금도 답답하지 않다는 듯 웃음을 드리운다.

『멋져 훌륭해 최고야. 축하해, 아스트레아. 너 자신의 용단과 권속들에게 감사해라.』

다시 울리는 박수 소리.
얼어붙은 신들과 권속에게 건네는 것은 으스스할 정도로 에누리 없는 찬사.

『그리고 지켜봐라. 【제물】로 선택되지 않았던 이상, 이제부터 시작될 사악을.』

어둠이 흔들렸다.

상공에서 춤추는 불꽃의 파편이 마지막 베일을 걷어내듯 어둠의 안쪽을 비추었다.

『정의를 관장하는 네가, 마지막까지──.』

그리고 나타난 것은 남신의 윤곽.

명부보다도 어둡고 심연보다도 선명한 안광이 요사스럽게 빛났다.

"너는──."

아스트레아는 경악했다.

"너는, 설마……!"

헤르메스는 눈을 의심했다.

두 신의 반응에, 모든 사태의 뒤에서 실을 드리우던 『사신』은 마지막으로 입술을 틀어 올리고.

천천히 등을 돌리더니 암흑 너머로 사라져간다.

"지, 지금 그건……."

"……………신?"

뿜어져 나오던 기이한 신위에 네제는 넋이 나갔으며 알리제는 간신히 중얼거렸다.

망연자실 경직되었던 아스트레아는 갑자기 몸을 내밀었다.

"헤르메스, 쫓아가자. 쫓아가서 확인해야 해!"

"안 돼, 아스트레아!"

악몽의 근원을 들이대려 하는 여신의 몸을 헤르메스의

팔이 제지했다.

그 순간, 불꽃에 휩싸인 건물이 타오르는 잔해의 비를 쏟아냈다.

눈을 크게 뜬 아스트레아의 앞에서 골목이 가로막혀 물리적으로 앞으로 나아갈 수 없게 되었다.

"지금은 관둬, 지금은 가지 마! **터무니없는 무언가가** 지금 이 장소에서 일어나려 한다고!"

설마 하는 의구심, 적의 수괴는 **자신이 알고 있는 신물이었다는 의심.**

최악의 가능성을 예기한 남신은 앞뒤 가리지 않고 후퇴를 호소했다.

"지금 당장 여길 벗어나——!!"

하지만 그 말이 의미를 이루지는 못했다.

도시가 흔들렸기 때문이다.

"⋯⋯⋯⋯⋯⋯에?"

빛이 모든 것을 감싸고.

하늘이 으르렁거리고.

대지의 노도가 태어나고.

하늘과 땅이 공명한다.

"저건―――.”

아스트레아와 헤르메스가 말문이 막힌 가운데, 중얼거린 알리제가 올려다본 곳.

도시 동쪽에서 하늘을 찌르는『빛의 기둥』이 생겨나 있었다.

그것은 하계 주민의 이해범주를 넘어선 막대한 광량이었다.

그것은 오라리오에 있는 모든 이의 귀를 뒤흔드는 단말마의 비명이었다.

그것은 **신의 절규**였다.

방대한 에너지의 출현이 도시에서 시간이라는 개념을 앗아갔다.

모험자도, 이블스도, 신들조차도, 온갖 이들이 그 광경을 보고, 얼어붙었다.

자비는 없다.

정도 없다.

정의도 없다.

그저 악이 악인 채로 웃는.

진정한『사악』이 막을 열었다.

『하나~아.』

지면을 위아래로 흔드는 극심한 진동.

돌아온 것은 『사신』이 천진난만하게 내뱉는 악랄한 웃음소리.

『두~울.』

『빛의 기둥』을 헤아리는 목소리.

이어서, 굉음.

"뭐라고?! 연속으로── 두 명?!"

"그럴 수가……!!"

도시 북부.

어둠 속에 나타난 『두 번째 빛의 기둥』에 카구야와 샥티의 전율이 겹쳐졌다.

"우웃……?!"

대폭포의 역행과도 같은 빛의 분류가, 말을 잃은 류의 얼굴도 물들이고 있었다.

『세~엣』

『제물』은 멈추지 않는다.

서쪽에서 솟아나는 빛의 기둥이 뒤를 따르듯 하늘을 향해 박혔다.

"거짓말……."

"……이건, 설마…….."

리베리아와 가레스를 간신히 센트럴 파크까지 옮겨온 아스피가, 너덜너덜해지도록 싸우고 또 싸우던 라일라가, 공포의 사슬에 속박당해 얼어붙었다.

시작된 『악극』의 쇼가 어떤 결말을 가져올지를 깨달아버린 총명한 소녀들은, 새파랗게 질려버렸다.

『네~엣.』

혼돈이 공황을 낳았다.

『신의 송환』이 이어진다는 의미── 그 **결말**을 몸으로 깨달아버린 것은, 다른 이들도 아닌 모험자.

"주신 그 개자식이………… 당해버렸어?"

"으, 『은혜』가 없으면…… 우린……!"

"────살려줘어어어어어어어어어어!!"

창백하게 질려버리는 자.

절규하는 자.

목숨을 구걸하는 자.

그 모든 이들에게 이블스의 병사들은 가차 없이 달려들어 칼날을 휘둘렀다.

베이고 꿰뚫리고 갈기갈기 찢겨, 용감한 모험자들이 순식간에 수많은 주검으로 변했다.

솟아나는 선혈은 가속되고, 목숨이 끊어진 고깃덩어리

를 불의 혀가 핥았다.

하늘로 올라가는 주신의 모습을 권속들은 울부짖으며
따라갔다.

그 광경에 어둠의 권속들은 도취되었다.

핏발이 선 눈을 크게 뜨고, 입술을 혀로 적시며, 무력한
모험자들을 짐승처럼 유린했다.

피의 향연에 도취되어 깔깔 웃음소리를 터뜨렸다.

『다서~엇.』

하늘로 올라가는 빛기둥의 광채는 끊이질 않았다.

『사신』이 가진 은흑색 나이프가 차례차례, 궁지에 몰린
신들을 먹이로 삼았다.

"──하하하하하하하하하하하하하하하! 햐하하하하하
하하하하하하하하하하하하하하하하하하하!!"

이제까지 그 누구도 본 적이 없는 『신의 송환』 합창.

하늘에 수많은 구멍을 뚫는 빛의 기둥에, 바레타는 환희
의 목소리를 터뜨렸다.

"진짜로 모험자들을 티끌처럼 죽일 수 있잖아!!"

"끄아아아아아아아아아아아아악?!"

터뜨리며, 죽였다.

싸울 방법을 잃은 모험자를, 언제나 방해만 하던 눈엣가
시 오라리오의 위협을, 죽이고 죽이고 죽이며 돌아다녔다.

참격이 번뜩일 때마다 목이 날아가고, 팔다리가 굴러가고, 종말의 목소리가 흩어졌다.

절경이었다. 염원이었다. 극상이었다.

의심할 여지도 없는 『대학살』이었다.

【아라크니아】는 이 순간을 계속 고대하고 있었다.

"최고구만, 신님!! 네놈이 역시 제일 끝내줘어!!"

모든 것을 획책했던 『사신』을 숭배하고 칭송한다.

바레타는 그 무엇과도 바꿀 수 없는 절정을 맛보며 상공을 향해 외쳐댔다.

"쇼의 본방이다, 오라리오오오오오오오오오오오오오오오오오!!"

『여서~엇.』

혼돈이 잠식하고, 질서는 뒤집어진다.

하늘을 꿰뚫는 잔혹한 빛을 얼굴에 받으며, 사람들은 마치 이 세상의 종말처럼 생기를 잃었다.

"【벨레누스 파밀리아】주신 송환!"

"【젤로스 파밀리아】전멸!!"

길드 본부.

밀려드는 정보의 파도에 접수원들이 고함을 질러댔다.

창백하게 질려선 이성을 잃어버렸다. 고함을 지르는 것 이외에는 제정신을 유지할 방법이 없었다.

그런 그녀들의 목소리에 길드장 로이만의 시간은 완전히 얼어붙어버렸다.

"송환⋯⋯⋯ **전멸**?『신의 은혜』를 잃은 모험자가, 이블스의 표적이 돼서⋯⋯?"

아연실색해 중얼거리는 목소리의 파편은 하나를 듣고 열을 아는 그의 총명함을 말해주고 있었다.

하지만 그런 것은 쇼 앞에서는 아무 도움도 되지 않았다.

전개도, 복선도, 결말까지 읽어냈다 한들 무력한 관중은 자리에 앉아『절망』을 지켜볼 수밖에 없었다.

지옥을 새긴 문은 이미 굳게 닫혀버렸다.

제아무리 울부짖더라도 퇴석은 용납되지 않는다.

"멈추지 않습니다⋯⋯⋯ 멈추질 않아?!【파밀리아】의 살육이!!"

봇물이 터진 것처럼, 접수원 한 사람이 눈가에 눈물을 머금고 비통한 비명을 질렀다.

과호흡에 빠진 그녀의 눈앞에서, 창밖에서 다시 신성한 빛이 솟아났다.

누군가가 무릎이 풀려 바닥에 주저앉고, 수많은 서류가 흐트러졌다.

세계를 잇달아 뒤흔드는 충격과 굉음. 의미를 이루지 못하게 된 청각.

대신 뇌리에 울려 퍼지는 것은 환청과도 같은『악』의 웃음소리.

"……이럴 수가."

로이만은 그야말로 절망으로 향하는 신음소리를 냈다.

"이럴 수가아아아아아아……?!

『일고~옵.』

사악의 진격은 멈추지 않는다.

절망이 연쇄되는 동안에도 죄업을 거듭한다.

"커억, 헉……?!"

잔혹한 칼날 앞에 또 한 사람, 모험자가 땅에 쓰러졌다.

"……파괴! 유린! 살육!! 좋군요, 정말 좋아!"

비토는 남들보다도 훨씬 기뻐하며 열광에 휩싸여 있었다.

『팔나』를 잃은 권속, 잃지 않은 모험자, 저항하는 인간, 저항하지 않는 인간, 모두 상관없이 피바다에 빠뜨렸다.

"이 얼마나 산뜻한 피의 향연인지! 마치 동심으로 돌아간 것 같군요!"

피가 튀어 뺨을 적시는 것도 아랑곳하지 않고, 『페이스리스』라 불리는 남자는 어린아이처럼 눈을 빛냈다.

멈추지 않는 웃음을 얼굴에 가져다 붙인 채 덤벼드는 그에게, 주신이 송환 당한 모험자는 경련하는 손에서 무기를 떨구며 외쳤다.

"항복할게?! 그러니까 그만, 멈춰어어어어어어어어!!"

비토는 대답하지 않는다.

그저 목을 벨 뿐.

툭 소리를 내며 모험자의 머리가 잔해 위로 굴러가, 불길에 휩싸여, 힘을 잃은 몸에서 분수처럼 피가 솟았다.

빛의 비처럼 춤을 추는 피보라는 이 얼마나 아름다운지.

"멈추지 않을 겁니다. 멈출 수 없고말고요! 왜냐면 여기에『영웅』은 없으니까! 우리 악을 막을 수 있는 존재는!"

두 팔을 벌리고 어둠을 우러러보며 그런 진리를 오라리오에게 들이댄다.

"위대한『영웅』은 이미 타락해 우리에게 왔으니까요!"

솟아나는 사내의 목소리가 허공을 건너간다.

반파된 사원의 지붕 위, 타오르는 도시를 바라보는『과거의 영웅들』은 아무 감정도 느끼지 못한 채 중얼거렸다.

"장관이군."

"그래, 경치 하나는."

자르드의 말에 아르피아가 대답했다.

회색 머리를 조용히 나부끼는 그녀는 아무 감회도 없이 말했다.

"하지만 눈을 감으면── 신도 역시 잡음이지."

새로이 발현하는 빛의 기둥.

눈을 태우는 섬광이 일어났다.

『여덟~.』

그것은 『종언』이었다.

『정의』에 가담했던 자들의 마음을 모조리 꺾어버리는 사악의 연회.

"히히, 히히히히히힉히히히히히히히……!!"

병사들을 거느리고 올리버스는 웃었다.

침을 흘리며, 환희에 몸을 떨며, 사신이 바라던 대망의 성취를 확신했다.

"시작된다, 오라리오의 붕괴가아……! 크흐흐, 흐하하하하하하하하하하하하하하하하하하하하하하하하하하하하하하!!"

멈추지 않는 무기의 소리가 울리고 있었다.

목이 쉰 정의가 울고 있었다.

생명의 소리가 줄어든다.

하늘은 먹구름에 뒤덮이고 별은 사라졌다.

혼돈에 휩싸여가는 질서.

숨을 죽이고 있었던 『사악』은 태동의 순간을 마치고, 이날 산성(産聲)을 올렸다.

『아홉~.』

전부 **아홉**.

하늘로 솟아난 빛의 기둥의 숫자. 너무나도 많은 송환의 수에, 신들과 모험자들이 망연자실한 가운데, 모든 『흑막』은 만족한 한숨을 내쉬었다.

『때가 됐다.』

그는 말했다.

신의의 실을 알아차린 자는 이제 없다.

그렇다면 연주를 마친 지휘자와도 같이 ──혹은 쇼의 최후를 마무리 짓듯── 한쪽 팔을 휘두르며 고했다.

『제물은 끝났다. 자아, 가자──.』

지면의 진동이 가라앉고, 하늘의 광휘가 풀려나가듯 무산되기 시작했다.

암흑의 정적이 돌아올 동안, 아스트레아는, 헤르메스는, 알리제는, 한 마디도 할 수 없었다.

그 대신 털썩 소리를 내며 수인 소녀의 두 다리가 땅바닥에 무릎을 꿇었다.

"……끝장이야."

"네제……."

"다 끝났어…… 이제, 오라리오는……."

얼굴을 오직 절망의 색으로 물들인 네제에게 알리제는 소녀의 이름을 부르는 것 말고는 아무 것도 못했다.

그만한 광경을 보았던 것이다.

"신들의『일제송환』……."

그런 권속들의 곁에서 아스트레아가 아연실색해 중얼거

렸다.

"이제까지의 습격은, 신들의 『피난 루트』를 파악하기 위해……."

전율에 사로잡힌 채, 기억을 돌이켜보는 헤르메스.

남신과 여신은 모든 것을 깨달았다.

공업지구 습격이나 무료급식소 기습을 비롯해, 무차별적이면서도 빈번히 되풀이되었던 적의 습격은 오늘 이날, 『대항쟁』에 이르기까지의 포석이었음을.

"무차별적인 것처럼 보였으면서, 도시 전역에서 사건을 일으키고, 신을 송환할 지점을 색출해냈던 거야……!"

그렇지 않다면 9명이나 되는 신의 『일제송환』 따위가 가능할 리 없다.

【파밀리아】의 주신이 피난하는 경로를 모두 파악한 이블스는 각 방면에 여러 명의 『사신』을 배치시켜, 이들을 암살했다.

냉혹하게, 계획적으로.

비장의 쇼를 선보이기 위해.

"이런 일이, 가능한 건……!"

그리고 아스트레아가 떨리는 목소리를 냈던 직후.

『들어라, 오라리오.』

달과 별을 삼켜버린 어둠에 그 『사악』의 목소리가 울렸다.

『들어라, 우라노스. 시대가 소개한 암흑의 이름 아래, 하계에서 희망의 싹을 뽑고자 왔다.』

아스트레아와 헤르메스가 눈을 크게 뜨고 얼어붙은 가운데, 도시 구석구석에까지 그 목소리가 미쳤다.

어떤 메이거스가 가진 수정을 통해, 지하 제단에 앉은 우라노스 또한 천공을 방불케 하는 푸른 눈을 크게 뜨고 그 『선언』에 귀를 기울였다.

『약정은 기다리지 않는다. 맹세는 이루어지지 않는다. 이 대지가 맺었던 신시대의 계약은 나의 뜻대로 파기한다.』

그 목소리는 거만했다.
그 목소리의 주인은 악역무도했다.
사악의 신의를 드높이 내세웠다.
놀라는 질서의 신들에게.
너덜너덜해진 모험자들에게.
하늘에 기도할 수도 없게 된 민중에게.
다정하게 목을 조르듯, 거무죽죽하게 물든 축사를 쏟아냈다.

『모든 것은 신조차 내다보지 못하는 최고의 미지—— 순수한 혼돈을 초래하기 위해.』

살육의 소리는 사라졌다.

불길만이 조용히 울음소리를 내며, 이블스의 병사들은 경청하듯 하늘을 우러러보며 눈을 형형히 빛냈다.

『오만하다고? ──좋다.』

『포악하다고? ──좋다.』

『제군의 증오와 원념, 매우 좋다.』

『그것이야말로 사악에게는 최고의 행복. 크게 분노하고, 크게 울고, 크게 나의 참화를 받아들여라.』

잇달아 이어지는 그 말을 듣고.

──떨그렁.

한 엘프의 손에서 목검이 미끄러져 떨어졌다.

머리 한구석에서 조소하듯, 그녀의 기억이 둔중한 통증을 내기 시작했다.

귀에 익은 그 남신의 목소리에 심장의 고동이 충격의 선율을 연주했다.

그리고.

『나의 이름은 에레보스──.』

도시 북서쪽, 오랜 역사를 가진 대사원.

모든 이를 내려다보는 옥상에서, 목소리의 주인은 어둠

을 불식하며 나타났다.

두 명의『패자』를 거느리고 모습을 드러냈다.

『원초의 명암(明暗)이자 지하세계의 신일진저!』

노성이 솟았다.

어둠의 군세가, 악의 권속이, 자신들을 이끄는『사악의 왕』을 향해 미칠 듯한 기쁨의 소용돌이를 만들어냈다.

한편으로 사람들은, 그저 두려워했다.

명부의 왕이라고 부르기에 어울리는 자태에.

얼마 안 되는 대신들에게도 필적하는, 그 절대적인 신의를 보고 공포에 떨었다.

"……신, 에렌? …………**사신**, 에레보스?"

중얼거림을 발밑에 떨어뜨린 류의 시야가 몇 번이나 깜빡거렸다.

희미하게 황혼의 색이 드리워진 어둠색의 두 눈.

어둠을 응축한 듯한 칠흑의 머리카락.

그리고 앞머리의 일부를 물들인 **재의 색**.

몸에 두른 분위기는 고사하고 신위까지도 달라진 것 같았지만, 틀림없었다.

류의 앞에 몇 번이나 나타나, **비웃듯이 정의를 물었던** 바로 그『에렌』이 틀림없었다.

충격에 꿰뚫린 요정을 내버려 두고 에레보스의『선고』는

이어졌다.

『모험자는 유린당했다! 다름 아닌 더욱 강대한 【힘】에 의해!』

시커먼 검이 빛을 반사했다.

신의 오른쪽에 선 무인의 무기가 피처럼 붉은 불꽃의 빛을 띠었다.

『많은 신이 돌아갔다! 귀에 거슬리는 잡음이 되어!』

재의 광채가 흔들렸다.

신의 왼쪽에 선 마녀의 장발이 얼어붙은 정적을 띠며.

『네놈들이 【거정(巨正)】으로 혼돈을 몰아내려 한다면! 우리 또한 【거악】으로 질서를 부수겠다!』

"─────────────크윽?!"

그 선고는 맹렬한 독설이었다.

오늘날까지 보인『정의』의 소행을 탄핵하고자, 사신들은 당당히 힘을 행사했다.

기시감이 있는 그 말에, 돌고 돌아 눈앞에 닥친『악』의 도리에, 류는 혼자 말문이 막혀버렸다.

『그렇기에 고하노라. 지금 네놈들에게 딱 어울리는 말을.』

치켜 올라가는 입술.

사신은 입가에 초승달을 그리고, 조용히 한쪽 팔을 들어 올렸다가 내밀었다.

『약한 자여, 그대의 이름은【정의】로다.』

친애하는 어리석은『정의』에게, 진심 어린 말을 바친다.

카구야와 샥티가, 라일라와 아스피가, 알리제와 네제가, 아렌과 라울이── 헤아릴 수 없는 모험자가 얼굴에 분노와 전율의 균열을 일으켰다.

아스트레아와 헤르메스가, 로키와 프레이야가, 가네샤와 헤파이스토스가, 『용자』의 이름을 가진 파룸과 함께『사신』을 노려보았다.

그리고 마지막으로 류는.

쏟아져 쌓이는 절망에 굴한 것처럼, 무릎을 꿇었다.

"멸망하라, 오라리오── 우리가 바로『절대악』이니라!!"

굉연히 울려 퍼지는『악』의 선언.

질서를 때려 부수는 혼돈의 웃음소리.

그날, 영웅의 도시는 패배했다.

© KAKAGE

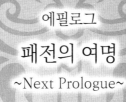

에필로그

패전의 여명
~Next Prologue~

ASTREA RECORDS
evil fetal movement

Author by Fujino Omori Illustration,Kakage
Character draft Suzuhito Yasuda

그날, 오라리오는 가장 긴 밤을 맞았다.

파괴와 통곡.

공포와 절망.

도시는 불타고, 피는 흐르고, 수많은 별이 졌다.

훗날『죽음의 7일간』이라 불리는 오라리오 최대의 악몽
이 시작된 것이다.

도시에 깊고도 깊은 상처를 남긴『절대악』―― 에레보스
일당은 웃음을 남기고 떠나갔다.

얼어붙은 채 서 있던 아이들과 신들에게 등을 돌리고,
게임을 즐기듯.

혹은 비장의『종언』을 가져오기 위해.

그날, 오라리오는 가장 긴 밤을 맞이했으며―― 그리고
어두운 아침을 맞았다.

⌖

기울어진 조각상이 쓰러졌다.

균열투성이 손이 도움을 청하듯 구름에 뒤덮인 머리 위
를 향했다.

햇빛을 잊은 어두운 새벽하늘.

솟아나는 수많은 검은색 연기는 마치 넋을 기리는 화장
터의 연기 같았다.

남은 사람들은 그 연기가 제대로 된 애도가 아니라는 것을 안다.

연기에 담긴 것은 비분과 원한이다.

고통과 공포다.

가족, 벗, 동료, 반려.

사랑하던 이들은 재가 되어 허공을 뒤덮고 빛을 더욱 멀어지게 했다.

초췌해진 민중은 땅바닥에 주저앉아, 고개를 들지 못한 채, 밤과 아침의 경계에서 절망에 사로잡혀 있었다.

"서둘러! 아직 생존자가 있다!!"

지금도 불길이 남은 도시 내에서 모험자들의 목소리가 울려 퍼진다.

목이 쉬어라 외쳐대는 샥티와 【가네샤 파밀리아】, 상처투성이의 다른 파벌 단원들이 구조 활동에 힘썼다.

매직 아이템까지 이용해 소화활동에 가담한 아스피는 불꽃 속에 겹겹이 쌓인 주검을 보고 견디지 못한 채 외쳤다.

"마도사를 파견해 주십시오……! 누구, 누구 없습니까!"

불을 집어삼키는 마도사도, 상처를 치유하는 힐러도 압도적으로 부족했다.

도움을 청하는 【페르세우스】의 목소리는 애절한 소녀의 목소리 같았다.

그야말로 나이에 딱 맞는, 겨우 열다섯밖에 안 되는 소녀의 오열처럼 들렸다.

"도와줘! 아직 잔해 밑에 사람이 있어!"

"멍청아! 냉큼 힐러나 불러!!"

"디안 케흐트든 미아흐든 상관없어! 누구든 좋으니까, 어디든 좋으니까!! 빨리 데려와!!"

알리제의 필사적인 목소리가, 라일라의 노성이, 카구야의 체면 차리지 않는 고함이 뒤얽혔다.

【아스트레아 파밀리아】 멤버들 또한 얼굴을 그을음으로 더럽힌 채 자지도 쉬지도 않고 인명구조에 나섰다.

"부상자는 이쪽으로! 치료하겠습니다!"

"의료물자는 이쪽으로!"

대형 텐트를 치고 긴급 야전병원을 세워 많은 부상자를 옮긴 후 치료에 나섰다.

힐러의 회복마법으로도 다 치유할 수 없는 참상에 휴먼 마류와 노잉을 비롯해 단원들이 모조리 나서 응급처치를 했다.

"으윽…… 아아아아……."

"정신차려! 제발 정신차려!"

지혈하는 수인 소녀 네제 앞에서는 거의 숨이 끊어져 가는 동족 청년이 누워 있었다.

"부탁이니 제발…… 죽지 말아줘!"

목소리는 닿지 않았다.

"우, 아————…………."

너무나도 덧없이, 동공에서 빛이 사라졌다.

"아아…… 아아아아아아아……!"

네제는 울음을 터뜨렸다.

그럴 틈이 없는데도 눈물이 멈추지 않았다.

그녀들의 『정의』는 많은 목숨을 구하고, 헤아릴 수 없는 생명이 손바닥에서 새나갔다.

그런 동료의 통곡을 들으며, 류는 홀로 망연히 걷고 있었다.

"⋯⋯⋯⋯⋯⋯⋯⋯⋯."

무너지고 불타고, 공허한 정적이 드리워진 도시.

잔해의 바다를 헤매던 류의 시야에, 누구인지도 알 수 없는 주검이 비쳤다.

"⋯⋯⋯⋯⋯몇 명이 죽었지?"

왼쪽을 봐도 오른쪽을 봐도, 뒤를 돌아봐도.

잃어버린 생명의 발자취가 굴러다녔다.

참극의 무참한 흉터가 하늘색 눈을 태웠다.

"⋯⋯⋯⋯⋯몇 명이 살해당했지?!"

목은 절규로 떨렸다.

전에 느껴본 적이 없는 극심한 고통이 류를 헤집어댔다.

자신의 무력함을 저주하는 원념이 류의 마음을 죽이려 했다.

"류⋯⋯."

그런 류의 마음을 지키고자 다가온 것은 아스트레아.

"아스트레아 님⋯⋯."

자신의 눈앞에 나타난 여신에게, 류는, 묻고 있었다.

"정의란⋯⋯ 무엇입니까⋯⋯?"

떨리는 목소리, 눈물을 머금은 눈.

매달려 애원하듯, 정의의 여신에게 목소리를 쥐어짜냈다.

"우리가 추구하던 질서는…… 이렇게나 간단히, 악에게 굴복하고 마는 겁니까……!"

"…………."

아스트레아는 대답하지 않았다.

지금 이 장소에서 보일 수 있는 정의는 가지고 있지 않다는 듯, 눈을 내리깔았다.

"으으으, 아아아아아아아아……! 하나도 지키지 못했어……! 하나도, 구하지 못했어……!"

류는 그런 신에게 분노하지 않았다.

실망도 하지 않았다.

그저 오로지 자신의 무력함에, 정의의 덧없음에 완전히 꺾여버린 채 울음을 터뜨렸다.

"아디…… 아디이이이……!!"

여신의 앞에서, 두 번 다시 만날 수 없는 벗의 이름을 불러대며 하염없이 울었다.

잔해의 바다에 요정의 오열이 메아리쳤다.

비통함을 띤 패전의 노래가.

🔥

"──기다려라, 핀!"

그때, 리베리아는 부상을 무릅쓰고 외쳤다.

피난민이 쇄도하는 센트럴 파크.

인원과 물자를 집중시키고도 아직까지 손을 대지 못한 사상자가 넘쳐나는, 야전병원을 방불케 하는 광경 속에서 그 파룸을 불러 세웠다.

"리베리아, 더 자고 있어. 시민들의 치료를 최우선시한 탓에 네 회복은 불충분해. 몸의 상처도 다 낫지 않았잖아."

"그런 건 알 바 아니다! 그보다도, 섣부른 짓 마라!"

이쪽을 돌아보려고도 하지 않고 말하는 핀의 앞으로 나가 길을 가로막았다.

뺨에 붙어 있는 거즈며 팔에 감긴 붕대 등, 애통한 모습을 드러내면서도 멈추지 않고 말했다.

"아직 이르다. 너무 이르단 말이다……! 긴급사태인 것은 안다! 그러나 판단력이 흐려져서는……!"

그것은 **필사적의 항의**였다.

바로 조금 전에 내려진 핀의 결단에 이의를 제기하고 철회시키려 하는 진언—— 아니, 애원이었다.

"개인적인 감정으로 눈이 흐려진 건 어느 쪽이지, 리베리아? 이 상황에서도 수단을 가리고 있을 여유는 없어. 너도 잘 알 텐데."

"큭……!"

매정하게 지적하자 하이엘프가 주먹을 꽉 쥐었다.

반론하려 해도 받아칠 말이 없었다. 어쩔 도리도 없을

정도로 정곡을 찌르는 말이었다. 이성을 잃은 것은 리베리아 쪽이었다.

핀 디무나는 누구보다도 정확하게, 지금이라는 『국면』의 열세를 이해하고 있었다.

"카드를 아끼고 있을 단계는 이미 지났어. 내 말이 틀렸어, 리베리아?"

"큭……!"

"지금 이 순간만큼은 너도 『어머니』 노릇을 포기해."

『어머니』라는 말에 리베리아의 얼굴이 마침내 일그러졌다.

"하지만……! 그 **아이**는 아직……!"

"몬스터와의 전투경험은 충분하고도 남아. 대인전 기술도 철저히 가르쳤지. 그녀는 이미 실전을 견뎌낼 수 있어."

멈춰 섰던 핀은 리베리아를 피해 다시 걸어갔다.

이번에는 붙잡을 수 없게 된 그녀를 내버려 둔 채, 등을 돌리고, 내쳐버렸다.

"적의 지속적인 습격이 예측되는 상황에, 지금은 조금이라도 전력이 필요해. ──원망할 거면 나중에 나를 죽을 정도로 원망해."

냉혹하게, 의연하게, 이지적으로.

폭군과도 같이 반론을 봉쇄한 채, 현자와도 같이 전장을 내다본 용자는 『새로운 말』을 게임판 위에 더했다.

그가 나아가는 장소는, 바벨의 문 앞.

마치 맹수를 다루듯 라울 일행이 에워싸고, 필사적으로

말리면서 식은땀을 흘리고 있는 가운데── 계단에 걸터
앉은『한 소녀』가 이제나 저제나 자신의 전쟁이 시작되기
를 기다리고 있었다.

칼집에 담긴 한 자루의 검을 안고, 전의를 해방하려 하
고 있었다.

"준비는 됐어, 아이즈?"

그 말에.

소녀는 천천히 눈을 떴다.

"……응."

소녀의 형태를 한『전희(戰姬)』는 자리에서 일어나, 검을
들었다.

"싸울 거야. ──적을 쓰러뜨릴 거야."

그녀가 발하는 것은 타오르는 전의뿐.

회색 구름으로 뒤덮인 하늘이 일렁였다.

강하고, 날카로운 한 줄기 금색 빛이 구름 틈새를 꿰뚫
었던 것이다.

Ryu Lion

류 리온

류 리온

소속	[아스트레아 파밀리아]	종족	엘프
직업	모험자	도달계층	33계층
무기	목도	소득금	3011750발리스

스테이터스  Lv.3

힘	D504	내구	E373	기교	S902	민첩	S904
마력	A800	수렵자	H	내성	I		

《마법》

루미노스 윈드	• 광역공격마법. • 바람, 빛속성.	노아 힐	• 회복마법. • 지형효과. 삼림지대에서 효력 보정.

《스킬》

페어리 세레니아데	• 마법효과 증폭. • 야간에 강화보정 증폭.
마인드 로드	• 공격시 마인드를 소비하여 『힘』을 상승한다. • 마인드 소비량을 포함해 임의 발동(액티브 트리거).

《장비》

요정수(妖精樹)의 무도(無刀)	• 백병전에서 『검』의 기능과 마력증폭 효과를 가진 『지팡이』의 측면을 가진 무장. • 소재는 바깥세상에 넓게 펼쳐진 『위셰의 숲』의 대성수. 자신의 고향을 기피하는 류는 다른 엘프 마을의 나뭇가지를 이용해 제작을 의뢰했다. 정확한 검명은 없다. • 고향인 [류미아 숲]의 가지가 아니기 때문에, 마력 친화성은 약간 떨어진다.
요정의 바람옷	• 복면을 겸비한 류의 배틀클로스. • 주로 기동성을 중시했다.

후기

본 작품 『아스트레아 레코드』는 Wright Flyer Studio에서 제작한 모바일게임 『던전에서 만남을 추구하면 안 되는 걸까 메모리아 프레제』에서 공개되었던 대형 시나리오를 서적화한 것입니다.

책으로 엮으면서 수정과 미세조정, 그리고 많은 가필을 거쳤습니다. 게임을 플레이하셨던 분도 하지 않으셨던 분도 즐기실 수 있지 않을까 합니다.

2020년 모일, 저는 GA문고 편집부의 새로운 자객인 새 담당자 우사미 씨에게 끌려가 어떤 방에 연금되어 있었습니다. 어른의 TALK를 하기 위해서죠.

"오모리 씨, 아스트레아 레코드 서적화하실 거죠?"

그런 말씀을 하시는 담당 편집자님께 저는 "싫어요"라고 말했습니다.

잠시 생각한 후, "무리예요"라고 바꿔 말했습니다.

『분량이 애니 1.5쿨 분량 길이』라는 캐치프레이즈를 가진 무지막지한 폭탄 시나리오를 다시금 문자로 옮긴다니, 지옥이 기다리고 있을 게 뻔했습니다. 애초에 '게임을 위해 (죽을힘을 다해) 썼던 시나리오를 책으로 고쳐 쓴다니 그게 뭔데?' 하는 생각도 있었습니다.

그런 마음을 솔직하게 털어놨더니.

"하지만 서적화해야만 하는 작품이잖아요?"

"중요한 설정이 한가득."

"서적화하지 않으시면 던만추 팬들이 대항쟁을 일으킬 걸요."

"쓰실 거죠?"

"네?"

정신이 들고 보니 저는 7년 전의 미궁도시와 같은 무서운 감금실에 갇힌 채로 이 정(正)과 사(邪)의 이야기를 다시 쓰고 있었던 것이었습니다.

그러므로 이 작품을 읽고 기쁘다! 재미있었다! 라고 생각하셨던 분은 "우사미 씨 고마워요!"라고 하루 한 번 감사를 바칩시다. 우사미 씨 고맙습니다아아아!!

그렇게 되어 큰 결심을 하고 집필한 아스트레아 레코드. 3부작 되겠습니다.

마지막까지 함께 해주시면 기쁘달까, 보답 받은 기분이 들 거예요.

그러면 감사의 말씀으로 넘어가겠습니다.

담당 우사미 님, 앞에서는 절대악의 견본처럼 묘사했지만 이런 원작자를 지탱해주셔서 고맙습니다. 우사미 씨가 없었다면 정말로 이 이야기는 책으로 나오지 않았을 거예요. 그리고 일러스트레이터 카카게 선생님, 아름답고도 가련한 일러스트 정말 감사합니다! 카카게 선생님의【아스트레아 파밀리아]를 처음으로 본 순간 충격에 꿰뚫렸습니다.
앞으로도 부디 잘 부탁드려요! WFS 님을 비롯해 본 작품
의 서적화에 진력해주신 관계자 여러분들께도 깊은 감사
드립니다.

　다음은 제2부『정의실추』.

　정의의 권속들이 달려나가는 이야기, 마지막까지 지켜
봐 주시면 고맙겠습니다.

　　　　　　　　　　　　　　　　　오모리 후지노

던전에서 만남을 추구하면 안 되는 걸까 영웅담
아스트레아 레코드 1 -사악태동-

2024년 2월 14일 1판 2쇄 발행

저   자 오모리 후지노
일 러 스 트 카카게
캐릭터 원안 야스다 스즈히토
옮 긴 이 손종근
발 행 인 유재옥
이   사 조병권
출판본부장 박광운
담 당 편 집 정영길
편 집 1 팀 박광운 최서영
편 집 2 팀 정영길 조찬희 박치우 정지원
편 집 3 팀 오준영 이해빈 이소의
디자인랩팀 김보라 박민솔
디지털사업팀 박상섭 김지연 윤희진
라이츠사업팀 김정미 맹미영 이윤서
영업마케팅팀 최원석 박수진
물 류 팀 허석용 백철기
경영지원팀 최정연
인쇄제작처 ㈜코리아피엔피
발 행 처 ㈜소미미디어
등   록 제2015-000008호
주   소 서울시 마포구 토정로222, 403호 (신수동, 한국출판콘텐츠센터)
판매 및 마케팅 (070) 8822-2301

ISBN 979-11-384-1654-2 (04830)
      979-11-384-1653-5 (세트)